MON LOUP MAFIEUX

Par
Alex (Shifter) McAnders

McAnders Books

Site Officiel: www.AlexAndersBooks.com
Podcast: BisexualRealTalk
Visitez l'auteur sur Facebook à l'adresse: Facebook.com/AlexAndersBooks
Obtenez 4 livres de français gratuits lorsque vous vous inscrivez pour la liste de diffusion de l'auteur: AlexAndersBooks.com

Publié par McAnders Publishing

Autres titres de Alex (Shifter) McAnders

Loup-garou

Le fils de la Bête.; Livre 2; Livre 3; Livre 4; Livre 5;
Livre 6
Son Loup Protecteur; Une romance de milliardaire
mafieux (Shifter)
Mon Loup Mafieux; Livre 2

*****

Autres titres de Alex Anders

Loup-garou

Dans la meute : Transformée; Livre 2; Livre 3; Livre 4
Livre 2; Livre 3; Livre 4; Le Cheik et sa pulpeuse
secrétaire
Ascension: La compagne Interdite de l'Alpha

MON LOUP MAFIEUX

Chapitre 1

Dillon

Prenant une grande inspiration, je me dirigeais vers l'immeuble de mon père. Chaque pas répercutait les battements de mon cœur. Après des années de négligence et d'abandon, j'allais l'affronter. Je voulais des réponses, et une petite partie fragile de moi, avait besoin d'excuses.

L'édifice de briques de trois étages, tagué, se dressait devant moi. Retenant mon souffle, je pénétrai dans la ruelle étroite. Débouchant dans la cour arrière, je trouvai la sortie de secours.

À ma grande surprise, en la poussant, je constatai qu'elle avait déjà été forcée. Alors, utilisant ma forte corpulence, je m'appuyai dessus pour m'introduire à l'intérieur.

Combien d'heures de mon enfance avais-je passé à fixer la fenêtre de mon père depuis l'autre côté de la rue? Les gens que je voyais parfois à l'intérieur, étaient-ils de sa famille? Préférait-il ces personnes à ma mère et moi?

Gravissant les escaliers en béton humides et tachés, je débouchai au dernier étage. Comme le rez-de-chaussée commercial, tout semblait déserte. Avec le papier peint défraîchi partout, la seule trace de vie était la porte brillamment peinte au bout du couloir.

Prenant un instant pour essuyer mes paumes moites sur mon jean, je me faisais violence. M'avançant, le son sourd de ma frappe se réverbérait sur les murs. Chaque écho était un coup dans le ventre.

Rapidement, la porte s'ouvrit avec un grincement. De l'autre côté se trouvait un homme pâle, baigné dans la lumière stérile qui se déversait derrière lui. C'était mon père. Je ne l'avais jamais vu de si près auparavant.

Lorsqu'il me reconnut, son regard me transperça. «Toi,» dit-il en serrant ses dents.

Je ne voyais aucun reflet de moi dans l'homme debout devant moi. Mes traits fins, souvent complimentés par les hommes, n'étaient que des courbes imparfaites sur lui. Ma carnation caramel métissée ne laissait aucune place à sa peau pâle. Et les boucles indisciplinées qui définissaient mon profil, reposaient sombres, lisses et plates sur sa tête.

Malgré cela, je savais qui était cet homme. Ma mère me l'avait maintes fois dit. Il était temps qu'il le dise aussi.

«Oui, c'est moi. Ta fille.»

Les mots sortirent avec plus de fermeté que je ne l'avais anticipé. Chaque syllabe était chargée de mes années de douleur, des années à attendre une reconnaissance qui n'arrivait jamais.

Marchant dans les rues de mon ancien quartier, je levais les yeux vers les bâtiments autrefois familiers. C'était Brownsville, Brooklyn, un lieu qui était autrefois chez moi et qui me semblait maintenant si étranger. Je lançai des regards noirs aux lampadaires qui perçaient l'obscurité d'encre de la nuit avancée. Ils projetaient des ombres allongées et fantomatiques qui semblaient me suivre.

En marchant, mon estomac était en ébullition. Je frissonnais alors qu'un vent froid se faufilait sous mon col. La chair de poule envahissait ma peau.

Pourquoi étais-je ici? C'était à des kilomètres de mon appartement universitaire dans le New Jersey. Et ayant quitté Brownsville pendant le collège, tous les passants étaient des inconnus. La seule personne que je savais toujours ici était,

«Mon père…» murmurai-je à moi-même.

C'était cela. J'étais venue affronter enfin l'homme que je n'avais jamais connu. J'avais prévu de forcer la sortie de secours de son immeuble presque abandonnée et de frapper à sa porte. Comment avais-je pu oublier cela?

Pivotant sur la pointe des pieds, je serrai les dents et fixai l'immeuble terne de trois étages qui se dressait à deux pâtés de maisons. La laide façade de l'immeuble de mon père me rongeait alors que je prenais conscience de la réalité de l'affrontement imminent.

Mon cœur martelait ma poitrine. Je suais des mains alors que je m'approchais de la structure familière mais exécrable. Elle pourrait être une horreur pour tous les autres, mais pour moi, c'était le symbole de l'ignorance et de l'indifférence de l'homme qui y vivait.

Levant les yeux, j'aperçus la lueur de sa fenêtre éclairée. Elle tirait sur des cordes anciennes et familières dans mon cœur; un souvenir d'une époque plus simple où tout ce que je voulais était de franchir ce seuil. Des dizaines de fois enfant, je m'étais tenue devant elle, désireuse, mais aujourd'hui, je n'étais pas là pour ça. J'étais là pour des réponses.

Comme si je savais qu'elle serait ouverte, je contournai le bâtiment jusqu'à la porte arrière. La serrure était lâche, comme si elle avait été forcée de nombreuses fois. Montant les escaliers, je réalisai à quel point cet escalier me semblait semblable à d'autres. Pourquoi avait-il l'air si familier? C'était comme si j'avais été dans un endroit semblable récemment. Mais où?

Entrant dans le couloir, je fus envahie par une sensation similaire. Avais-je vu cet endroit dans un rêve? Tout au long de mon enfance, j'avais eu plus d'un rêve prémonitoire. Cette sensation que j'éprouvais, était-elle le prolongement de cela? Il le fallait, n'est-ce pas?

Avançant lentement dans le couloir, je m'approchai de la porte peinte de couleur vive qui, pour une raison quelconque, semblait gravée dans mon esprit. Que se passait-il? Quoi qu'il en soit, je n'allais pas laisser cela m'arrêter. J'avais décidé que ce serait le jour, et il l'était.

Levant ma main serrée en poing pour frapper à la porte, cela me revint. J'avais déjà fait cela. Mais cela n'avait aucun sens. Jamais de ma vie je n'avais parlé à l'homme que ma mère disait être mon père. Alors, lorsque je frappai et qu'un homme pâle et hagard ouvrit la porte et me fixa dans les yeux, les choses avaient encore moins de sens.

«Que fais-tu ici?» cracha l'homme avec une colère confuse.

«Je suis ta fille,» répondis-je avec détermination.

«Tu vas partir maintenant et ne jamais revenir,» dit l'homme en plongeant son regard dans mon âme, remplaçant presque mes pensées par les siennes.

«Non!» dis-je avec défi. «Tu vas répondre à mes questions,» déclarai-je alors que les battements de mon cœur envoyaient des ondes de douleur à travers ma poitrine.

«J'ai dit que tu partirais et ne reviendrais pas!» insista mon père.

«Et moi j'ai dit non,» criai-je, luttant contre la sensation que mes tempes allaient exploser.

Comme s'il se retirait de mes pensées, mon père fit un pas en arrière. Son recul était semblable à une crampe qui s'atténuait soudainement.

«Maintenant,» commençai-je, presque à bout de souffle, «tu vas me dire pourquoi tu nous as abandonnées, ma mère et moi. Je ne partirai pas tant que tu n'auras pas expliqué.»

Je ne pouvais discerner si le regard sur le visage de mon père était de la terreur ou du dégoût, mais il me hantait. Il y avait une obscurité en lui. La voir créait en moi un sentiment indescriptible.

«Tu veux savoir pourquoi je vous ai quittées, ta mère et toi?»

«C'est pour cela que je suis là. Dis-moi pourquoi tu as abandonné ta fille,» dis-je, perdant le contrôle de l'armure qui protégeait mon cœur.

«C'est parce que tu n'es pas ma fille,» il hurla.

«Je suis ta fille. J'ai toujours été ta fille.»

«Non! Tu es une abomination!» clama-t-il avec conviction.

Ses mots me faisaient quelque chose. La douleur qui était une fois dans ma tempe revenait, deux fois plus douloureuse. C'était comme si une pensée en moi luttait pour se libérer.

«Je suis ta fille. Je suis ta fille!» insistai-je.

«Tu es une engeance du diable!» le vieil homme pâle déclara.

«Je suis ta fille!» je continuais à répéter, me tenant la tête pour empêcher qu'elle n'explose.

«Je ne suis pas ton père,» dit le vieil homme une dernière fois avant de me pousser avec la force d'une boule de démolition contre le mur du couloir derrière moi.

Je m'effondrai dans une douleur aveuglante alors que la porte se fermait violemment devant moi. J'avais l'impression de devenir folle. Sans avertissement, mon esprit fut submergé de pensées. Les échos ne restaient que le temps d'effleurer avant de s'éparpiller, remplacés par d'autres.

Je ne supportais pas. C'était en train de déchirer mon cerveau. Geignant d'abord, je hurlais. Criant à plein poumons, ce fut comme un miracle quand tout s'arrêta. Ne laissant derrière que des cicatrices, tout avait soudainement disparu.

Effrayée à l'idée d'ouvrir les yeux, je le fis. Comme si le mal de tête avait possédé ma vision, tout semblait différent. C'était comme si j'avais ouvert les yeux à la piscine municipale. Le monde flou autour de moi scintillait. Et tandis que ma vue revenait lentement, je remarquai quelque chose que je n'avais pas vu auparavant.

Le sol du couloir menant à la porte de mon père était brûlé. Usé jusqu'à la texture du charbon, il était recouvert de cendres.

Ce n'était pas normal. Quelque chose avait changé. Il y avait quelque chose de différent qui résonnait en moi. Et sans l'ombre d'un doute, je savais que mon père pourrait me dire ce que c'était.

Comme si elle n'avait jamais été fermée, je touchai la porte qui s'ouvrit en grand. L'intérieur de l'appartement était à présent différent. Tout, du sol au plafond, était brûlé. Cela avait l'air d'avoir été ravagé par les flammes et la seule chose qui n'était pas touchée était l'homme pour lequel j'avais pleuré la nuit en espérant qu'il me reconnaisse.

Cependant, il n'était pas seulement cet homme. L'image de mon père était un hologramme spectral qui masquait la créature en dessous. Tordue et difforme, la personne que j'avais connue n'était pas du tout un homme.

Grandissant, ma meilleure amie, Hil, était une métamorphe loup. Savoir ce qu'elle et sa famille étaient défaiat ma croyance de ce qui était possible. Comment des humains capables de se transformer en animaux pouvaient exister? Plus extraordinaire encore, comment les vampires pouvaient-ils exister?

«Tu es un vampire,» dis-je avant de savoir que je le dirais.

L'homme me regarda, abasourdi.

«Tu n'es pas mon père. Tu ne peux pas l'être.»

Comme si l'image devant moi s'était dissipée, je me tenais à l'autre bout de la pièce tandis que mon père et ma mère partageaient un lit. Au début, il semblait qu'ils fassent l'amour, mais ce n'était pas le cas.

«Tu as bu le sang de ma mère. Tu l'as contrainte à croire qu'elle était enceinte?» dis-je tandis que le film devant moi continuait de défiler. «Mais pourquoi?»

«J'ai fait ce que mes maîtres m'ont ordonné,» répondit la créature décrépite avec une peur grandissante.

«Si tu es un vampire et que les vampires ne peuvent pas avoir d'enfants, qu'est-ce que je suis?»

«La progéniture de mes maîtres,» il siffla. «Une abomination.»

«Tu as peur,» je compris soudain. «Tu as peur de tout. Tu te caches ici de la peur des loups qui contrôlent la ville. Tu crains les vampires qui t'ont engendré. Et plus que tout.» Je m'arrêtai, réalisant. «Tu as peur de moi. Je t'ai confronté auparavant. Tu m'as contrainte à oublier. Mais, tu n'as jamais essayé de me blesser, ni ma mère, parce que… Tu as peur de ce qu'ils te feront.»

Je détournai le regard, submergée par la confusion. Qui étaient «ils» auxquels je faisais allusion? Était-ce un démon? Étais-je l'engeance du diable comme mon père l'avait insinué?

Attendez, il n'était pas mon père. Les vampires ne peuvent pas avoir d'enfants. Il avait contraint ma mère à croire qu'elle était enceinte pour que je puisse exister.

Quand je relevai les yeux, l'homme que j'avais cru être mon père, avait disparu. Avec lui parti, la pièce reprit lentement son aspect normal. Quelle que fut la vision que j'avais eue, elle avait disparu.

Combien de temps m'étais-je détournée? Le vampire m'avait-il à nouveau contrainte pour pouvoir s'échapper? Et surtout, qu'étais-je? J'étais certainement pas humaine. Ni la fille de mon père.

Je cherchais des réponses et maintenant, j'avais encore plus de questions. Qui étais-je? D'où venais-je? Et pourquoi, quoi que je fasse, j'étais toujours une fille que personne n'aimait?

Chapitre 2

Remy

Je me tenais dans le bureau jadis majestueux de mon père, à présent transformé en une pièce d'hospice de fortune. Hil et ma mère étaient à mes côtés, tous fixant le corps inanimé de notre père. Le silence était étouffant, brisé uniquement par les sanglots étouffés de ma mère qui tentait de retenir ses larmes.

Le chagrin m'envahissait. Mais contemplant les ombres qui s'étendaient sur le visage de mon père à la lumière tamisée, je ressentais bien plus. Son héritage était mitigé. J'avais passé ma vie à prouver ma valeur à cet homme, mon alpha. Et j'avais fait des choses dont je n'étais pas fier. Maintenant qu'il était parti, je me demandais si tout cela avait été vain.

Hil rompit le silence. «Je m'occuperai des funérailles. Je veux faire ça pour papa,» dit-elle, la voix tremblante d'émotion. Je pouvais dire qu'elle cherchait encore l'approbation de notre père, même après sa mort.

Je la regardai, le cœur serré pour ma sœur qui avait lutté pour échapper à la vie criminelle dans laquelle notre famille était née. Elle n'avait pas la constitution pour ça comme moi. Elle n'avait pas les mêmes lignes sveltes que celles que les métamorphes femelles avaient souvent. Mais plus que tout, ce n'est que récemment qu'elle avait effectué sa première transformation. Aux yeux de mon père, ces choses rendaient ma petite sœur faible et en besoin de protection constante.

Moi, j'étais différent. J'étais l'héritier attendu à la fois de son empire et de sa meute. Je n'avais pas besoin d'être protégé de son monde impitoyable. Les autres alphas voulaient la mort de mon père. Et vu la manière dont mon père avait revendiqué son pouvoir, je comprenais pourquoi.

Cela signifiait que personne dans notre famille n'était en sécurité. Hil, avec son caractère doux, aurait toujours besoin d'un protecteur. En tant qu'alpha de notre meute, notre père remplissait ce rôle malgré son désir qu'elle puisse se débrouiller seule. Mais sachant que la protection de notre père pour Hil ne durerait pas éternellement, je m'étais porté volontaire pour la protéger aussi.

Après tout, c'était ma petite sœur. C'était mon rôle. Bien que, je devais l'admettre, faire cela tout en étant le loup que mon père voulait que je sois, m'avait coûté.

«Merci, Hil,» dis-je, ma voix trahissant la douleur que je ressentais.

Ma mère passa sa main sur la mienne, son toucher teinté d'un mélange de tristesse et de gratitude. Je pouvais voir dans ses yeux l'espoir d'un avenir meilleur, sans violence et danger qui avaient longtemps tourmenté notre meute.

Mes pensées dérivèrent vers le pacte que j'avais conclu avec Armand Clément, le rival le plus vicieux de mon père. J'avais accepté de lui remettre les activités illégales de mon père en échange de conserver les activités légales et de sécuriser la protection de ma meute.

Les loups de mon père deviendraient ceux d'Armand, et ma véritable meute serait libérée du monde criminel. C'était un pari désespéré, mais je ne supportais pas l'idée de remplacer mon père comme alpha de sa meute.

Combien de loups de mon père devrais-je tuer avant qu'ils ne me cèdent la place? Je ne doutais pas de ma victoire. Mais, je voulais une autre alternative pour ma meute.

En outre, notre famille avait déjà tant à se faire pardonner. À un moment donné, j'allais devoir trouver comment redonner à la communauté. L'obsession du pouvoir de mon père avait causé beaucoup de douleur. Cela ne pouvait pas être le seul cadeau de ma famille au monde. Les métamorphes étaient plus que de simples cauchemars humains.

C'était alors que Dillon traversa mon esprit. C'était la meilleure amie humaine de Hil. Elle avait des courbes généreuses, une peau légèrement bronzée et des cheveux bouclés lâches à travers lesquels je rêvais de passer mes doigts.

Tout chez elle transformait le loup en moi en celui qui rêvait chaque nuit de la renifler. Un type qui fantasmait sur le fait de glisser ma main sous son teeshirt et d'entourer de ma grande main ses seins fermes. Elle était mon ancre dans les mers tumultueuses de mon père et maintenant, le dernier lien avec la vie impitoyable dont je la protégeais gisait devant moi, mort, manqué et regretté.

M'excusant avant que ma famille ne voie le sourire qui se frayait lentement sur mon visage, je me dirigeai vers ma chambre d'enfant. Je ne pouvais attendre une seconde de plus. J'avais besoin d'entendre sa voix. Mon loup tournait en rond à cette pensée. Je devais l'appeler.

Sortant mon téléphone, je trouvai son numéro. Prenant une grande respiration, je composai. Mon cœur battait fort d'anticipation. Le téléphone sonna et mes paumes devinrent moites.

«Allo?» La voix de Dillon traversa la ligne, chaleureuse et apaisante comme toujours.

«Salut, Dillon, c'est Remy.» J'essayais de garder ma voix stable en parlant. «Je voulais juste te prévenir que mon père… il est décédé.»

«Oh, Remy, je suis tellement désolée.» Comme nous tous, elle savait que cela arriverait. Mais son empathie m'enveloppait telle une vague de réconfort. «Comment tu tiens le coup?»

Ma gorge se serra alors que je luttai pour garder mon calme. «Je… je me débrouille,» avouai-je, le poids de mes émotions menaçant de déborder. Désireux de reprendre le dessus, je changeai rapidement de sujet. «Écoute, je me demandais si tu pourrais m'aider avec quelque chose.»

«Bien sûr. Qu'est-ce que c'est?»

«Hil a dit qu'elle veut s'occuper des préparations funéraires. Je pense qu'elle aurait vraiment besoin de ton soutien en ce moment.»

Il y eut une pause à l'autre bout du fil avant que Dillon ne réponde doucement. «Tu n'avais pas besoin de demander, Remy. Je ferai tout ce que je peux pour aider.»

Le silence qui suivit était lourd de mots non prononcés, mon cœur brûlant de lui dire la vérité sur mes sentiments. Mais je ne pouvais pas m'y résoudre, pas encore.

«Merci. Je sais toujours que je peux compter sur toi,» dis-je avec un sourire.

«C'est rien, Remy. C'est un plaisir de pouvoir t'aider… et Hil,» me rassura-t-elle, sa voix emplie d'un soin authentique. «Nous surmonterons tout cela ensemble. Dis-moi juste de quoi tu as besoin.»

Je hochai la tête, même si elle ne pouvait pas me voir. «Je l'apprécie.»

«Je sais,» dit-elle avec assurance.

Lorsque je raccrochai le téléphone, je me suis demandé ce que je faisais. Je n'avais plus à me limiter à des conversations de deux minutes avec elle. J'étais libre. Je ne savais pas ce qu'elle ressentait pour moi, mais je n'avais plus à cacher mes sentiments pour elle. Il était temps pour moi de lui dire.

Une chaleur envahit mon corps et mon loup intérieur à cette pensée. C'était un mélange de terreur et d'excitation.

«Après les funérailles,» dis-je à haute voix. «Ma nouvelle vie commence avec la fin de l'ancienne.»

Je pouvais à peine imaginer vivre sans me cacher et sans secrets, mais l'heure était venue. J'allais embrasser la vérité et voir où cela nous mènerait. Être avec Dillon serait-il vraiment aussi simple? Je ne savais pas, mais j'étais sur le point de le découvrir.

Chapitre 3

Dillon

Après avoir raccroché avec Remy, je me tenais debout dans mon appartement, mon sac de selle toujours sur l'épaule. Je venais tout juste de rentrer après avoir confronté le vampire que je croyais être mon père. Comme c'était parfait que la première voix que j'entende soit celle de Remy? Je ne sentais plus mon visage.

Remy venait-il vraiment de m'appeler? Je me le demandais tandis que mon cœur s'emballait, éloignant la confusion d'il y a une heure. Quel avait été le but de son appel?

Il avait dit que c'était pour que je vienne en aide à Hil, mais il devait savoir que je l'aurais fait de toute façon. Non, il devait y avoir autre chose. Cherchait-il du réconfort pour la mort de son père? Parce que, autant que je l'aie souhaité, Remy et moi n'étions pas si proches que ça.

Alors, la raison de son appel pouvait-elle être autre chose? Est-ce que, secrètement, il était amoureux de moi, et que je n'avais pas été folle toutes ces années à rêver qu'il l'était?

C'était à cause de Remy que j'avais confronté celui que je croyais être mon père. Enfin, pas directement à cause de lui. Mais c'est parce que j'avais tant interagi avec Remy pendant l'absence de Hil que j'avais remarqué le vide béant dans ma vie. Était-ce la même chose pour lui?

En y pensant, je me rappelais immédiatement toutes les raisons pour lesquelles Remy n'aurait aucun intérêt pour quelqu'un comme moi. Pour commencer, bien que je ne sois généralement pas un désastre total, autour de lui, je l'étais. Il y a eu ces deux mois, après que Hil et moi soyons devenues amies, où je ne pouvais même plus former de mots en sa présence.

J'avais 14 ans, pas 10. Et ouais, il était super canon, même avant de pouvoir se transformer en loup. Mais il n'y avait aucune raison pour que je perde la capacité de parler en sa présence.

Ensuite, il y a eu cette fois où Remy nous a surprises, Hil et moi, en train de regarder des vidéos érotiques dans la chambre de Hil. J'avais demandé à Hil si elle avait verrouillé la porte, et elle m'avait assurée que Oui! Alors, quand Remy est entré à l'improviste, nous trouvant devant une vidéo où un centaure faisait des choses incroyables à une fille qui me ressemblait beaucoup, j'aurais pu m'évanouir.

Et enfin, n'oublions pas cette fois où, à 16 ans, les parents de Hil m'avaient laissée rester chez eux pendant qu'ils emmenaient ma mère en vacances avec eux. Je ne pouvais pas partir car j'avais école, mais croyant avoir l'appartement pour moi toute seule, j'avais organisé une soirée dansante nue en solo dans leur penthouse, avec serviette-turban et brosse à cheveux en guise de micro.

Remy avait choisi ce moment pour passer voir si tout allait bien. Ça n'aurait pas été si grave si je n'avais pas été visiblement excitée et en train de me toucher. Mais je l'étais.

Mes joues s'enflammaient à ces souvenirs. Mais, comme je l'avais toujours fait, je me rappelais que l'humiliation subie devant Remy n'importait pas. Parce qu'autant que j'aimais fantasmer à ce sujet, un loup comme Remy, avec sa carrure de dieu grec, son charme sombre et son statut de prince alpha, ne pourrait certainement pas être attiré par une humaine ennuyeuse, encore moins par une comme moi.

D'ailleurs, ce n'était pas le moment de fantasmer. Il se passait beaucoup de choses. Je venais tout juste de découvrir que je n'étais pas humaine et je n'avais aucune idée de ce que j'étais. Comment étais-je censée gérer ça?

En plus, ma meilleure amie, Hil, traversait une période difficile. Malgré leur relation compliquée, je savais à quel point elle aimait son père. Oui, son père l'avait enfermée dans leur penthouse, ne permettant jamais à Hil d'avoir une vie sociale en dehors de moi. Mais ce n'était pas parce que son père était un monstre. Les loups-garous qui dirigent des mafias ont une vie dangereuse.

Et ce n'est pas comme si son père avait tort. La seule fois où Hil avait échappé à la protection de sa famille, elle avait été enlevée par un des rivaux de son père. Remy et Cali, le petit ami loup-garou de Hil, avaient dû venir à son secours. Le gars avait tiré sur Cali en échange de la libération de Hil. Cali allait bien, mais quand même. Hil et Remy vivaient dans un monde de dingues et leur père avait toujours protégé Hil de tout ça.

Alors, malgré tout, le père de Hil avait été un bien meilleur père que le mien n'avait jamais été. Et maintenant, son père était parti. J'avais de la peine pour elle.

Prenant une profonde inspiration, je me promis de mettre de côté le mystère de ce que j'étais et tout sentiment que j'avais pour Remy pour me concentrer à être là pour Hil dans les semaines à venir. Et tandis que les frissons que j'avais toujours en pensant à Remy s'estompaient, je pris à nouveau mon téléphone.

Je n'étais pas sûre de savoir pourquoi j'étais nerveuse, mais en composant le numéro de Hil, mon cœur battait la chamade. Lorsque l'appel fut connecté, la voix de Hil était tremblante.

«Salut, Dillon.»

«Salut, Hil… Je viens d'apprendre pour ton père.»

Il y eut une courte pause. «Vraiment? Comment?»

«Remy vient de me le dire,» dis-je, mourant d'envie de partager combien cela avait été incroyable qu'il l'ait fait.

«Oh, Oui!»

«Je suis tellement désolée, Hil. Comment tu te sens?» dis-je, souhaitant pouvoir traverser le téléphone et la serrer dans mes bras.

«C'est juste tellement difficile d'accepter qu'il soit parti.»

«Je ne peux même pas imaginer. Mais je suis là pour toi, d'accord? Quoi que tu aies besoin, je serai là.»

Hil poussa un soupir, sa voix se brisant imperceptiblement. «Je sais. J'ai dit à Remy que je voulais m'occuper des funérailles.»

«Waouh, ça fait beaucoup.»

«Oui, mais j'en ai parlé à Cali et il m'a demandé s'il pouvait m'aider avec ça. Donc, je vais m'appuyer sur lui pour la plupart des choses.»

«C'est super.»

«Oui,» dit-elle suivie d'une pause.

«Qu'est-ce qu'il y a?»

«Il y a quelque chose avec lequel tu pourrais m'aider, cependant.»

«Évidemment! Tout ce que tu veux. Dis-moi juste quand et où.»

Le lendemain, Hil et moi nous sommes retrouvées dans une boutique spécialisée en urnes funéraires. Je ne savais même pas que ça existait. Mais si, et nous étions là.

L'endroit dégageait une élégance sombre, avec un éclairage doux qui projetait une lueur chaleureuse sur les récipients polis et peints à la main. Être là, à choisir la dernière demeure du père de Hil, c'était surréaliste. Ce n'était pas juste en raison de l'importance de l'acte, mais aussi à cause des étiquettes de prix.

Avec tout le respect que je dois, les urnes sont juste des vases avec des couvercles. Comment pouvait-on en vendre une à 22 000 dollars? Certes, elle était en marbre et ornée de filigranes dorés… quelle que soit la signification. Mais je pouvais à peine me payer le bus qui m'avait amenée ici.

Nous déambulions entre les allées, examinant la collection d'urnes en diamant, quand la conversation passa de son père à Remy. Ce n'était pas moi qui avais changé de sujet. Mais je n'allais pas laisser passer l'opportunité d'ajouter du matériel à ma boîte à fantasmes… lorsque ce serait de nouveau convenable… à la pensée du frère de ma meilleure amie.

«Je pensais avoir fait la paix avec l'idée que Père préférait Remy. Je veux dire, je comprends. Il a ce besoin de prendre soin de tout le monde, comme mon père. Même enfant, il était déjà comme ça.

«Il y a eu des moments dans notre enfance où il me faisait les pires coups de grand frère. Mais si tu me demandais qui, je pensais, me protégerait si quelque chose de mauvais arrivait, il n'y aurait pas de question. Ce serait lui.»

Je hochais la tête, comprenant ce que Remy représentait pour Hil. «Il a toujours été là pour toi, n'est-ce pas?»

«Oui, mais en même temps, je ne peux pas m'empêcher de m'inquiéter pour lui.»

«Pourquoi ça?» demandais-je, ma curiosité piquée.

Hil soupira, passant une main dans ses cheveux. «Je ne pense pas qu'il puisse jamais quitter la vie de meute.»

«Et par «vie de meute» tu veux dire les affaires de ta famille?»

«Oui! Et je sais qu'il a fait un marché qui est censé nous libérer, mais je ne suis pas sûre qu'une sortie soit possible.»

«Tu t'es échappée,» dis-je, faisant référence à la nouvelle vie paisible de Hil avec son petit ami dans le Tennessee.

«Je me suis échappée, mais je n'ai jamais fait partie de cet aspect du clan de mon père. Mon père a dit à Remy et moi que la seule façon de quitter son monde, c'était dans un sac mortuaire. Je ne pense pas que Remy pourrait partir s'il essayait.»

Je fronçais les sourcils, ne voulant pas croire cela. «Je pense qu'avec la bonne personne à ses côtés, il pourrait définitivement laisser cette vie derrière lui.»

Hil me regarda, son expression indéchiffrable. «Dillon, est-ce que tu parles de toi-même?»

J'hésitai, réalisant comment cela avait pu sonner. «Euh, je veux dire, pas juste moi. Mais quelqu'un qui tient à lui et veut le voir heureux.»

Hil bougea avec malaise, n'appréciant visiblement pas l'idée. «Puis-je te poser une question sérieuse? Parce que je sais que tu aimes plaisanter à propos de tout.»

«Bien sûr. Qu'est-ce que c'est?»

«Penses-tu vraiment que toi et Remy...»

Dès qu'elle commença à le dire, je sentis mon visage s'enflammer. Je n'étais pas sûre d'être embarrassée ou simplement blessée, mais je ne pouvais pas supporter d'entendre la fin de ce qu'elle allait dire.

«Je veux dire, pourquoi pas?» l'interrompis-je. «Est-ce si ridicule de penser que je pourrais être bien pour lui?»

«Non, Dillon, ce n'est pas ça.» Hil soupira, sa voix trahissant la tension. «Je pense qu'il n'est pas bon pour toi. Tu es la meilleure personne que je connaisse. Qu'arriverait-il si quelque chose se passait entre vous deux? Au mieux, il pourrait t'entraîner dans son monde agité.»

«Dillon, j'ai passé toute ma vie à planifier mon évasion de cet endroit. Tu pourrais finir par le regretter amèrement d'être avec Remy.» Hil prit une urne et la tint entre nous. «Ou pire,» dit-elle, la tristesse dans le regard.

En contemplant l'urne glorifiée, un frisson me parcourut l'échine. Mais même avec ce que disait Hil, je ne pouvais pas ébranler ma croyance en Remy.

«Hil, si jamais il se passe quelque chose entre Remy et moi, il me protégera, comme il l'a toujours fait pour toi. N'as-tu pas dit que c'était dans sa nature? Penses-tu qu'il puisse s'arrêter de protéger les gens s'il le voulait?»

En croisant le regard de Hil, je vis sa frustration et bien que nous reprenions notre exploration des urnes, je pensais que notre conversation était terminée.

«Est-ce que tu sais même si Remy s'intéresse aux humaines?» lâcha soudain Hil beaucoup plus fort que n'importe qui le devrait dans un magasin d'urnes.

Au lieu de répondre, je pensais à tous les regards volés et aux frôlements persistants qui avaient nourri mes fantasmes pendant des années.

«D'abord, il y a eu des moments, quand nous étions seuls tous les deux, qui m'ont fait penser qu'il pourrait l'être,» admis-je honnêtement.

Hil haussa un sourcil. «Attends, quand avez-vous été seuls tous les deux?»

«Ça n'a pas été fréquent,» avouai-je, «mais c'est arrivé au fil des années. Et parfois, quand cela arrive, il me regarde d'une façon qui ne peut pas être platonique.»

Hil restait sceptique.

«Deuxièmement,» commençai-je, incertaine si c'était le moment de le lui dire.

«Deuxièmement, quoi?»

«Deuxièmement, je ne pense pas que je suis humaine. Non, je suis presque sûre que je ne le suis pas,» avouai-je avec hésitation.

Le scepticisme de Hil se transforma en confusion.

«De quoi tu parles?»

«Je ne te l'ai pas dit, mais j'ai décidé de confronter mon père.»

«Confronter ton père? Comment ça?»

«Je ne t'en ai jamais parlé, mais je n'ai jamais vraiment parlé à mon père.»

«Quoi?» s'exclama Hil, déconcertée et horrifiée.

«Oui! Ç'a toujours été un sujet douloureux, alors j'ai toujours évité d'en parler.»

Hil était sidérée. «Quand l'as-tu confronté?»

«Hier soir.»

«Nous avons parlé au téléphone. Pourquoi tu ne me l'as pas dit?»

«Parce que ton père venait juste de mourir.»

Hil insistait. «Tu aurais quand même pu me le dire. Confronter ton père, c'est important.»

«Oui! C'est encore plus important quand tu ajoutes que l'homme que je pensais être mon père n'était qu'un vampire qui a ensorcelé ma mère pour qu'elle croie être enceinte de moi, et que j'ai apparemment développé certains pouvoirs.»

Hil ouvrit la bouche, stupéfaite.

«Quels pouvoirs as-tu?»

Je regardais Hil, me demandant comment je pourrais lui expliquer cela.

«Je peux dire que tu es une louve.»

Hil regarda autour pour s'assurer que personne n'écoutait. «Mais tu sais que je suis une louve.»

«Je le sais. Mais maintenant je peux le voir.»

«Comment ça?»

Je fis une pause et me concentrai sur Hil.

«Quand je plisse les yeux, je te vois, mais je vois aussi une louve fait de lumière qui se tient où tu te trouves.»

«Genre, par-dessus moi.»

«C'est comme si vous étiez au même endroit.»

«D'accord. Tu as vu ça chez d'autres personnes?»

«Je l'ai vu chez mon père… ou, l'homme que je croyais être mon père. Mais pour lui c'était différent. Dans ton cas, tu es l'image réelle et ta louve est la projection lumineuse. Dans son cas, la personne que tout le monde voyait était la projection lumineuse, et la créature à l'intérieur était le véritable lui.»

«Et tu penses qu'il était un vampire?»

«J'en suis sûre.»

«Comment?»

«Je le sais, c'est tout.»

«Et il t'a dit qu'il avait contraint ta mère à croire qu'elle était enceinte? Pourquoi ferait-il ça?»

«Il a dit qu'il l'avait fait parce que ses maîtres lui avaient ordonné,» dis-je d'un ton sinistre.

«C'est perturbant, ça.»

«Tu m'étonnes. Donc, non seulement je ne suis pas humaine, mais je n'ai aucune idée de ce que je suis ou pourquoi quelqu'un ferait croire à ma mère qu'elle était enceinte.»

«C'était pour qu'elle puisse penser que tu étais son enfant,» dit Hil avec assurance.

Je fis une pause pour réfléchir à cela. «Donc, tu me dis que ma mère n'est vraiment pas ma mère non plus?»

Hil me regarda avec compassion. «Je suis désolée, Dillon.»

«Merde,» dis-je submergée par tout cela.

Alors que je me perdais dans mes pensées tourbillonnantes, Hil prit une urne.

«Celle-ci,» dit-elle en tenant une qui décriait une élégance distinguée. «Qu'en penses-tu?»

«C'est magnifique,» dis-je en me forçant à revenir à mon amie en deuil. «Je pense que ton père l'aurait aimée.»

«Je la prends,» dit-elle avec confiance. «Et Dillon, ne t'inquiète pas. Je t'aiderai à découvrir ce que tu es. J'ai rencontré des gens dans la ville de Cali qui s'y connaissent dans ce domaine.» Hil hésita. «Ce qui signifie que tu n'as pas à t'impliquer avec Remy pour le découvrir.»

Hil avait vu clair en moi.

«Et s'il sait quelque chose que tes amis ignorent? Quand j'étais dans l'esprit du vampire…»

«Tu étais dans son esprit!» m'interrompit Hil.

«Oui! C'était comme si je lisais ses pensées ou voyais son histoire, ou quelque chose comme ça. En tout cas, quand je le faisais, j'ai vu qu'il avait peur des loups qui dirigeaient la ville. C'était ton père, n'est-ce pas?»

«Je suppose!»

«Alors, ne serait-il pas logique que je parle à Remy de cela?»

Hil me regarda avec empathie et prit mes mains dans les siennes.

«Je sais à quel point Remy est attirant et charmant. Mais je t'assure, ça a un prix. Je ne pourrais pas supporter de te perdre toi aussi.»

La regardant, je vis la douleur dans ses yeux. La tirant dans mes bras, je dis : «Je t'aime, Hil. Je serai toujours là pour toi. Quoi qu'il arrive.»

«Je ne supporterais pas de te perdre,» répéta-t-elle en me serrant dans ses bras.

Mais tenant ma meilleure amie dans mes bras, je pris une décision. Autant j'aimais Hil et me souciais de ce qu'elle ressentait, et aussi accablante que soit ma crise d'identité, je ne pouvais pas ignorer ce que je ressentais pour Remy.

La référence du vampire aux loups m'avait donné une excuse pour parler à Remy, pour peut-être établir un lien avec lui sur ce sujet. Alors, j'allais l'utiliser pour découvrir ce qu'il ressentait pour moi.

S'il n'était pas intéressé par les humains, très bien. J'accepterais et passerais à autre chose. Mais s'il y avait une chance qu'il ressente la même chose, je devais la saisir.

Il y a quelques mois, Hil avait pris le risque de s'éloigner de tous ceux qui l'aimaient. Ce risque l'avait conduite à trouver l'homme avec qui elle passerait le reste de sa vie. Si Remy était cet homme pour moi, je devais le savoir. Et j'allais faire mon premier pas après les funérailles.

Chapitre 4

Remy

Je jette un coup d'œil autour de la salle de conférence décorée à l'allure de l'immeuble dans lequel j'ai grandi. Je prends en considération l'éclairage doux et les arrangements floraux élégants qui ornent les tables. L'ambiance est lourde, un mélange de deuil et de nostalgie, mais on ressent tout de même que c'est la célébration de la vie qu'elle est censée être.

En observant les invités, j'aperçois ma mère, droguée mais étonnamment sociable. Elle gère cela mieux que prévu. Les miracles de la pharmacopée moderne, non?

Plus loin, ma sœur, Hil, et son petit ami, Cali. Voir Cali me fait toujours sourire. Le métamorphe loup des bois, si facilement décontenancé. Ça rend la taquinerie tellement amusante.

«Voyons, comment allais-je l'appeler aujourd'hui?» me demandai-je en marchant vers eux. Plouc? Non, je l'appelais comme ça la dernière fois.

Redneck? Trop répété. Dragueur de tracteurs? Aimant à bavettes? Baiseur de flanelle?

M'approchant de ma sœur endeuillée, je saisis son épaule et le serra.

«Tu as fait du bon travail pour la veillée, Hil. Vraiment. Tout le monde est impressionné. Papa aurait adoré.»

Avant qu'Hil puisse répondre, je me tourne vers Cali. «Et dans cette situation, un bon travail signifie qu'elle n'a pas mis une seule photo de cousins s'embrassant quelque part. Je sais que c'est étrange pour toi.»

«Remy!» s'insurge Hil.

«Quoi?» Je demande innocemment. «Je m'assurais que ton Prince des Rednecks ici présent puisse suivre la conversation. J'étais inclusif.»

Cali bégaye, voulant répondre mais sachant qu'il ne le peux pas, par respect pour l'occasion. Le regard torturé dans ses yeux m'apporte une joie sans fin.

«Remy, ce n'est pas drôle,» réplique Hil sèchement.

Je feins d'être blessé. «Hil, tu vas me crier dessus aujourd'hui? Ici? Nous sommes à la veillée de notre père. Hil, je suis en deuil,» dis-je, espérant que mon sourire ne persistait pas.

Hil, à court de mots, se tait assez longtemps pour que je puisse regarder par-dessus son épaule. Derrière elle, se tient Dillon, seule. Elle nous regardait. Lorsque nos regards se croisent, mon loup s'éveille.

Alors qu'elle porte son verre à ses lèvres, elle détourne le regard. Mais il est trop tard. Mon loup est accroché. Et pour la première fois depuis notre rencontre, je suis libre d'obtenir ce que je veux, qui est… plus d'elle.

«Remy, tout ce que je dis, c'est…»

«… que tu n'as aucune empathie pour mon chagrin. Ouais, ouais, Ouais! Je sais, mais on pourrait reprendre ça plus tard? J'ai des invités au cœur brisé dont je dois m'occuper,» dis-je à ma petite sœur, me sentant revigoré.

En traversant la salle vers la femme que je désirais depuis si longtemps, je réalise que c'est le moment. J'allais lui dire ce que je ressens. Je savais que j'aurais dû être nerveux, mais ce n'était pas le cas. La vie dont j'avais rêvé, celle pour laquelle j'avais planifié depuis des années, était à portée de main. Je suis impatient qu'elle commence.

En m'approchant de Dillon, je ne puis m'empêcher de sourire.

«Merci d'être là,» dis-je sincèrement.

«Bien sûr,» répond Dillon, ses yeux marron doux et sincères. «S'il y a quoi que ce soit que je puisse faire pour aider, fais-le moi savoir.»

Mon esprit bascule au bord des pensées inappropriées, mais je me contiens. «En fait, il y a quelque chose dont je voudrais discuter avec toi.»

Dillon semble amusée. «C'est drôle parce qu'il y a quelque chose dont je dois aussi discuter avec toi. Mais tu devrais d'abord parler.»

«Vraiment?» demandai-je, surpris. «Dans ce cas, je t'en prie, prends la parole,» insistais-je poliment.

«Non, commence. Ce que j'ai à dire peut attendre.»

«Non, Non! Je pense que tu devrais commencer,» dis-je, lui montrant le type de petit ami que je serai pour elle.

«Remy, je t'en prie,» dit-elle en touchant mon avant-bras.

Une chaleur traversa en moi, éveillant mon loup. Il n'est désormais plus possible de résister à sa demande.

«Tu sais quoi? Tu as raison. Ce que j'ai à dire pourrait influencer ce que tu as à dire, donc je devrais commencer.»

«Oh!» s'exclame Dillon, prise de court. «D'accord,» accepta elle, toute nerveuse.

Je me redresse, un air sérieux envahissant mon visage. «J'ai pensé à toi… à nous. Et… je ne sais pas.»

Avec son teint hâlé devenant d'un rouge vif, elle posa ses doigts délicats sur ma poitrine. «Attends, avant que tu ne continues, je dois te dire ça.»

«Non, vraiment, je devrais dire ça en premier.»

Dillon insiste, «Ne le dis pas avant que j'aie dit ce que j'ai à dire.»

«Oh, merde!»

«Ce n'est pas grave. Je te le promets,» Dillon m'assure avant de remarquer que je regarde quelque chose derrière elle. «Qu'est-ce qui ne va pas?»

«Je reviens dans une minute et je te promets que nous continuerons cette conversation,» dis-je en me détachant à contrecœur d'elle.

Traversant la salle avec mon loup prêt à prendre le dessus, je me dirige vers Armand Clément, le plus grand rival de mon père et l'alpha avec qui j'ai passé mon marché. En échange de ma libération du monde mafieux, j'ai accepté de lui donner les affaires illégales de mon père.

En retour, je garderais les entreprises que j'ai créées à partir de rien. De plus, sa meute offrirait la protection à ma famille. J'avais considéré cela comme un accord gagnant-gagnant. Il obtiendrait ce pour quoi lui et mon père avaient versé du sang, et je serais libre de posséder ce que j'avais construit… et Dillon.

Hil, ma mère, et moi ne lui devrions plus rien. Nous n'aurions plus jamais à le revoir.

Pourtant, le voilà, flanqué de deux de ses hommes de main et d'une blonde étourdissante qui pourrait être sa fille. Luttant contre ma pulsion de me transformer et de le déchiqueter, lui et son loup, je m'approcha en sentant ses changements d'odeur.

«Que fais-tu ici, Armand?» demandai-je.

«Remy, je suis venu présenter mes respects,» répond-il avec une pointe de sarcasme.

«N'importe quoi. Si tu voulais montrer ton respect, tu n'aurais pas mis les pieds sur le territoire de mon père.»

«Mais ce n'est plus le territoire de ton père désormais. C'est le mien. Tout est à moi. Grâce à toi.»

«Et notre accord, c'était que tu te retires et que tu nous laisses vivre notre vie.»

«Non,» corrigea Armand avec un sourire narquois. «Notre accord était que je te traiterais comme un membre de ma meute. Donc, je suis là… pour ma meute.»

Je fixais son visage suffisant, avec l'envie d'y enfoncer les crocs de mon loup. Mais je ne pouvais pas. Pas ici. Pas maintenant.

«Arrête de débiter des âneries et viens-en au fait, Armand. Pourquoi es-tu là?»

L'homme à la cicatrice, au corps forgé par l'excès, laissa échapper un sourire sinueux.

«C'est pour ça que je t'apprécie. Tu vas toujours droit au but. Très bien, voici. J'ai fait des recherches. Il s'avère que les entreprises que je t'ai laissé garder valent un peu plus que je ne l'aurais imaginé. Mes comptables parlent de plus d'un milliard.»

«Tu veux dire les entreprises que j'ai bâties de zéro sans l'aide de mon père.»

«Non, je parle de celles que tu as construites sur le dos de l'empire de ton père — un empire qui est à présent le mien.»

«Ce n'est pas comme ça que ça s'est passé. Mon père n'avait rien à voir avec mes entreprises.»

«Mais son argent Oui! Argent qui provient du sang de ma meute, à mes frais.»

Je serrais les poings, luttant pour maintenir mon loup au calme. «Armand, je t'ai donné tout le reste. Que veux-tu de plus?» demandai-je.

Ses yeux pétillaient de malice. «En fait, ce que je veux, c'est te faire une offre généreuse. Je ne te demanderai pas la part de tes entreprises que beaucoup diraient que je mérite. À la place, je vais te donner un moyen d'assurer qu'aucun mal ne touchera jamais ceux que tu aimes.»

«Et c'est quoi?»

«En unissant nos familles.» Il fit un geste vers la jeune femme à ses côtés. «Je veux que tu épouses ma fille, Eris.»

Je le regardais sidéré, puis éclatai de rire. «Tu plaisantes, j'espère.»

Le visage d'Armand se durcit. «Ce n'est pas une plaisanterie, Remy. Épouse ma fille, et nos familles seront liées par bien plus que les affaires. Je ne fais pas cette offre à la légère. Refuse, et je prendrai cela comme une grande insulte.»

Mon regard passa d'Armand à la femme magnifique à côté de lui, puis à Dillon, qui observait attentivement depuis l'autre côté de la salle. Je savais ce qu'Armand suggérait, mais rien n'avait d'importance. Je ne pouvais pas le faire. Je ne voulais pas.

«Écoute, je reconnais l'… offre, mais je ne peux pas épouser ta fille.»

Ses yeux se rétrécirent. «Je te suggère de reconsidérer, Remy. Tu ne veux pas m'insulter. Pas à ce sujet. Si tel était le cas, il y aurait des… conséquences.»

Entendant sa menace, mon loup se préparait. Pesant rapidement mes options, je regardais encore une fois autour de la salle. J'étais dans une position impossible. Je ne pouvais pas risquer la sécurité de ma famille, ni mettre Dillon en danger. Mais épouser Eris signifierait abandonner toute chance que j'avais avec Dillon, la femme que j'aimais.

Comment pourrais-je faire ça? Je ne pouvais pas. Mais comment ne pas le faire?

Armand saisit mon biceps de ses mains charnues, m'attirant à l'écart et me ramenant à la réalité. J'étais sur le point de lui dire d'aller au diable et d'affronter les conséquences quand il baissa la voix, s'adressant d'un loup à un autre.

«Je vois que tu es déchiré. Peut-être y a-t-il quelqu'un d'autre avec qui tu préférerais être?»

«Viens-en au fait,» insistai-je, pas sur le point de discuter de mes sentiments avec lui.

«Mon point est que nous sommes des alphas, même si l'un d'entre nous n'a pas de meute. Et des loups comme nous ne peuvent être contenus. Je ne t'attendrais pas à ce que tu le sois. Tout ce que j'attends de toi, c'est un mariage et un héritier. Après cela, libre à toi. Vis ta vie sans m'insulter, et je me ficherais de ce dans quoi ton loup se fourre.»

Je regardais Armand, stupéfait. Proposait-il que je trompe sa fille?

«Dans ma meute, c'est une tradition,» confirma-t-il, me faisant le détester encore plus.

Mon loup était emporté par la colère et l'impuissance. J'envisageais à nouveau de refuser quand je regardais son homme de main. Son odeur me disait qu'il était sur le point de se transformer. Tout comme son partenaire. Armand était venu prêt pour un bain de sang. Je ne pouvais pas laisser cela se produire dans une salle pleine de gens qui me tenaient à cœur… et Cali.

Avec mes pensées débordant sur la panique, je serrais les dents et disais : «D'accord!» Cela sortit avant que je ne réalise ce que je disais.

«C'était quoi cela?»

Ma mâchoire se crispa après avoir pris un moment pour évaluer la situation. Il m'avait.

«J'épouserai ta fille,» lui dis-je, stupéfait par les mots qui sortaient de ma bouche.

Le sourire suffisant d'Armand réapparut. S'éloignant rapidement de moi, il s'adressa à la salle, commandant l'attention de tous.

«Mesdames et messieurs, j'ai un grand respect pour l'homme que nous sommes ici pour honorer aujourd'hui. Nous avons pu avoir nos différences mais le temps des désaccords est révolu.

«À cette fin, je voudrais annoncer une heureuse nouvelle en ce jour autrement triste. C'est les fiançailles de ma fille, Eris, avec Remy Lyon, une union qui permettra à la paix et à la prospérité de s'épanouir pour tous. Que notre rivalité autrefois amère prenne fin ici et que nos grandes familles deviennent désormais une seule.

«Applaudissons le nouveau couple,» exigea-t-il en souriant d'une oreille à l'autre.

Des applaudissements polis et confus remplirent la salle. L'incrédulité était gravée sur les visages de ma famille. C'était surréaliste. Qu'avais-je fait? La réalité de ma décision ne me frappa que lorsque Dillon, choquée, croisa mon regard. Sa déception et sa tristesse étaient inévitables.

L'excitation palpitante que j'avais éprouvée à l'idée de lui parler s'était envolée. La remplaçant par un vide douloureux et creux. J'avais renoncé à ma chance de connaître l'amour. Et pour quoi?

Mais en la regardant, je réalisais qu'après être passé si près de l'avoir, je ne pouvais pas simplement la laisser partir. Même si je ne pouvais être avec elle, je devais l'avoir près de moi. Je savais que je devais lui proposer quelque chose.

«Dillon,» l'appelai-je, alors qu'elle se dirigeait vers la porte de derrière, l'air sur le point de pleurer. Elle s'arrêta. La rattrapant, j'enroulai ma main autour de son bras en la tirant vers moi, mais elle refusait de me regarder.

«C'est ça que tu allais me dire? Que tu allais épouser cette femme?» dit-elle, embourbée dans la jalousie.

«Non! Ce n'était pas ça du tout.»

«Alors tu n'allais rien me dire à ce sujet?» dit-elle finalement en me regardant dans les yeux.

«Ce n'est pas ce que je voulais dire.»

«Quoi alors?»

Elle avait un point. Qu'est-ce que j'avais l'intention de lui dire? Devrais-je lui dire que j'avais vendu mon âme pour la vie de tout le monde ici? C'était la vérité. Mais je n'avais pas un tel complexe de martyr.

Non, j'avais eu d'autres options et j'avais fait mon choix. Maintenant, je devais vivre avec. Mais cela ne signifiait pas que je laisserais partir Dillon. Selon Armand, je n'en avais même pas besoin. Cependant, ma proposition pour qu'elle devienne ma petite amie devait probablement changer.

«Accepterais-tu de travailler pour moi? J'ai besoin de quelqu'un de confiance dans mes affaires.»

Elle hésita, son regard ancré dans le mien. Prise au dépourvu, elle paraissait confuse.

«Remy, tu sais que je suis encore à l'université, n'est-ce pas? Il me reste au moins un an avant d'obtenir mon diplôme.»

«Mais les vacances d'été approchent, n'est-ce pas? Et quand tu seras diplômée, tu auras besoin d'expérience professionnelle. Donc, dans cette optique, j'aimerais t'embaucher comme ma…»

«…ta secrétaire?» Dillon interrompit.

Je la regardai, surpris par sa supposition modeste. Comme j'avais eu l'idée sur un coup de tête, je ne savais même pas ce que j'allais lui proposer. Mais cela aidait de connaître ses attentes.

«Non,» rétorquai-je. «Mon assistante. Tu m'aideras au quotidien et je pourrai faire appel à toi à tout moment.»

«Ça ressemble quand même à une secrétaire,» insista Dillon.

Je secouai la tête, «Ce n'en est pas une.»

«Est-ce que je serais assise à un bureau à l'extérieur de ton bureau?»

L'idée de pouvoir lever les yeux à n'importe quel moment et de la voir me rendait instantanément dur. «Absolument. Cette partie est non négociable.»

«C'est une secrétaire,» conclut-elle sans toujours montrer ce qu'elle pense de l'idée.

«Appelle ça comme tu voudras. La seule chose qui m'importe, c'est : acceptes-tu?»

Chapitre 5

Dillon

Assise dans le café branché de Soho, je frottais mes paumes moites contre mon jean, attendant Hil. Mon cœur battait la chamade, me demandant ce qu'elle dirait à propos de mon acceptation de l'offre d'emploi de Remy. Elle avait raison concernant Remy qui n'avait pas quitté le monde de la Mafia. Et maintenant, j'entrais dedans de mon plein gré.

Le café était un mélange moderne et rétro, avec des murs de briques apparentes, des sièges en cuir épurés et une ambiance chaleureuse et accueillante. C'était un endroit que nous fréquentions enfant. Bien des après-midis d'été avaient été passés ici à siroter du café, nous imaginant plus adultes que nous ne l'étions avec le garde du corps d'Hil à une table plus loin.

Comme ce fut le cas avec le vampire, je vis le même souvenir traverser l'esprit d'Hil lorsqu'elle entra. Lui offrant un sourire nerveux quand son regard se posa sur moi, elle se dirigea vers ma table.

«J'ai choisi cet endroit parce que je pensais que ça rappellerait quelques souvenirs,» lui dis-je lorsqu'elle s'assit.

Hil regarda autour d'elle, s'imprégnant du décor familier. Je vis à nouveau le film de nos moments passés ici se dérouler. Cette fois, c'était sans effort. C'était comme si la barrière entre moi et mon talent s'effaçait.

«Sans toi, je ne connaîtrais rien de New York,» avoua-t-elle. «On venait ici en se prétendant adultes. Maintenant je vis avec mon copain et toi, tu es à un an d'obtenir ton diplôme universitaire. C'est étrange.»

«Oui! Étrange,» répondis-je en riant, la nostalgie me réchauffant malgré mon anxiété.

Prenant une profonde inspiration, je savourais la dernière de notre ancienne dynamique et dis : «Hil, Remy m'a proposé un emploi.»

Son expression resta impénétrable. «Tu ne devrais pas l'accepter, Dillon,» dit-elle avec fermeté.

Mes yeux s'emplirent de larmes. Regardant mes genoux, je murmurai : «D'accord!»

Une larme glissa sur ma joue, et la main d'Hil s'étendit pour me réconforter.

«Pourquoi tu pleures?» demanda-t-elle doucement.

Je reniflai, croisant son regard. «Pourquoi tu penses que je ne suis pas à la hauteur pour ta famille?»

Hil soupira, les yeux emplis d'inquiétude.

«Ce n'est pas du tout ça, Dillon. Ce n'est vraiment pas ça. Toute ma vie, je me suis sentie prisonnière de la vie folle de ma famille. Je ne veux pas que tu me rejoignes dans cette cellule.» Elle marqua une pause, se remémorant. «Tu ne sais pas ce que c'est que de grandir dans cette cage de penthouse, où la seule amie que j'avais s'était liée d'amitié par pitié.»

Je secouai la tête, niant sa prétention. «Ce n'est pas pour ça que nous sommes amies, Hil. Nous sommes amies parce que je t'aime.» Ma voix trembla alors que je continuais : «Et j'en ai vraiment marre d'être la protégée de ta famille. J'en suis reconnaissante. Ne pense pas que ce n'est pas le cas. Mais je veux me débrouiller seule.

«Si j'acceptais l'offre de Remy, peut-être que je pourrais y arriver. Et peut-être qu'en gagnant mon propre argent, je pourrais t'inviter au lieu de toujours dépendre de ta générosité.»

Après avoir entendu ce que j'avais dit, Hil s'essuya les yeux, reniflant.

«Je ne veux pas que tu t'impliques avec Remy, Dillon. Et ce n'est pas parce que tu n'es pas à la hauteur pour notre famille. Je te considère déjà comme une sœur.»

«Alors, je ne comprends pas. Pourquoi tu ne veux pas qu'on soit ensemble?»

«C'est parce que j'ai besoin de toi, Dillon. Et je sais que si tu t'impliquais avec lui, il se passerait quelque chose qui te ferait du mal. Une fois que ça arriverait, tu te rendrais compte que tu es trop bien pour des gens comme nous, et alors… tu ne voudrais plus être mon amie,» avoua-t-elle, ses larmes coulant toujours.

«Je sais que c'est égoïste, mais je ne supporterais pas de me retrouver seule encore une fois, Dillon,» ajouta Hil, la voix brisée. «Et tu es tout ce que j'ai. Je ne veux pas te perdre.»

J'ai tendu la main et serré la sienne. «Hil, rien ne brisera jamais notre amitié. Et tu ne seras jamais seule à nouveau. Pas seulement parce que tu as Cali mais je ne vais nulle part. Je le promets.»

Hil sourit à travers ses larmes, hochant la tête. «Je suis tellement chanceuse de vous avoir toutes les deux. Mais s'il te plaît, promets-moi de ne pas t'impliquer avec Remy. Je ferai n'importe quoi. Si tu as besoin de plus d'argent, je peux demander au comité des bourses d'augmenter ton allocation. Si c'est pour rechercher ce que tu es, je retournerai chez Cali dans quelques jours. Je commencerai à me renseigner dès que je le ferai.»

Je secouai la tête. «Ce n'est ni l'un ni l'autre, Hil. Je veux commencer à gagner mon propre argent. Et je veux accepter l'offre d'emploi de Remy avec ta bénédiction.»

Hil hésita un instant, puis finalement céda. «D'accord, Dillon. Tu as ma bénédiction. Mais promets-moi une chose – ne tombe pas sous le charme de mon frère.»

Je souris. «Je le promets.»

«Merci,» dit-elle, en se penchant pour m'étreindre.

La tenant dans mes bras, je regardais autour de moi l'endroit où nous avions autrefois fait semblant d'être adultes et je me demandais si j'avais fait une promesse que je pourrais tenir.

Une semaine après avoir accepté l'offre d'emploi de Remy, j'entrais dans sa maison bourgeoise élégante de Brooklyn pour mon premier jour. Je ne savais pas à quoi m'attendre, mais lorsque Remy sortit de son bureau pour m'accueillir, mon soutien-gorge en dentelle ne pouvait cacher mon excitation.

Le gabarit musclé de 1m88 de Remy remplissait une chemise blanche impeccable comme si elle avait été peinte sur lui. Et avec ses manches retroussées, ses tatouages sur l'avant-bras étaient pleinement visibles. J'arrivais à peine à parler, ressentant un raz-de-marée de désir m'envahir. C'était comme si j'avais de nouveau 14 ans.

«Dillon, je suis tellement heureux de t'avoir enfin…»

«… ici?» bégayai-je.

«Là où tu voudras,» répondit-il avec un sourire et assez de suggestion pour me faire tomber à genoux. «Maintenant, le premier point à notre ordre du jour, suis-moi,» dit-il en changeant rapidement de ton pour un air sérieux.

«Où allons-nous?» demandai-je, ma voix sonnant faiblement après avoir à peine eu le temps de poser mes affaires.

«Nous allons faire une réunion en marchant. Ça sonne professionnel, non? Oui, nous allons faire une réunion professionnelle en marchant,» dit-il, me guidant à l'extérieur.

«Vais-je devoir prendre des notes?» répondis-je en cherchant mon téléphone et une certaine apparence de professionnalisme.

Alors que je le sortais et naviguais vers mon application bloc-notes, il regarda mon vieux téléphone et soupira.

«Non, ça ne va pas aller. La première chose à l'ordre du jour, procures-toi un nouveau téléphone. On l'appellera téléphone d'entreprise, mais il sera à toi. Choisis celui qui te plaît,» dit-il avec assurance.

«D'accord,» répondis-je, surprise par sa générosité.

«La prochaine chose à notre agenda, il y a une crêperie japonaise pas loin où je meurs d'envie de t'emmener,» déclara Remy.

«Moi?» demandai-je, essayant de garder mon sang-froid malgré le fait que je voyais à peine droit.

«Oui! Je l'ai goûtée au Japon, puis à Taipei. Quand j'ai découvert un magasin juste au coin de la rue, je me suis dit, «tu sais qui adorerait ça? Dillon, Dillon adorerait certainement cela.» Et maintenant, te voilà.»

«tu étais sûr que ça me plairait?» demandai-je, submergée par son charme électrisant.

«Et te voilà,» répéta-t-il.

«Et me voici,» confirmais-je, essayant de me concentrer sur tout sauf la façon dont la chemise de Remy moulait ses muscles.

Approchant de la boutique, je remarquai une longue file qui s'étendait à l'extérieur de la porte. Remy afficha un sourire en coin, sortant son téléphone.

«Ils ont une application?» observai-je, haussant un sourcil.

«Ils n'en avaient pas,» avoua Remy. «Mais après avoir essayé une de leurs crêpes, j'ai acheté la compagnie, puis je leur ai créé une application.»

Je ris. «Pourtant, il y a toujours une file.»

«L'application est encore en version bêta. Je voulais la tester rigoureusement avant de la sortir pour le public,» expliqua-t-il d'un ton diabolique.

«Donc c'est ton app personnelle pour obtenir des crêpes japonaises quand tu veux?» demandai-je, le cœur battant sous l'intensité de son regard.

Remy afficha un sourire narquois. «Tu devrais les regarder les faire. C'est vraiment cool.»

Alors que nous observions la pâte à crêpe lissée et retournée sur une plaque chauffante circulaire, j'étais fascinée. Une fois cuite, des bananes tranchées y étaient déposées et roulées. En la garnissant de glace et la surmontant de crème fouettée, elle était caramélisée au chalumeau en une crème brûlée. Ça avait l'air incroyable! Mais rien n'aurait pu me préparer pour ma première bouchée.

«Oh mon dieu!» m'exclamai-je, les yeux prêts à sortir de leurs orbites.

«N'est-ce pas? C'est le meilleur million que j'ai jamais dépensé,» dit Remy avec un sourire satisfait.

Je toussai, entendant le prix. Mais je pris une autre bouchée.

«Ouais, probablement,» acquiesçai-je en me régalant.

Assise à une petite table en face de l'homme dont j'étais amoureuse toute ma vie et dégustant le dessert le plus incroyable que j'avais jamais mangé, j'étais au paradis. Je ne voulais jamais que ce moment se termine. Quand il prit fin et que je fus à nouveau plongée dans les piscines de ses yeux, j'abordai l'évidence.

«Donc, je suis ici. Tu m'as. Tu peux faire de moi ce que tu veux. Quel va être mon travail? Et si tu dis testeur d'appli de crêpes japonaises, saches que je vais tester cette chose à la crème brûlée jusqu'au bout.»

Remy rit. «Si c'est ton rêve, vas-y. Personnellement, tant que tu te présentes chaque jour en ayant l'air magnifique, peu importe ce que tu fais. Et, à propos, tu fais déjà un excellent travail.»

Je roulai des yeux avec légèreté cachant que ma combinaison soutien-gorge / chemisier avait perdu un autre round contre mes tétons. Mais finalement, quand je pus à nouveau me tenir debout, nous nous levâmes et marchâmes de retour vers le bureau.

«Alors, en quoi consiste réellement ton entreprise?» demandai-je alors que le sang revenait lentement à mon cerveau.

«Pendant le dernier ralentissement économique, beaucoup d'entreprises étaient à court de liquidités. J'ai fourni les capitaux nécessaires pour qu'elles couvrent leurs dépenses en échange d'une participation dans l'entreprise et de taux d'intérêt généreux.»

«Attendes, tu es un usurier?» lançai-je du tic au tac.

Remy éclata de rire. «Quand on est riche, cela s'appelle être un investisseur de série D.»

Nous approchâmes de la porte de bureau de l'immeuble et entrâmes. «Le «D» ça veut dire «dick»? Parce que c'est ce que sont les usuriers,» plaisantai-je.

«Officiellement, non! Mais soyons honnêtes. Parfois, un petit «dick» c'est ce que certaines personnes recherchent,» répondit Remy, un sourire en coin.

Je rougis. «Je ne sais rien de tout cela.»

«Tu es plus familière avec les gros «dicks»? Je n'aurais jamais deviné cela de toi. Mais sois rassurée, Mme Harris, mon entreprise peut aider.»

Sachant que je devenais écarlate, j'ai subtilement ajusté ma blouse me demandant combien était visible. Mais entendant quelqu'un se racler la gorge, nous levâmes tous les deux les yeux. Voyant qui se tenait devant nous, je me figeai de panique.

Chapitre 6

Remy

Voir Eris Clément dans la salle d'attente de mon bureau m'a arraché de la fantaisie dont je m'étais brièvement accordé et m'a renvoyé à la réalité. La princesse choyée d'Armand était assise sur ma méridienne Le Corbusier, ses boucles blondes parfaitement sculptées et ses yeux bleus glaciaux traduisant clairement son dédain pour tout ce qui se dressait sur son chemin.

Instinctivement, je me suis tourné vers Dillon à côté de moi. Elle était visiblement perturbée. Je détestais l'effet qu'Eris avait sur elle.

«Que fais-tu ici?» demandai-je, agacé.

Eris offrit un sourire espiègle. «Une fille ne peut-elle pas simplement rendre visite à son futur mari au travail?» demanda-t-elle, faisant dresser les poils sur mes bras. Alors que je serrais les dents, elle ajouta, «Je t'ai apporté un cadeau de fiançailles.»

«Quoi?» demandai-je, désarçonné par son geste. Qu'est-ce qu'elle faisait?

«Les choses entre nous n'ont peut-être pas commencé comme l'un de nous l'aurait choisi, mais on peut encore en tirer le meilleur, n'est-ce pas?» Elle désigna une petite boîte sur la table. «Ouvre-la.»

J'hésitai à nouveau en cherchant la réaction de Dillon. Elle était aussi confuse que moi. Me retournant vers la boîte bleu pâle agrémentée d'un ruban blanc, je la soulevai et la fixai.»

«Ce n'est pas une bombe, Remy. Je suis assise ici avec toi,» dit-elle avec sarcasme.

Voulant en finir avec cet échange, je tirai sur le ruban et soulevai le couvercle. À l'intérieur se trouvait une montre qui m'a coupé le souffle.

«Comment as-tu su que je collectionnais les montres?» balbutiai-je, levant les yeux vers Eris.

«Remy, tu es un homme de classe et de goût. Bien sûr, tu collectionnerais des montres,» répondit-elle avec un sourire satisfait.

Dillon s'approcha, la curiosité prenant le dessus. «C'est quoi?»

«C'est une Richard Mille RM 56-02 Tourbillon Sapphire. C'est une montre très rare,» dis-je en essayant de me rappeler la dernière fois que j'en avais vu une en personne.

Dillon se pencha pour mieux regarder. «On voit complètement à travers. On dirait que les pièces qui tiennent les aiguilles flottent entre deux verres. C'est incroyable,» admit-elle.

Je la regardai, puis me retournai vers Eris. «C'est estimé à deux millions de dollars,» dis-je, luttant pour trouver les mots justes. «Je ne peux pas accepter ça. C'est trop!»

Eris croisa les bras. «Je serai ta femme, Remy. Rien n'est trop pour mon futur mari.»

Voyant l'expression secouée de Dillon, je me ressaisis. «Ouais, j'ai essayé d'en trouver une comme celle-ci,» dis-je avec désinvolture.

Les yeux d'Eris brillèrent lorsqu'elle demanda, «Puis-je te la mettre au poignet?»

Luttant contre l'envie de refuser, je cédai alors qu'elle glissait la montre sur mon poignet. Toujours submergé par ce que je voyais, je dis, «Eris, je ne sais pas comment te remercier.»

«Je le sais,» répondit-elle avec un sourire sinistre. «Ne l'enlève jamais.»

Sur le ton de la plaisanterie, je répondis, «Je ne suis pas sûr de le vouloir.»

«Et vire-la,» poursuivit Eris, en hochant la tête vers Dillon.

«Quoi?» demandai-je, de nouveau déconcerté par elle.

«Je pense que tu m'as entendu,» dit-elle d'un ton suffisant.

«Je ne peux pas faire ça,» déclarai-je, mes yeux se déplaçant vers Dillon, qui semblait abasourdie.

Eris se moqua. «Pourquoi pas? Les secrétaires, ça se trouve à la pelle, non? Et c'est un moyen tellement simple de rendre ta future épouse heureuse.»

Je la fixai, sentant mon loup se frayer un chemin à la surface. «Dillon n'est pas ma secrétaire,» dis-je en luttant pour ne pas me transformer.

«Ah, vraiment?» demanda Eris, les yeux rétrécis. «Qu'est-elle alors, ta maîtresse? Parce que, mariage forcé ou non, je ne serai pas humiliée comme ma mère l'a été,» dit-elle en se décomposant. Alors qu'elle parlait, je pouvais sentir qu'elle était sur le point de se transformer. Mais se reprenant vite, elle s'arrêta. Se redressant, elle ajouta, «Je te couperai la tête avant de laisser cela arriver.» Et puis elle sourit, comme si elle venait de partager une faiblesse pour le chocolat.

Je la fixai, stupéfait. Il n'y avait aucun doute qu'Eris était la progéniture d'Armand. Et, contrairement à moi, ses deux parents étaient des métamorphes. Je pouvais le dire à son odeur. Cela rendait son loup plus fort et plus dangereux. Mais j'avais déjà mis au tapis des métamorphes purs bien plus grands qu'elle.

Après avoir laissé planer sa menace un moment, elle rit. La femme était folle. J'étais sûr qu'elle était capable de tuer tout comme son père l'était.

Sachant que je devais faire quelque chose avant que les choses ne dégénèrent, je fis un pas entre Eris et Dillon.

«Aussi appétissant que puisse être mon crâne, cela n'arrivera pas.»

Eris haussa un sourcil. «Non? Alors quoi?»

J'hésitai un instant avant de dire, «J'ai engagé Dillon pour diriger un projet spécial, pour lequel elle est l'unique qualifiée.»

Eris parut sceptique. «Lequel?»

Réfléchissant vite, je dis, «Elle est ici pour créer un centre de liaison communautaire.»

«Elle est?» demanda Eris, soudainement confuse.

«Je suis?» demanda Dillon, tout aussi surprise.

«Tu l'es,» affirmai-je. «J'avais prévu de te faire faire une période d'essai avec la société pour assurer que nous fonctionnions bien ensemble avant de te le proposer, mais je crois que ce moment est passé.»

Eris croisa les bras, toujours méfiante. «Un centre de liaison communautaire.»

Je hochai la tête. «Bien sûr. Ce que tu ignores, c'est que Dillon est une bénéficiaire de notre bourse familiale. Non seulement cela, elle vient du type de communauté que j'espère rejoindre. Sa mère est notre gouvernante de confiance. Dillon est pratiquement un membre de la famille.»

Eris y réfléchit. «Donc, elle est comme ta sœur?»

«C'est la meilleure amie humaine de ma sœur, que notre famille a pris sous son aile depuis qu'elle a 14 ans,» expliquai-je.

Eris afficha un sourire suffisant. «Oh, c'est la charité de ta famille. Je comprends.»

«Je ne le formulerais pas ainsi, mais tu saisis l'idée.»

«Bien sûr,» dit Eris, son ton s'allégeant. «Un instant, j'ai pensé qu'elle allait être un problème avec, tu sais, nous.»

«Tu te moques de moi? Tu pensais que j'étais attiré par quelqu'un comme elle?» demandai-je en regrettant de l'avoir dit.

Eris se détend et glousse. «Oui, je suppose que cela aurait été stupide. Les hommes comme toi n'aiment pas les personnes fragiles», dit-elle en se glissant vers moi, posant ses mains sur mon torse et ses lèvres près des miennes.

Je lui ai pris les poignets et l'ai éloignée. «Mais ce n'est pas parce qu'elle ne me plaît pas que tu me plairas un jour. Eris, il n'y a pas de nous. Je pense qu'il faut le dire clairement maintenant. J'ai accepté de t'épouser et un jour, si nécessaire, nous aurons peut-être des enfants. Mais c'est tout. Il n'y aura jamais rien de plus.»

Eris ne semble pas convaincue. «J'ai l'impression que tu me lances un défi.»

«Ce n'est pas comme ça que je l'interpréterais», ai-je dit en plissant les yeux.

«Potayto, potahto», dit-elle en haussant les épaules avec désinvolture.

Je me suis mis à rire malgré moi. «Ai-je besoin d'être plus clair?»

Eris hausse un sourcil. «Vraiment? Parce qu'en fin de compte, tu seras amoureux de moi.»

«Eris…»

«Mari», dit-elle en me coupant la parole, sa voix dégoulinant de sarcasme. Nous nous sommes souri l'un à l'autre en toute connaissance de cause.

«Et moi qui craignais que notre mariage soit ennuyeux», dit-elle. «Apprécie le cadeau. Et toi, ajouta-t-elle en désignant Dillon stupéfait, souviens-toi qu'il y a de la place dans cette assiette.»

«Eris! m'exclamai-je, sentant mon loup prêt à frapper.

«Je plaisante», dit-elle en roulant des yeux. «J'ai été ravie de te rencontrer, Dillon. Rends notre famille fière.»

Avant que je puisse dire quoi que ce soit d'autre, Eris a tourné sur ses talons, ses cheveux blonds se balançant tandis qu'elle se dirigeait vers la sortie. La porte s'étant refermée derrière elle, mon cœur se resserrait tandis que je réfléchissais à ce que Dillon allait dire.

Chapitre 7

Dillon

Mon cœur battait la chamade alors que je tentais de digérer ce qui venait de se passer. L'humiliation que j'avais ressentie face aux mots de Remy et à la présence d'Eris avait déchiré ma poitrine. Elle rongeait ma confiance d'une manière que rien d'autre n'aurait pu faire.

Non seulement il m'avait fait douter de ma place dans leur monde glamour, mais il avait ridiculisé l'idée qu'il puisse être attiré par moi. J'avais été si idiote de penser qu'une personne comme Remy puisse s'intéresser à quelqu'un comme moi. J'étais juste la bonne œuvre de sa famille, à présent «particulièrement qualifiée» pour lui donner ce qu'il désirait.

«Alors, c'est tout ce que je suis pour toi?» dis-je en me tournant vers lui, la voix brisée. «Une œuvre de charité? Quelqu'un pour combler un vide dans ton petit monde parfait en étant pauvre et métisse?»

Remy semblait déconcerté par mon éclat.

«Dillon, ce n'est pas ce que je voulais dire—»

«Eh bien, ça y ressemblait sacrément!» répliquai-je, mes insécurités reprenant vie.

Pendant un moment, Remy resta silencieux. Quand il parla, sa confiance habituelle avait disparu. Tant mieux, il méritait de ressentir ce que je ressentais.

«S'il te plaît, essayes de comprendre. Je sais que ce que j'ai dit qui t'a blessée,» dit Remy peiné.

Aussi en colère que je voulais être contre lui, sa vulnérabilité éteignit rapidement ma flamme. Je pouvais voir son loup, une image faite de lumière, se tenant à sa place. Avec ses oreilles baissées, il semblait blessé par mes mots. Il semblait se soucier plus de ce que je pensais que Remy lui-même.

Qu'est-ce que ça signifiait? Le loup d'un métamorphe reflétait-il ce que l'humain pensait ou l'animal avait-il sa propre conscience?

Quoi qu'il en soit, mes nouvelles capacités m'avaient donné un aperçu d'un côté de Remy que je n'avais jamais vu auparavant. Cela me le faisait aimer davantage. Je me détestais pour cela.

La résistance fondant en moi, je levai les yeux vers ses doux yeux. Ravallant un nœud dans ma gorge, je réalisai que j'allais lui dire quelque chose que je n'avais jamais partagé avec qui que ce soit.

«Tu ne sais pas ça de moi car je ne l'ai jamais dit à haute voix avant, mais je sais que je ne suis quasiment que le petit animal de compagnie d'Hil. Elle se sentait seule et avait besoin d'une amie, alors ta famille est allée au refuge pour les pauvres et m'a trouvée.»

«Comment?» dit Remy, feignant la surprise.

«Ne le nie pas. Je sais ce que les autres pensent quand ils me voient avec Hil ou toi. Je ne m'habille pas comme ta famille. Je ne lui ressemble pas. Je n'ai pas ma place,» avouais-je, la voix tremblante.

«Parfois, je me laisse croire que je pourrais vraiment avoir ma place dans votre monde, que je pourrais être quelqu'un qui t'importe réellement. Mais chaque fois je retombe à la réalité, me sentant comme rien de plus qu'une pauvre amie noire de façade que vous gardez pour le plaisir.»

Remy écoutait, son regard ne quittant jamais le mien. Quand j'eus terminé, il ne sut que dire. Je ne pensais pas qu'il y avait quoi que ce soit qu'il puisse dire. Je savais que j'avais raison, peu importe combien son loup avait l'air dévasté.

Mais quand son regard se posa au sol, il retrouva sa voix et sa confiance tranquille.

«Dillon, je veux partager quelque chose avec toi. C'est quelque chose que mon père m'a dit avant que je me transforme pour la première fois. Je ne sais pas si tu le sais, mais j'ai été un métamorphe tardif. Du fait que ma mère est humaine, je croyais que je n'avais pas hérité de la capacité de me transformer. Mais un jour, mon père m'a pris à part et a dit, «Quand tu accepteras ton vrai moi, tu seras récompensé.» Quelques jours plus tard, j'ai emmené Hil et toi à la fête foraine, Hil s'est retrouvée dans une mauvaise situation et mon loup est sorti. J'avais accepté qui j'étais et j'ai pu sauver ma sœur.»

Je le regardai, une petite part de moi osant espérer qu'il ne parlait pas seulement de comment accéder à des capacités surnaturelles. Que peut-être il parlait de nous.

«S'accepter soi-même n'est jamais facile, et ça peut être terrifiant,» continua Remy. «Mais… peut-être que tes origines et expériences ne sont pas tes faiblesses, mais tes forces. Je peux t'assurer que personne dans ma famille ne t'a jamais vue comme tu te décris. Et moi, je pense qu'il y a tellement plus en toi que tu ne t'en accordes le crédit. Alors entendre ce que tu penses de moi, et de toi-même, me brise le cœur,» dit-il au bord des larmes.

Perdue dans les mots de l'homme dont j'étais amoureuse depuis si longtemps, je frôlais une idée qui n'était tentante qu'à portée de main. Mon cœur s'emballait à cette perspective. Y avait-il de la force dans ces choses que j'avais fui pendant si longtemps? Je ne le pensais pas. Mais, quand même, et si? Que signifierait cela pour moi? À quoi cela ressemblerait-il?

«Je…»

«Quoi?» demanda-t-il lorsque je ne continuai pas.

Non, je ne pouvais pas faire ça. «Remy, je…»

Entendant mon ton, il me coupa.

«Dillon, regarde, je ne peux pas prétendre savoir ce que c'est que d'être toi. Je suis blanc. Je suis riche. Je suis incroyablement séduisant,» dit-il en attirant mon attention sur le bref retour de son sourire présomptueux. «Ce que je veux dire, c'est que je ne sais pas ce que c'est que d'être toi, mais j'aimerais le savoir. Et, j'étais sincère à propos de toi créant un centre de proximité communautaire pour moi et ma famille.»

«Je reconnais que je n'y ai pas pensé avant d'y être forcée. J'aurais été complètement satisfait de juste t'avoir près de moi tous les jours pour pouvoir te regarder,» dit-il avec un sourire.

«Remy,» commençai-je, ne pouvant supporter sa légèreté maintenant que je savais qu'il n'avait pas de sentiment pour moi.

«Considère-le,» dit-il en touchant légèrement mon bras. «Réfléchis à tout le bien que tu pourrais faire. S'il te plaît, juste réfléchis à ça. Le feras-tu?»

Je réfléchis un instant à sa proposition. Elle n'était pas mauvaise. Et mieux valait que ce soit quelqu'un comme moi qui la concrétise plutôt que de le laisser, Hil ou lui, jouer les sauveurs blancs magnanimes.

«Je vais y réfléchir,» lui dis-je, me demandant si je faisais une erreur en envisageant seulement cette possibilité.

Le sourire de Remy rayonna. «Parfait. Pense aussi à l'endroit où tu pourrais installer ce lieu. Ça pourrait t'aider à prendre ta décision.»

«Tu veux dire que ça pourrait m'aider à faire ce que tu veux?» demandai-je avec acrimonie.

«Naturellement,» répondit-il sur le même ton. Laissant son sourire s'estomper, il ajouta, «Mais sérieusement Dillon, je veux que tu fasses ce qui te semble juste. Malgré ce que tu penses, je tiens vraiment à toi. Je serais prêt à tout pour te rendre heureuse.»

«Tout sauf m'aimer,» pensai-je. «D'accord,» lui dis-je avant de terminer ma journée plus tôt et de rentrer chez moi.

Dans le train de retour vers mon appartement au New Jersey, le rêve que j'avais de moi et Remy ensemble me semblait être un songe lointain. Je n'arrivais pas à me défaire du pincement au cœur ressenti lorsque je repensais à ce qu'il avait dit de moi à Eris. Son rire à l'idée qu'elle puisse s'intéresser à quelqu'un comme moi résonnait dans mes oreilles. C'était un rappel cruel qu'il n'éprouvait pas, qu'il ne pouvait pas ressentir la même chose que moi.

Appuyant ma tête contre la vitre froide de la fenêtre du train, la scène avec Eris se rejouait dans ma tête. Ils avaient l'air de deux poupées parfaites, faites pour être ensemble. Pourquoi avais-je cru que Remy avait envie d'être avec moi?

Ce n'était pas difficile de s'en rappeler. Je pouvais me remémorer l'instant précis où j'avais imaginé une vie avec lui. C'était le lendemain de cette épisode gênant où je m'étais retrouvée à danser nue chez les parents de Remy, ce qui me faisait encore rougir de honte.

Quand il était arrivé le deuxième soir, il avait dit qu'il était là parce qu'il avait reçu une alerte du système de sécurité. Il m'avait dit qu'il était venu pour s'assurer que je ne faisais pas une autre fête non autorisée. Ça devait être une blague. Mais s'il n'avait pas reçu d'alerte, alors pourquoi était-il là?

«Non, pas de fête ce soir,» avais-je dit en rougissant Dieu sait de quelle couleur.

«C'est dommage. Je m'ennuyais et je cherchais un spectacle,» avait-il dit avec ce sourire trop charmant qui lui était propre.

«Eh bien, il n'y en a pas ici,» l'avais-je assuré à ce moment-là, pensant que je ne me déshabillerais plus jamais chez eux.

Ses yeux s'attardèrent sur moi en silence. Aussi consciente de moi que j'étais, j'aurais fondu sous son regard d'acier si rapidement il n'avait pas demandé : «Tu as déjà mangé?»

Sa question simple m'avait prise au dépourvu. Mon cœur s'était mis à battre inopinément face à cette petite marque de prévenance.

«Pas encore. Et toi?»

«Non! Je pensais aller manger une part de pizza. Ça te dirait de venir?»

Je savais qu'il s'était voulu une invitation amicale de la part du frère de ma meilleure amie, mais je ne pouvais m'empêcher de le désirer. Mon idiot de cœur voulait que ce soit un rendez-vous. Et cela en avait tout l'air.

Remy me tenait la porte, payait pour tout, et la manière dont ses yeux pétillaient lorsqu'il riait me faisait flancher. Autour d'une pizza, il me racontait des anecdotes sur Hil durant leur enfance. Mais quand je l'interrogeais sur lui, il n'était pas si ouvert. À la place, je voyais une douleur passer dans son regard. Cela me le rendait encore plus cher.

Après avoir terminé notre pizza, je m'attendais à ce qu'il me dise au revoir mais il ne l'a pas fait. Au lieu de ça, nous avons marché en silence vers la demeure de ses parents. Et, ne désirant pas que la nuit se termine, avec mon jeune corps tremblant, j'ai demandé,

«T'aimes la glace?»

«Si j'aime la glace? Carrément!» a-t-il répondu, son visage s'illuminant.

Je lui ai parlé d'un endroit dont j'avais entendu parler, à quelques rues de là, qui était censé être très bon. Excité, il m'y a menée. Après avoir goûté quelques échantillons, il a mentionné un autre glacier qui était réputé être encore meilleur.

«Meilleur que celui-ci?» demandai-je en savourant la meilleure glace de ma vie.

«Il n'y a qu'un moyen de le savoir,» a-t-il dit avec entrain.

Après avoir essayé cet endroit, il semblait que nous nous étions lancés dans une mission pour trouver la meilleure crème glacée de New York. Sortant mon téléphone, j'ai localisé le glacier le mieux noté de la ville. Il a parié avec moi que rien ne pourrait être aussi bon que celui que nous venions d'essayer. Alors, nous sommes allés au suivant.

Après avoir testé et constaté qu'il n'était pas aussi bon, j'ai cherché sur une carte du quartier, espérant prolonger notre aventure.

«Je suis sûre qu'il y en a un meilleur,» ai-je dit en épluchant les avis pour décider lequel ce serait.

«Pourquoi ne pas les essayer tous?» a proposé Remy avec enthousiasme.

«Tous?»

«Pourquoi pas? Tu as autre chose de prévu?»

«Je comptais juste rattraper mes émissions de télé ce soir.»

«Alors, qu'est-ce que tu en dis? Tu veux savoir quelle est la meilleure glace de New York?»

Nous avons marché toute la nuit, riant, et complètement électrisés par le sucre. Quand le dernier des magasins a fermé et que nous avons mangé notre dernier échantillon, nous nous sommes appuyés contre la rambarde en contemplant la rivière. Le clair de lune scintillait sur l'eau ondulante et je voulais qu'il m'embrasse.

Le silence s'était installé entre nous. Mon corps de seize ans avait besoin du sien. Un frisson m'a parcourue, désirant qu'il me prenne dans ses bras. Mais il ne l'a jamais fait. Au lieu de cela, il m'a raccompagnée. Devant la porte de chez ses parents, lui ne rentrant pas, j'aurais pu pleurer tellement il me manquait.

«Il est tard,» lui ai-je dit. «Pourquoi tu ne dors pas dans ta chambre? …Ou où tu veux,» ai-je ajouté l'invitant à venir dans mon lit.

«Je ne devrais pas,» a-t-il dit, les yeux torturés.

«Pourquoi pas?» J'ai osé effleurer son avant-bras, espérant l'attirer plus près.

«Parce que je ne me fais pas confiance,» dit-il avec un sourire torturé.

«Parce qu'il ne se faisait pas confiance,» répétais-je à voix haute en me rappelant ses mots.

Qu'est-ce que ça signifiait? Depuis quatre ans, j'avais choisi de croire que cela signifiait qu'il me désirait. Qu'il avait des sentiments pour moi.

Après y avoir repensé pendant des mois, j'avais conclu qu'il l'avait dit soit à cause de notre différence d'âge, soit parce qu'il avait peur de se transformer et que son loup me tuerait. Il voulait juste me protéger.

La fois suivante quand je l'ai revu, j'ai tenté de lui dire que je lui faisais confiance et que notre différence d'âge n'avait pas d'importance. Mais soit il n'a pas compris, soit il n'a pas voulu comprendre, car rien n'a changé.

Maintenant, alors que la douleur de chaque battement de cœur menace de me mettre à genoux, je comprends que j'ai complètement mal interprété la soirée la plus romantique de ma vie. Remy n'était venu ce soir-là qu'à cause d'une alerte de sécurité. Et notre périple à travers la ville pour déguster des glaces n'était destiné qu'à contenter son amour pour ce dessert.

Ayant dépensé un million de dollars dans l'achat de sa propre boutique, il aimait manifestement énormément cela. Rien n'avait jamais été question de sentiments à mon égard. J'avais toujours été rien de plus que l'œuvre de charité de sa famille.

Pendant longtemps, j'avais pensé que je n'étais pas spéciale. J'étais simplement quelqu'un que cette riche famille considérait comme une compagne de jeu pratique pour leur fille. La seule chose qui me différenciait des autres, c'était la chance. Ma mère avait heureusement été assignée chez les Lyons comme leur femme de ménage. Et leur fille avait, par chance, mon âge et était solitaire.

Mais il ne pouvait y avoir plus dans mon histoire, n'est-ce pas? Le vampire m'avait dit que son maître lui avait ordonné de faire croire à ma mère qu'elle était enceinte. Cela voulait dire qu'elle n'était pas enceinte. Ne signifiait-il pas également que je n'étais pas son fils?

Si cela était vrai, l'affectation de ma mère chez les Lyons pouvait-elle aussi avoir été orchestrée? Chaque étape de ma vie faisait-elle partie d'un complot élaboré auquel je n'avais aucun contrôle?

Sentant commencer à perdre pied, je regardai par la fenêtre du métro le soleil couchant. J'avais besoin d'aide pour comprendre ce qui se passait. Remy était toujours ma meilleure option.

Je ne doutais pas qu'Eris me haïssait. Même quand elle regardait Remy, je voyais son loup surveiller chacun de mes mouvements. Il pouvait sentir les sentiments que j'avais pour Remy même si Eris ne le pouvait pas. Ou peut-être que si. Elle avait suggéré de présenter ma tête sur un plat.

Malgré le sentiment du loup d'Eris prêt à bondir, et sachant qu'il ne partageait pas les mêmes sentiments, j'avais toujours besoin de Remy. Il fallait que je lui parle du vampire et ce n'était pas le genre de chose que je pouvais aborder autour de crêpes japonaises.

«Oh, au fait, l'homme que je croyais être mon père fait partie des non-morts. Et je pense que je pourrais être un monstre placé chez ma mère pour détruire ta famille ou peut-être le monde. Tu peux me passer une serviette?»

Non, je devais m'y prendre progressivement pour lui dire. Cela signifiait que nous devions passer plus de temps ensemble. Et son idée d'ouvrir un centre communautaire était bonne, non? Elle était généreuse et réfléchie. Que ce soit le destin ou non, je ne pouvais oublier que c'était uniquement grâce à la générosité de sa famille que j'étais à un an d'obtenir mon diplôme universitaire.

Si Remy offrait maintenant d'être aussi généreux avec les autres que sa famille l'avait été avec moi, ne devais-je pas cela aux enfants comme moi qui n'auraient jamais ce que j'avais eu? Ne serait-ce pas la chose humaine à faire? Ne prouverait-ce pas que je n'étais pas un monstre?

Pendant les jours suivants, je n'allai pas au bureau. Au lieu de cela, je mis de côté mes intérêts personnels et fis ce que Remy avait suggéré. Parcourant les quartiers, je cherchai un emplacement convenable pour son centre d'action communautaire.

Finalement, mes errances me conduisirent de nouveau aux projets de Brownsville, là où je suis née et où ma mère et moi vivions avant qu'elle obtienne son emploi chez les Lyons.

En me promenant dans le quartier, je tombai sur un groupe de gars et de filles que je n'avais pas vu depuis l'école primaire. Ils traînaient devant le bâtiment à boire des bières. C'était en plein milieu de semaine. Mon cœur se serra à l'idée qu'en d'autres circonstances, j'aurais pu être à leur place.

Continuant ma marche à travers le vieux quartier, mes sens furent submergés par les dures réalités du lieu. Les enseignes délavées, les moteurs résonnants dans les rues étroites, l'odeur des poubelles pleines. C'était le jour et la nuit par rapport à où je vivais maintenant dans le New Jersey, sans parler du quartier de Remy à Brooklyn.

Descendant l'avenue Pitkin, mes pensées revinrent aux défis auxquels ma mère avait fait face pour m'élever seule. Je ne pouvais pas empêcher la colère de bouillir à chaque fois que j'y pensais. Cela n'aurait pas dû être ainsi. Et en y réfléchissant davantage, je compris exactement où Remy devrait implanter son centre communautaire.

Une fois la décision prise, une vague d'anxiété me submergea. Non seulement j'allais devoir dire à Remy où et pourquoi, mais il s'attendrait à ce que je travaille avec lui pour le construire. J'avais des sentiments partagés à ce sujet.

D'une part, cela me permettrait de lui demander de l'aide. D'autre part, l'idée de travailler si étroitement avec lui, de sentir son parfum masculin de cuir chaque jour, me faisait fléchir les genoux. Rien que d'y penser était comme un étau qui serrait mon cœur.

Mais je devais mettre de côté mes sentiments. Au-delà de tout, ce centre d'aide avait plus d'importance que ce que je pouvais ressentir. Je le devais à des enfants comme moi. Vivant dans cet environnement difficile, ils méritaient les mêmes chances que celles que les Lyons m'avaient données. Ainsi, avec une détermination renouvelée, je jurai de lutter contre ma douleur égoïste et d'affronter Remy avec ma proposition pour son centre.

Le lendemain, je suis entrée dans le bureau de Remy, animée par l'anxiété et la résolution. Déterminée à ne pas me laisser distraire par mes sentiments, je le fus immédiatement. Pour un moment, j'avais oublié à quoi il ressemblait en chemise blanche impeccable, manches retroussées. Devait-il vraiment exhiber ses avant-bras tatoués ainsi? Personne ne méritait d'être aussi sexy. Ce n'était pas juste.

En levant les yeux de son grand bureau en acajou, un large sourire illumina son visage.

«Dillon! Content de te voir. Tu es ici parce que tu as considéré ma proposition?»

Était-ce pour cela que j'étais ici? Ah oui, c'était le cas. J'ai hoché la tête. «Oui! Tu as conduit pour venir travailler aujourd'hui?»

Remy afficha un air perplexe. «Oui! Pourquoi?»

«Pourrais-tu nous conduire quelque part? Il y a un endroit que je voudrais te montrer.»

Intrigué, Remy accepta. Marchant vers sa voiture noire haut de gamme, je lui indiquai la direction de l'avenue Pitkin à Brownsville. À notre arrivée devant un bâtiment désaffecté de deux étages aux fenêtres brisées et aux mauvaises herbes s'agrippant aux murs de briques, Remy le contempla, confus.

«C'est ici?» dit-il en levant les yeux à travers le pare-brise.

Une sueur froide recouvrait ma peau brûlante. Je me forçai à parler.

«Oui, ce bâtiment était où vivait mon père. Du moins, c'était où l'homme que je croyais être mon père vivait.»

Remy fronça les sourcils, regardant alternativement le bâtiment délabré et moi.

«Mais je ne comprends pas. Pourquoi installer un centre d'aide ici plutôt que dans un vieux YMCA ou quelque chose dans le genre? Un endroit avec plus d'espace ne serait-il pas mieux?»

Je serrai les poings sur mes genoux, rassemblant le courage de continuer. Les larmes inondaient mes joues malgré moi. Le regard brisé de Remy était trop difficile à supporter. Lorsqu'il tendit la main pour me réconforter, je repoussai son geste et repris contenance.

«Non, Remy, écoute-moi.» Ma voix étouffée m'obligea à avaler pour me recentrer. «Il y a quelque chose que je devrais te dire à mon sujet.»

«D'accord. Quoi donc?» demanda Remy avec hésitation.

«J'ai grandi en croyant que j'étais le fruit d'une aventure. Je pensais que mon père trompait sa famille avec ma mère noire. Il n'avait jamais voulu de moi et j'ai toujours cru qu'il ne pouvait pas m'accepter parce que…» Je levai mes bras couleur caramel. «Parce que j'étais trop sombre.»

Ma voix flancha tandis qu'un souvenir humiliant me revenait en mémoire.

«Si souvent, quand j'étais enfant, je venais ici et restais en face, contemplant par les fenêtres éclairées du salon. Je voyais des gens là-bas avec lui et je me demandais comment il pouvait traiter sa vraie famille si bien tout en faisant semblant que je n'existais pas.

«J'ai même essayé de le confronter à ce sujet quelques fois. Attendant pour lui où je me tenais toujours, je le voyais monter et l'appelais par son nom. C'est là que mes souvenirs s'arrêtaient toujours. Je n'y avais pas prêté attention jusqu'à récemment lorsque j'ai décidé que j'avais besoin de réponses. La pensée qu'il ne me voulait pas hantait mes rêves. Alors, il y a quelques semaines, j'ai échafaudé un plan. Je n'allais pas seulement le confronter. J'allais obtenir des réponses sur les raisons pour lesquelles il ne me voulait pas.»

«Oh, Dillon!» dit Remy avec empathie.

«Laisse-moi finir,» insistai-je. «Après avoir filé le bâtiment quelques nuits, j'ai remarqué quelque chose d'étrange. Il n'y avait personne d'autre qui vivait là que lui. C'est un immeuble de trois étages avec des espaces commerciaux au rez-de-chaussée et 6 appartements au-dessus. Mais c'était juste lui.

«Pensant que cela faciliterait ce que j'avais à faire, j'ai trouvé comment entrer et ce que j'allais lui dire.»

«Tu l'as fait?» demanda Remy, concerné.

«Oui! Et ensuite je l'ai refait encore et encore.»

«Qu'est-ce que tu veux dire?»

«J'ai découvert que j'avais déjà fait cela quand j'étais enfant. Je l'avais confronté et il m'avait fait oublier. Même il y a quelques nuits, il m'a fallu trois tentatives dont je me souviens pour me défaire de l'emprise qu'il avait sur moi.»

«L'emprise qu'il avait sur toi?»

«Oui! Il s'avère que l'homme que je pensais être mon père était...»

«Un vampire!»

Aussitôt qu'il prononça ces mots, je vis son loup complète apparaître. Elle se tenait sur le siège en cuir de sa voiture comme un chien impatient de sortir.

Remy leva les yeux sur le bâtiment, le regard dur.

«Il n'est plus là,» le rassurai-je.

«Comment tu le sais?»

«Parce que la raison pour laquelle je me souviens maintenant de l'avoir confronté, c'est parce que quelque chose m'est arrivée la dernière fois que je l'ai fait.»

«Quelque chose t'est arrivée?» Remy se tourna vers moi, inquiet.

«Je ne sais pas. Quelque chose s'est réveillée, peut-être? Tout ce que je sais, c'est que je ne pense pas être humaine,» dis-je, vulnérable.

Remy me dévisagea, les sourcils froncés. Il ne semblait pas me croire. Mais ensuite il se pencha vers moi. Je ne savais pas ce qu'il faisait. Il ne s'arrêta qu'à quelques centimètres. Penché au-dessus de moi, il renifla. Il utilisait son loup. C'était comme si les deux n'en devenaient qu'un.

«Tu sens l'humaine,» me dit-il sans bouger.

Je savais ce que je devais faire pour le convaincre. Plus exactement, il y avait quelque chose en moi qui savait quoi faire. Alors, fermant les yeux, je me détendis et laissai ce qui était en moi prendre le dessus.

Comme si mes yeux étaient ouverts, je pouvais soudainement voir tout autour de moi. Mais cette fois, c'était Remy qui était une image faite de lumière tandis que son loup était réel. Je plongeais mon regard dans les yeux de la magnifique bête qui me fixait en retour. Nous nous voyions l'un l'autre et en sa présence, je me sentais plus en sécurité que jamais.

Me tournant vers le bâtiment, je montrais à son loup ce que je voyais. Je ne pourrais pas dire comment j'ai fait. J'ai juste pu. Et lorsque le loup a vu le trottoir menant au bâtiment se transformer en béton recouvert de cendres, il a sursauté, pris de court.

Le loup de Remy n'aimait pas ce qu'il voyait. Cela le rendait anxieux. Ce qui me rendait anxieuse également. Et perdant prise sur mon état détendu, je suis brusquement revenue à ma conscience humaine et de nouveau entourée par les ténèbres.

Ouvrant lentement les yeux, je retrouvais Remy. Je ne pouvais pas dire ce qu'il pensait mais il avait l'air perturbé.

«Tu m'as fait quelque chose,» déclara Remy. «Je ne peux pas dire quoi.»

«J'ai montré à ton loup ce que je vois.»

«Oui! C'était quelque chose à voir avec l'obscurité et la destruction.»

«On pourrait dire ça. Je pense que ce que je lui ai montré, c'était des traces de vampire. Ils brûlent tout ce qu'ils touchent. Du moins celui-là.»

«Et tu dis que cela a commencé quand tu as confronté l'homme que tu pensais être ton père?»

«Ouais! Après m'avoir envoûtée pour que je parte et après que j'ai résisté, il m'a poussée contre un mur. C'est là que ça s'est déclenché. Et c'est à ce moment-là que j'ai vu que ce n'était pas mon père. Il avait envoûté ma mère pour lui faire croire qu'elle était enceinte. Et puis un jour, je suis apparue.»

«Tu es une changeling,» dit Remy, stupéfait.

«Changeling? C'est quoi?»

Remy se ressaisit.

«Mon père m'a raconté des histoires sur comment c'était avant que les loups prennent le contrôle de New York. C'était dirigé par des vampires. L'alpha de mon père est celui qui a initié la guerre contre eux. Il a uni les meutes et beaucoup de sang a été versé. Au final, les loups ont Gagné.

«Mais alors que la meute de mon père nettoyait le dernier de leurs repères, ils ont commencé à croire que les vampires n'agissaient pas seuls.»

«Avec qui travaillaient-ils?» demandai-je, espérant des réponses sur mes origines.

«Les loups croyaient que c'étaient des démons.»

«Des démons? Tu es en train de me dire que les démons existent?»

«Aucun loup n'en a jamais vu un. Mais l'un des loups présents a dit qu'il avait eu une vision et c'est ce qu'il a vu.»

Je me penchai en arrière lentement, essayant de comprendre l'idée que je pourrais être un démon.

«Qu'est-ce que je suis bon sang?» demandai-je, ressentant un poids écrasant sur ma poitrine.

«Pas ça,» répondit rapidement Remy.

«Comment tu le sais? Le vampire a dit que ses maîtres l'avaient envoyé envoûter ma mère. Les démons n'auraient-ils pas pu m'envoyer?»

«Tout est possible. Mais laisser des bébés dans le monde humain pour être élevés par eux, ce n'est pas la manière de faire des démons.»

«Tu veux dire que tu as entendu parler de ça?»

«Ouais! C'est ce que font les faes.»

«Les faes?»

«Des créatures qui ont accès à la magie du monde. C'est ce qui donne leur pouvoir aux métamorphes. Tu pourrais être une fae.»

«Cela sonne un peu mieux qu'être un démon,» avouai-je.

«Peut-être. Mais les faes ont abandonné il y a longtemps l'idée de laisser leur progéniture être élevée par les humains. Alors la question est, pourquoi as-tu été laissée? Le vampire t'a-t-il dit quelque chose à ce sujet?»

«Il ne m'a rien dit du tout. Tout ce que je sais, c'est ce que j'ai pris dans son esprit.»

«Donc, tu peux aussi lire dans les pensées?» demanda Remy avec un sourire mal à l'aise. «Je dois faire attention à ce que je pensé?»

«Je ne peux pas le faire à volonté. J'ai pu le faire avec lui. Et il y a quelques jours, j'ai déjeuné avec Hil. Dès qu'elle est entrée, j'ai pu dire immédiatement ce qu'elle pensait. Mais je la connais si bien, j'aurais peut-être pu le faire sans capacités spéciales.»

«D'accord. Eh bien, prenons les mystères un par un. Commençons par celui-ci : si c'est là où vivait le vampire, pourquoi veux-tu faire de cet endroit un centre communautaire?»

«Parce que, s'il y a un endroit dans la ville qui a besoin d'être purifié par quelque chose de positif, c'est cet endroit.»

Plongeant mon regard dans celui de Remy, je n'avais pas besoin d'être une fae pour savoir ce qu'il pensait. Il savait que je ne faisais pas seulement référence à la cicatrice surnaturelle laissée par le vampire. C'était la douleur que je ressentais à cause d'une enfance de rejet par quelqu'un que je pensais être mon père. Je savais maintenant que c'était un vampire et donc ne pouvait pas l'être, mais cela n'effaçait pas l'agonie que moi, âgée de 12 ans, j'avais ressentie en étant rejetée par la personne censée m'aimer.

Remy se tourna vers le bâtiment devant nous.

«Tu sais, si tu veux, je pourrais simplement brûler cet endroit jusqu'au sol. Tu n'aurais plus jamais à y penser.»

«Cet endroit a déjà été assez brûlé. Il faut y insuffler de la vie.»

Remy acquiesça, comme apaisé par mes mots. «Tu n'es pas un démon. Ça, je peux te le dire,» dit-il en me regardant avec un sourire bienveillant. «Je l'achèterai, et nous ferons de cet endroit quelque chose de meilleur. As-tu réfléchi davantage à si tu voulais m'aider à le créer?»

Alors que je considérais sa question, un sourire se dessina sur mon visage. «Oui, j'y ai réfléchi.»

«Salut»

Chapitre 8

Remy

Allongé seul dans mon lit, fixant le plafond, je n'arrivais pas à chasser de mon esprit l'histoire de Dillon. Je revoyais sans cesse l'angoisse et la douleur dans sa voix alors qu'elle racontait ses expériences d'enfance. Cela me brisait le cœur.

Cela me faisait aussi penser à mon propre père – un homme qui, malgré son alpha brutal envers ses ennemis, avait toujours été là pour moi et m'avait aimé sans condition. L'enfance de Dillon et la mienne ne pouvaient être plus différentes. Pourtant, une partie de moi parvenait à identifier la douleur de Dillon.

Mais comment pouvais-je? J'avais tout ce que le monde dit nécessaire – la richesse, le pouvoir, le privilège. J'étais un loup qui aurait pu avoir tout ce qu'il voulait. Dillon, elle, n'avait rien. Alors dire que je pouvais identifier sa douleur était non seulement risible, c'était offensant. Et chaque fois que cette pensée traversait mon esprit, elle était suivie d'une vague de culpabilité.

Malgré cela, c'était là, un sentiment que moi, un loup chaud, riche, qui avait grandi avec un père aimant et tout ce que je pouvais désirer, ressentais autant de douleur que Dillon, une femme qui avait grandi pauvre, noire et rejetée. Ce n'était pas juste, mais cela semblait vrai. Comment cela pouvait-il être?

Un picotement au fond de ma tête ramenait continuellement mes pensées aux attentes de mon père pour ma vie. Ouais, je sais, pauvre de moi, mon riche et aimant alpha était exigeant. Je savais que je n'avais pas le droit de comparer ma douleur à celle de Dillon mais…

Me retournant, enfouissant mon visage dans l'oreiller, j'ai essayé d'étouffer mes pensées. Tandis que je le faisais, l'image de l'expression blessée de Dillon me hantait. J'étais sûr de connaître sa douleur. Mais comment? J'allais fermer mes sentiments comme tant de fois quand j'étais enfant, quand quelque chose m'a frappé. J'avais une idée.

En voyant Dillon déjà au bureau quand je suis arrivé le lendemain, mon loup s'est réveillé. Malgré notre conversation douloureuse précédente, je ne pouvais pas détacher mes yeux de sa belle peau caramel et de ses boucles indomptées. Mais, avalant ma salive difficilement, je mettais mon idée en action.

«Je veux te montrer quelque chose,» dis-je, retenant à peine le torrent d'émotions prêt à déborder.

Dillon me regarda avec confusion puis hocha la tête. Quittant le bureau et roulant en silence, nous nous dirigions vers un quartier délabré de la ville où je n'aurais normalement pas mis les pieds. Après avoir garé, nous entrâmes dans une petite épicerie grecque. À peine avions-nous fait cela qu'une tête se leva au-dessus des allées basses.

«Léo!» dis-je en approchant un ado maigre qui incarnait la rébellion.

«M. Lyon,» répondit-il avec un mélange de colère et de peur.

«Léo, je veux te présenter quelqu'un. Voici Dillon. Elle a été la première bénéficiaire de la bourse d'études de ma famille. Dillon, voici Léo. J'ai suggéré à Léo qu'il pourrait être notre prochain boursier. Mais il me dit qu'il n'en a pas besoin.»

«Je n'en ai pas,» dit Léo froidement.

«D'accord,» répondis-je sans cacher mon agacement. Je me tournai vers Dillon. «Tu sais ce que je lui propose. Tu penses que tu peux lui faire entendre raison?»

Le front de Dillon se fronça à ma demande. C'était comme si elle me jugeait. Pourtant, sans un mot, elle se tourna vers Léo.

«Pourquoi penses-tu que tu n'en as pas besoin?»

Léo souffla, croisa les bras sur la défensive et me regarda.

«Tu peux parler librement. Elle sait ce que nous sommes,» dis-je au jeune loup-garou devant moi.

«Je n'ai pas besoin de son aide pour m'occuper de ma meute. Je suis un alpha. C'est à lui de prendre des ordres de moi,» dit-il en le pensant.

Dillon le regarda sans ciller. «Quel âge as-tu?»

«17»

«Son père est décédé,» ajoutai-je.

Dillon se tourna vers moi avec un sourire cynique. «Donc, tu veux que je lui raconte ma triste histoire sur le fait de grandir sans père?»

Je crispai la mâchoire à son ton, me calmant et répondant, «Ce que tu juges meilleur.»

Dillon réfléchit un instant avant que son expression ne s'adoucisse. Se reconcentrant sur le garçon, elle dit, «C'est Léo, pas vrai?»

«Ouais,» répondit-il sur la défensive.

«Eh bien, Léo, quel est ton rêve?»

Léo cracha sa réponse. «Je ne sais pas.»

Le regard de Dillon tenait une étincelle de sympathie alors qu'elle s'adressait à nouveau à lui.

«Je ne suis pas un loup comme toi. Mais en grandissant, mon rêve était d'aller à Paris. Je ne sais pas pourquoi, mais je l'avais vu dans des films et j'avais une amie qui y allait tout le temps, alors ça signifiait quelque chose de spécial pour moi, tu vois. Manger des croissants au bord de la rivière, dîner au sommet de la tour Eiffel… pour une enfant qui vient d'où je viens, pouvoir faire ces choses signifiait que le pire de ma vie pourrait être derrière moi. Qu'est-ce qui pourrait te signaler que la pire partie de ta vie est terminée?»

«Je me fiche de trucs comme ça. Je suis un métamorphe. Nous prenons ce que nous voulons.»

«Tu es un métamorphe qui doit vivre dans l'ombre en jouant selon les règles humaines.»

«Je n'ai à obéir à rien,» dit-il avec défi.

Dillon se tourna vers moi. «Remy, qu'arrive-t-il aux loups qui décident que les règles ne s'appliquent pas à eux?»

«Ça dépend,» répondis-je voyant où elle voulait en venir. «D'habitude leur alpha les remettra à leur place. S'ils sont l'alpha, alors les autres meutes élimineront le problème.»

Léo me regarda surpris. Je pouvais sentir sa peur.

«Donc, vous les tuez?» confirma Dillon.

«Nous survivons tous en restant dans l'ombre. Nous ne laisserons pas un loup solitaire risquer ce que nous avons.»

Dillon se tourna vers Léo. «En d'autres termes, les métamorphes doivent vivre selon les règles tout comme tout le monde. Cela signifie que tu as besoin d'un travail. Tu as besoin d'une compagne consentante. Et tu dois trouver comment être heureux. Tu es juste comme nous autres humains.»

Léo réfléchit un instant.

«Alors, je vais te redemander. Qu'est-ce qui signalerait pour toi que la pire partie de ta vie est terminée?»

Léo baissa la tête, comme s'il voulait ignorer ce que Dillon venait de dire, mais il fut trahi par une étincelle qui illumina brièvement ses yeux.

«Qu'est-ce que c'est?» demanda Dillon en la remarquant aussi.

«Rien,» répondit Léo, refusant de montrer ses faiblesses.

Dillon le dévisagea puis ferma les yeux. En l'observant, quelque chose à son sujet changea subtilement.

«Tu aimes les animaux,» dit-elle à la surprise de Léo.

«Quoi?»

«Tu penses qu'il y a beaucoup d'animaux errants autour de toi. Tu rêves de leur offrir un endroit où vivre. C'est ce qui te fait croire que tu es un alpha.»

«Je suis un alpha,» répéta Léo.

Dillon ouvrit les yeux.

«Tu pourrais l'être. Mais ce désir que tu as de prendre soin des animaux ne signifie pas que tu dois risquer ta vie à la tête d'une meute.»

«Vraiment?» demanda Léo, confus.

«Non! Tu te soucies vraiment des animaux. Et là, je parle de ceux qui ont toujours quatre pattes,» ajouta-t-elle avec légèreté.

«Si j'avais un endroit où ils pourraient vivre, alors…» dit-il, les yeux adoucis.

«Comme une réserve pour animaux?» précisa Dillon.

«Ouais, un de ces endroits. Ça serait cool, non?» dit-il avec un sourire.

«Ça le serait. Alors, as-tu jamais pensé à devenir vétérinaire? Ils ont des réserves pour animaux et ils les aident. Ils les gardent en bonne santé.»

«Je ne pourrais pas faire ça.»

«Pourquoi pas?»

«Faut aller à l'école pour ça et je dois m'occuper de ma famille, tu sais.»

Dillon laissa le temps à ses mots de résonner avant de répondre.

«J'aime ton idée. Et c'est un rêve magnifique, Léo,» dit-elle sincèrement. «Je sais qu'actuellement c'est difficile de voir au-delà des épreuves que tu affrontes jour après jour. Comment pourrais-tu même penser à l'avenir alors que chaque jour apporte un nouveau défi?

«Mais voilà le truc, ignorer l'avenir ne l'empêchera pas d'arriver. Et quand il sera là, tu pourras être au même endroit – plein de luttes et de colère – ou alors les choses pourraient être plus faciles, plus lumineuses. Tu dois simplement faire le choix.»

Dillon s'approcha d'un pas, sa voix devenant plus déterminée.

«Remy t'a donné l'option d'améliorer ton futur. De réaliser ton rêve d'aider les animaux. Peut-être que quelqu'un comme lui ne peut pas vraiment comprendre à quel point ta vie est difficile, mais moi, je peux, tout comme je sais que tu peux réaliser ton rêve. Je peux le voir.

«Alors crois-moi quand je te dis que la dernière chose que tu voudrais, c'est de repenser à ce moment et ensuite devoir regarder dans les yeux de ta mère en sachant qu'il y avait quelque chose que tu aurais pu faire pour rendre sa vie plus facile, et que tu ne l'as pas prise.»

En finissant de parler, l'expression de Dillon se fit plus directe. «Tu comprends ce que je veux dire, Léo?»

L'adolescent la regarda longuement, pesant les mots de Dillon. Finalement, après ce qui sembla une éternité, il acquiesça lentement. «Ouais, je comprends.»

La tension se dissipa progressivement alors que Léo s'éloigna pour tout digérer. Avant de disparaître dans la salle de stockage, il se retourna vers Dillon,

«Tu as dit que tu étais humaine, mais tu ne l'es pas, n'est-ce pas?»

Dillon serra les lèvres en un sourire. «Non!»

«Je m'en doutais. Tu fais partie des bons,» dit-il avant de sortir.

Je ne pus m'empêcher de sourire de la façon dont les choses avaient tourné. Je me tournai vers Dillon, incapable de cacher mon excitation.

«Ça s'est bien passé, hein? Que dirais-tu de rentrer chez moi pour une crêpe japonaise? J'ai appris à les faire et je meurs d'envie d'en faire une pour toi. Tu pourras me donner ton avis.»

Dillon hésita mais finit par accepter, semblant perdue dans ses pensées alors que nous nous dirigions vers ma maison du centre-ville. Une fois à l'intérieur, je ne perdais pas de temps, me mettant au travail pour préparer la pâte. Mes mains bougeaient avec une précision énergique que j'ignorais posséder.

En mélangeant la pâte, je la versai sur une plaque chauffante ronde que j'avais achetée à cette fin. En la nivelant, je laissai cuire un côté avant de la retourner sur l'autre.

Une fois prête, je récupérai la glace, les bananes, la crème fouettée et la sauce au chocolat. Les assemblant sur la crêpe et la roulant en cône, je la saupoudrai de sucre et la passai au chalumeau pour obtenir un brun caramélisé. Elle était exactement comme je l'espérais.

«Voilà pour toi,» dis-je, essayant de paraître aussi décontracté que possible.

Mais alors que je rayonnais de fierté pour ma création culinaire, Dillon bouillonnait de colère. Elle regarda ma grande réussite avec des yeux durs comme du granit et je ne comprenais pas pourquoi.

«Tu ne peux pas me voir autrement que comme la personne que tu as sauvée par charité, n'est-ce pas?» cracha Dillon, sa voix teintée de ressentiment.

«Quoi? Non! Bien sûr que si. Pourquoi tu dirais ça?» répondis-je, décontenancé par son accusation.

«Parce que tu m'as exploitée,» accusa-t-elle, ses yeux implorant la compréhension.

Mon esprit défila à travers nos interactions récentes. «Quand? Comment?»

«Là-bas. Tu as utilisé ce que je t'ai dit sur mon enfance et tu m'as manipulée pour utiliser mes capacités à obtenir ce que tu voulais,» précisa Dillon, la douleur évidente dans sa voix.

«Ce n'est pas ce qui s'est passé.»

«Vraiment? As-tu seulement envisagé que mon histoire n'était pas la tienne à utiliser comme tu l'entends?» insista-t-elle.

«Je…» bégayai-je, pris de court par l'accusation de Dillon.

«Je ne pense pas,» dit-elle, ses émotions brûlant juste sous la surface. «Tu ne peux pas me voir. Tout ce que tu peux voir, c'est la fille pathétique que personne n'aime.»

«Ce n'est pas vrai. Je ne comprends pas d'où ça vient,» argumentai-je, le cœur meurtri par ses mots.

«Remy, tu ne peux pas exploiter ma douleur,» exigea Dillon, sa voix vacillante.

«Je ne l'ai pas fait. C'est tellement loin de ce que j'essayais de faire,» dis-je sur la défensive.

«Ah oui?» demanda-t-elle avec scepticisme.

«Ouais! Tu ne comprends pas? C'est à cause de mon père que le sien est mort. Le sien travaillait pour le mien. Mon père l'a fait tuer. Chaque nuit, je me couche en pensant à Leo et à tout ce que mon père a fait. Ça m'étouffe.

«Toute ma vie est construite sur la souffrance des autres. Ça m'aveugle. J'ai besoin d'aide. Je te demandais de m'aider, Dillon. Tu ne vois pas ça?» dis-je, les larmes roulant sur mes joues. «Je voulais juste que tu m'aides.»

Ma supplication sincère frappa Dillon de plein fouet. La colère fondit de son expression. Sans un mot, elle passa ses bras autour de moi et me serra contre elle jusqu'à ce que ses yeux brillent de larmes.

«Je voulais juste que tu m'aides,» répétai-je, la voix étranglée par l'émotion.

«Je vais le faire,» murmura Dillon à mon oreille. «Tu peux compter sur moi.»

Je me détachai lentement de l'étreinte de Dillon, mes joues mouillées par les larmes. Je me sentais vulnérable et exposé comme jamais auparavant.

«Je suis désolé,» murmurai-je, gêné par mon émotion.

Ne pouvant plus la regarder, je tentai de détourner le regard. Avant que je ne le puisse, Dillon saisit mon menton pour ramener mes yeux dans les siens. Nos regards se croisèrent et je me noyai dans sa compassion pure et inébranlable.

Alors que nous étions là, l'intensité de notre connexion et l'air de vulnérabilité qui persistait entre nous grandirent. Mes défenses et mon sarcasme s'étaient envolés. À leur place, un désir incontrôlable pour elle se fit sentir.

Le pouce de Dillon effleura doucement la trace de larmes sur ma joue, provoquant des frissons le long de mon échine. Ne pouvant résister plus longtemps à l'attraction émotionnelle, nous nous penchâmes tous les deux, nos lèvres se rapprochant.

Ce fut un coup à la porte qui brisa notre moment fragile. Nous ramenant en arrière du précipice d'une étreinte passionnée, notre lien intime s'évapora alors que quelqu'un frappait à nouveau à la porte.

«Je devrais y aller,» dis-je quand il devint clair que la personne ne partirait pas.

«Probablement,» acquiesça Dillon aussi ébranlée par notre presque-baiser que je l'étais.

Me ressaisissant, j'entrai dans le salon et traversai jusqu'à la porte. J'étais prêt à arracher la tête de qui que ce soit quand je l'ouvris et trouvai,

«Eris, qu'est-ce que tu fais ici?»

«J'essaye de te joindre depuis des jours. Tu n'as pas répondu à mes textos ni à mes appels. Je suis même allée à ton bureau, mais tu n'étais pas là,» répondit-elle en se frayant un chemin à l'intérieur.

«Pourquoi es-tu ici?» demandai-je avec une alternance de préoccupation et d'irritation.

Elle ouvrit la bouche pour répondre quand Dillon passa la porte de la cuisine. La voyant, Eris se figea la regardant avec rage. Pendant un instant je pus sentir une partie de la louve chez Eris refaire surface. Mais, aussi vite qu'elle était apparue, elle l'effaça et dit gaiement,

«Nous avons un mariage à planifier. Il n'y a pas moyen que je fasse ça toute seule.»

Mon cœur sombra à ce rappel du gâchis dans lequel nos vies s'étaient embrouillées.

«Je ne peux pas participer à cela pour l'instant,» répondis-je, la voix tendue.

Sans se démonter, Eris reporta son attention sur Dillon.

«Tu me prendrais un verre, ma chérie?» demanda-t-elle de manière condescendante.

Dillon hésita, demandant : «Quel type?»

Eris soupira, faisant semblant de désintérêt. «Peu importe. Du champagne si tu en as.» Puis, avec un rire forcé, elle ajouta, «Il est cinq heures quelque part.»

Tandis que Dillon disparaissait dans la cuisine, je me préparais à la diatribe que s'apprêtait à déchaîner Eris. Pendant que je regardais, le sourire confiant et décontracté qu'elle portait disparut. A la place, il y avait un regard sérieux-mortel. La louve d'Eris était revenue. Je pouvais le sentir comme s'elle était tapi juste en dessous de la surface, attendant que je tourne le dos pour bondir.

«Remy, laisse moi être claire. Si tu ne commences pas à agir comme l'homme que je mérite, mon père pourrait commencer à penser que tu ne tiens pas ta part de l'accord. Et à ton avis, qui pense-tu qu'il blâmerait pour ça?» demanda-t-elle avant de faire rebondir son regard vers la cuisine.

«Tu menaces quelqu'un?» exigeai-je, sentant mon loup commencer à prendre le dessus.

Eris, imperturbable, s'approcha.

«Remy, pose-toi cette question à mon sujet, suis-je ici parce que je le veux? Penses-tu que mon but dans la vie était de forcer un alpha-rebut dans un mariage que aucun de nous ne veut? Penses-tu que c'est la vie dont je rêvais quand j'étais petite fille?» demanda-t-elle de manière sarcastique.

«Ce n'est pas le cas. Et maintenant je me bats pour la vie que je veux, juste comme toi. La seule différence, c'est que derrière moi, il y a un loup qui mettra le monde à feu et à sang pour obtenir ce qu'il veut. Ton loup furieux est mort. Donc, à moins que tu te plies au programme et que tu me rencontres à mi-chemin là-dessus, le sang va pleuvoir. Pas le mien. Pas le tien. Mais celui de tous ceux qui te sont chers.

«Tu veux ça? À la façon dont tu me regardes, je vais supposer que Non! Alors, arrête de mettre tous ceux qui te sont chers en danger, et aide-moi à planifier notre mariage,» continua-t-elle avec une tranquillité inquiétante.

«Il y a des millions de mariages arrangés qui se terminent en «ils vécurent heureux et eurent beaucoup d'enfants». Aide-moi à faire en sorte que le nôtre soit l'un d'eux… pour que ton amie là-bas n'ait pas à mourir.»

Alors que Dillon revenait de la cuisine avec le verre d'Eris, elle remarqua que mon comportement avait complètement changé. C'était comme si une ombre s'était abattue sur moi, le poids des mots d'Eris étouffant mon esprit.

Je regardai Dillon sachant que ce que Eris avait dit était vrai. Les hommes qui croisaient nos pères finissaient morts. Comme le mien, son père était un loup furieux, une force de la nature qui ne pouvait être arrêtée, seulement endurée.

Je devais protéger Dillon de cette tempête. J'étais prêt à tout pour elle. Alors, effaçant toute trace de l'affection que je ressentais pour elle, je la regardai froidement et dis, «Dillon, tu devrais partir.»

Son corps a fondu sous l'effet de mon brusque changement. La douleur jaillit de ses yeux. La voir me détruisait. Mais je devais rester détachée – je ne pouvais pas laisser Eris savoir à quel point Dillon comptait pour moi. Je ne pouvais pas lui donner plus d'influence.

«Dillon», répétai-je, sentant une vive piqûre dans ma poitrine au moment où je parlais. «Va-t'en. On parlera plus tard.»

Comme elle hésitait, j'ai ajouté, d'un ton ferme :
«Maintenant!»

C'est alors qu'elle a baissé les yeux, s'est tournée vers la porte et est partie, me laissant en miettes.

Chapitre 9

Dillon

Le soleil se couchait sur Brooklyn tandis que je m'éloignais bien loin de la maison de ville de Remy. En me dirigeant vers la gare, mes pas étaient alourdis par une douleur écrasante dans ma poitrine. L'air était anormalement vif pour une fin de printemps, mais le froid ne faisait rien pour tempérer la chaleur qui me consumait de l'intérieur.

Pourquoi avais-je laissé Remy me faire ça de nouveau? Je m'étais retrouvée prise dans ce même piège, ouvrant mon cœur vulnérable à la même personne qui l'avait déjà mis en lambeaux auparavant. Quelle partie brisée de moi continuait à me mettre dans cette situation?

Hil m'avait avertie à propos de Remy. Elle avait dit qu'il retournerait à sa vie de meute, et c'est ce qu'il avait fait. Pire, il allait l'épouser.

Hil avait aussi dit que Remy me ferait du mal. Non seulement elle avait eu raison, mais après que Remy l'ait fait une première fois, j'avais retourné la situation pour le laisser faire de nouveau. J'étais une idiote qui méritait tout ce qui m'arrivait.

Ce n'était pas étonnant que mon père vampire se soit enfui loin de moi. Avait-il peur de moi, ou avait-il simplement vu à quel point j'étais un désastre? Je ne méritais rien de plus que ce que je recevais.

Mais aussi stupide que je fusse, j'avais enfin appris ma leçon. Plus jamais je ne donnerais à Remy l'occasion de me traiter comme il l'avait fait. J'avais compris; le centre d'aide était important. Il pouvait véritablement changer des vies. En parler avec Leo m'avait ouvert les yeux. Et je voulais son aide pour comprendre ce que j'étais. Donc je l'aiderais.

Mais ça s'arrêtait là. J'en avais fini avec les jeux émotionnels de Remy. Désormais, nous serions juste des collègues. Rien de plus. S'il pensait pouvoir me blesser et s'en tirer, il allait apprendre que je pouvais lui faire mal en retour, pensai-je tandis qu'une énergie tourbillonnante montait en moi.

Non, je refusais de l'avoir besoin. Du moins, plus maintenant. C'était fini. Vraiment. Et alors que la finalité de cette décision s'insinuait lentement en moi, au lieu d'exploser comme une bombe surnaturelle, des larmes se mirent à couler sur mes joues.

Montant dans le même train dans lequel j'avais décidé de travailler avec Remy, je mis fin à ma ridicule fantaisie d'enfant. Remy et moi n'étions pas faits pour être ensemble. Nous n'étions même pas destinés à être amis.

J'étais condamnée à être seule. Ça avait toujours été le cas. Et alors que la lueur des oranges brûlés se dissipait derrière les imposants buildings du centre-ville, je me suis affaissée sur le siège du train et j'ai pleuré.

Le lendemain matin, je me suis réveillée avec une nouvelle détermination. J'avais passé toute la nuit à me préparer mentalement à affronter Remy, lui montrer que je pouvais être aussi froide et détachée qu'il l'avait été la veille. Alors que je prenais ma douche et m'habillais, ma résolution se renforçait. J'avais même hâte de cette confrontation.

Arrivant au travail, j'entrais d'un pas décidé, la tête haute, prête pour la journée. À ma grande surprise, la porte du bureau de Remy était close. La pièce était calme et silencieuse. Aucun signe de lui.

Je chassais ma déception et me concentrais sur les tâches à accomplir. M'occupant à arroser les plantes et à dépoussiérer les étagères, je jetais un coup d'œil à l'horloge toutes les quelques minutes. Remy arriverait sûrement bientôt, et alors je pourrais passer à l'action.

Mais alors que les heures s'écoulaient, une peur rongeante grandissait dans mes entrailles. Remy m'évitait comme l'homme que je croyais être mon père l'avait fait toutes ces années auparavant. Une décharge de douleur traversait ma poitrine. Cela faisait encore plus mal que lorsque Remy m'avait demandé de partir.

Petit à petit, l'extérieur froid que j'avais pratiqué s'effritait. Ma détermination autrefois inébranlable me semblait maintenant stupide et creuse. J'étais tout simplement incapable de faire à Remy le mal qu'il m'avait fait.

Avec le vide grandissant en moi, je ne pouvais plus me concentrer. Quand l'après-midi s'écoulait sans la moindre trace de Remy, le vide me consommait. Je me noyais dedans.

Pendant les deux jours suivants, Remy restait absent du bureau. Mon cœur battait un peu plus vite à chaque fois que la porte s'agitait, mais ce n'était jamais lui. Je restais seule avec rien d'autre à faire que fixer son bureau vide. C'était un supplice.

L'image du bureau vide de Remy me hantait même allongée dans mon lit, tentant vainement de m'endormir. La douleur était comme un poids physique sur ma poitrine, une souffrance omniprésente impossible à fuir.

J'avais été prête à lui donner tout ce que j'avais, mais il n'en voulait pas. Je m'étais bercée d'illusions en croyant que ses fiançailles n'étaient pas réelles, mais elles l'étaient. Et après m'avoir fait croire que j'étais spéciale pour lui, il m'avait quittée. Maintenant, il ne revenait pas.

Ce n'était pas ainsi qu'on traitait quelqu'un qu'on aimait. Il n'y avait qu'une conclusion. L'homme dont j'étais amoureuse depuis mes 14 ans, ne m'aimait pas. Et pourquoi le ferait-il quand personne ne le faisait?

Je retournais au travail chaque jour après ça, m'attendant à ce qu'il ne soit pas là et étant blessée de nouveau quand il était absent. Personne n'était là. Il fallu deux semaines avant que le raclement de la porte ne soit autre chose que celui du personnel de ménage. Ainsi, le jour où un homme petit, habillé de manière formelle, montait les marches, je me levais et le saluais, confuse.

«Puis-je vous aider?» demandais-je en me demandant s'il s'était trompé d'adresse.

«Je suis Robert Wendel. Je suis l'avocat de monsieur Lyon», dit-il débordant d'anxiété.

Mes capacités émergentes se mirent en marche sans que je le veuille. L'homme devant moi n'était pas un loup. Ni un humain ni un vampire. Le nom qui me venait à l'esprit était Nymphe. Je ne savais pas ce que cela signifiait mais je savais qu'il possédait de la magie. Rien qu'il ne pouvait manier, mais assez pour influencer la chance des gens.

«M. Lyon n'est pas là,» lui ai-je informé.

«Oui! J'ai des papiers pour que vous signiez.»

«Moi?»

«Vous êtes bien Dillon Harris, n'est-ce pas?»

«Oui!»

«Alors ils sont pour vous.»

Fixant l'avocat, je me suis rappelée du temps où ma mère avait commencé à travailler chez les Lyon. Un homme comme lui était apparu à notre porte. Il avait bien fait comprendre que nous ne devions jamais parler de rien de ce que ma mère entendait ou voyait chez les Lyon. Les papiers qu'elle avait signés concernaient un accord de non-divulgation, mais la menace pour nos vies si nous parlions n'avait pas besoin d'être écrite.

«Oh,» dis-je en réalisant dans quelle mesure Remy ne me faisait pas confiance.

Sans poser de questions, je signai rapidement mon nom partout où la nymphe me le montrait. À chaque signature, mon cœur se serrait un peu plus. Lorsque la dernière page fut signée, il me tendit une grande enveloppe kraft.

«Ceci est à vous.»

«Qu'est-ce que c'est?» demandai-je, me doutant que c'était ma copie des documents.

«C'est l'acte de propriété du bâtiment pour le centre d'assistance.»

Surprise, je répondis : «Pardon, qu'est-ce que c'est?»

«L'acte de propriété,» répéta-t-il en scrutant mon visage pour voir si j'avais compris. Je n'avais pas saisi. «Ce que vous avez signé, c'est le papier pour un trust qui possédait le bâtiment. Vous avez maintenant 51 % de parts contrôlantes dedans.»

Mon esprit s'embrouillait. «Pardon, je suis confuse. Qu'est-ce que cela signifie?»

«Cela signifie que, pour l'essentiel, le bâtiment vous appartient. Une partie de l'accord prévoit que les taxes de l'immeuble seront payées par la famille Lyon pour les 10 prochaines années. Vous n'avez donc pas à vous en soucier. Et vous pouvez en faire ce que vous voulez. Ce qui est, je suppose, de créer le centre d'assistance que vous avez proposé à M. Lyon, n'est-ce pas?»

«C'est exact,» confirmai-je toujours incertaine de la situation. Est-ce que Remy avait fait cela pour des raisons fiscales? Était-ce des affaires louches liées à la meute? «Alors, je peux faire tout ce que je veux avec?»

«Tout!»

«Si je voulais le vendre?»

«Vous pourriez.»

«Et juste pour que je sois au courant, combien vaut-il?»

«Je ne peux pas vous le dire là, tout de suite. Mais j'ai inclus l'évaluation du bien dans votre dossier,» dit-il en désignant mon enveloppe.

Je baissai les yeux sur ce que j'avais en main comme si elle contenait un serpent prêt à mordre. Mon cœur battait la chamade en pensant à ce qui était à l'intérieur. L'ouvrant lentement, je tendis la main et le sortis. En feuilletant les pages, je trouvai une avec des chiffres dessus. L'évaluation n'était pas difficile à trouver. Elle indiquait que le bâtiment que Remy venait de me donner valait 1,5 million de dollars.

«Ahh,» soufflai-je, incapable de respirer.

«M. Lyon m'a aussi demandé de vous donner ceci,» dit son avocat, attirant à peine mon attention.

Il tenait une carte de visite. «Il m'a dit que vous aviez rendez-vous avec cette personne,» dit la nymphe de manière énigmatique.

«Quand?» dis-je, presque trop étonnée pour prendre la carte.

«Je pense qu'il voulait dire maintenant.»

En sortant du bureau, je me précipitai à l'adresse sur la carte de visite, incertaine de ce que j'allais trouver. À mon arrivée, une femme chic se présenta.

«Bonjour, je suis Melanie. Je serai votre personal shopper. M. Lyon m'a demandé de vous habiller comme une représentante de la famille Lyon,» expliqua-t-elle comme si elle essayait de ne pas blesser mes sentiments.

Je réfléchis un instant puis regardai ce que je portais. Sachant que je devrais m'habiller professionnellement pour Remy, j'étais allée dans un magasin de déstockage. Les habits que j'y avais achetés étaient à la bonne taille et m'allaient comme il faut.

Mais mes vêtements avaient toujours été l'une des choses qui me faisaient me sentir comme l'animal de compagnie d'Hil quand nous sortions. Elle s'habillait comme la fille d'un boss de la mafia milliardaire, et moi je m'habillais comme Waldo. Il n'était pas possible de cacher le gouffre qui existait entre nous.

«Ça vous dérange?» demanda Melanie en voyant mon hésitation.

«Pas du tout,» répondis-je tandis qu'un poids d'insécurité se levait de mes épaules.

Être mesurée et essayer des vêtements coûteux était un peu intimidant au début. Après tout, la plupart des costumes coûtaient autant qu'une petite voiture. Et si je les accrochais à quelque chose? Je serais endettée pour le reste de ma vie.

Mais après quelques heures, je devais admettre que cela devenait amusant. Une vie d'insécurités s'évanouissait alors que je me regardais dans le miroir. Et en sortant avec pour 20 000 dollars de costumes de créateurs, je ne pouvais m'empêcher de sentir que Remy essayait de me dire quelque chose… Mais quoi?

En arrivant au bureau le lendemain dans une tenue à 3 000 dollars, je devais admettre que c'était plutôt agréable. Je m'attendais à ce que personne d'autre ne la voie jusqu'à ce que j'allume mon ordinateur et que je sois inondée de notifications de calendrier.

Au fur et à mesure que la journée se déroulait, des architectes, des designers et des experts en construction défilaient dans le bureau. Chacun me traitait comme une royauté. C'était surréel. Puis finalement, quand je ne pouvais plus supporter, je demandai à l'un d'eux pourquoi ils agissaient ainsi.

«M. Lyon nous a dit qu'il paierait tout ce que vous choisissez et a dit qu'il était vital de vous rendre heureuse,» expliqua doucement l'architecte. «À ce propos, nous vous avons apporté un assortiment de pâtisseries de chez Dominique. Souhaiteriez-vous en prendre une alors que nous discutons des plans pour la rénovation?»

«Volontiers,» dis-je, toujours incapable de me faire à l'idée de ce qui se passait.

Le bâtiment, les vêtements, tout le monde qui me flatte, pourquoi Remy faisait-il tout cela? Il avait clairement dit qu'il ne voulait pas être avec moi. Était-ce sa façon de me montrer toutes les raisons pour lesquelles? Était-ce pour montrer qu'il pouvait faire tout cela pour moi alors que je ne pouvais rien faire pour lui? Je ne comprenais pas.

La semaine suivante passa dans un tourbillon de rendez-vous et de décisions. Fatiguée et incertaine des intentions de Remy, je continuai à prendre des décisions pour le centre communautaire comme si j'en étais la propriétaire. Il semblait qu'il n'y avait pas de fin au nombre de personnes avec lesquelles je devais parler. Et même si mes réunions se terminaient systématiquement à 18h, terminées ou non, je passais le reste de la nuit au bureau à chercher la signification de tous les mots qu'ils avaient prononcés et que je n'avais pas compris. J'étais hors du monde en prenant le train pour rentrer chez moi.

Tout cela continua jusqu'au jour où je revins au bureau et vis que mon premier rendez-vous était prévu après les heures de travail. Quelque chose me disait que c'était le moment. Quand j'entrerais là où j'étais censée aller, je trouverais Remy. Il m'attendrait avec son sourire diabolique et son charme toujours aussi présent.

Comment allais-je réagir? Oui, les vêtements et le bâtiment étaient superbes. Cela me semblait changer la vie. Mais je ne lui avais rien demandé de tout cela.

Tout ce que j'avais toujours voulu, c'était qu'il m'aime. Qu'il me prenne dans ses bras et qu'il me dise qu'il serait là pour moi. Je ne pouvais pas lui donner un laissez-passer pour tout ce qu'il avait fait juste parce qu'il m'avait offert quelques cadeaux. Je ne le pouvais pas. Et il allait le découvrir ce soir.

À la fin de ma journée, je me préparai à voir Remy pour la première fois depuis des semaines. Je renforçai ma résolution. Il n'allait pas aimer ce que j'avais à dire. Cela pourrait même conduire à la fin de nous. La fin définitive. Celle dont on ne revient pas.

Et, autant je savais que cela pouvait arriver, autant je ne pouvais nier combien il me ferait du bien de le revoir. C'était un vrai connard d'avoir fait ce qu'il avait fait. Mais il me manquait. Le regard qu'il portait sur moi me faisait me sentir reconnue. Remy avait le don de me faire sentir comme la personne la plus importante au monde. C'était une drogue difficile à abandonner.

En approchant de l'adresse, il s'avéra que c'était un complexe d'appartements chic dans le centre de Brooklyn. M'avait-il invité dans son nid d'amour? Tout ce qu'il m'avait acheté, était-ce sa manière de me séduire? N'étais-je rien d'autre pour lui qu'un coup d'un soir?

En sortant de l'ascenseur dans l'un des appartements les plus luxueux que j'avais jamais vu, je regardai autour de moi à la recherche de celui que j'étais certaine d'y trouver.

«Remy?» demandai-je dans une pièce vide.

Tournant lentement autour du lieu, éblouie par sa beauté, il ne me fallut pas longtemps pour voir la table à manger en bois flotté et le mot posé dessus. Mon nom était tourné vers moi. En l'ouvrant tandis que je le prenais, je reconnus l'écriture.

«Considère cela comme un avantage du poste. Plus de trajets tardifs en train. Profite de ton nouvel appartement. Remy»

En continuant ma visite, j'entrai dans la chambre. La vue sur la ville était à couper le souffle. En ouvrant le placard, je trouvai une garde-robe pleine de vêtements neufs. Il n'y avait pas que des costumes. Il y avait quelque chose pour chaque occasion.

C'était cela, le grand final. Il ne viendrait pas. Pas ce soir. Pas jamais. C'était vraiment fini entre nous. En prenant conscience de cela, je sortis sur le balcon, lâchai le dernier de mes espoirs, et pleurai.

Dormir dans le lit le plus confortable au monde était étrange. On pourrait penser que cela vous aiderait à vous endormir plus vite. Mais qui pourrait faire cela, distrait par la pensée du confort?

Avec un léger programme ce matin-là, je décidai de faire la grasse matinée. Je n'étais maintenant qu'à quelques pâtés de maisons du travail au lieu des 90 kilomètres de trajet depuis le New Jersey. C'était comme un nouveau monde. Et mon attitude envers la vie aussi. Ces dernières semaines, j'avais versé une vie de larmes. J'étais prête à passer à autre chose.

Pour une raison quelconque, Remy m'avait donné un bâtiment. Mais pas n'importe quel bâtiment. C'était celui où le vampire que j'avais cru être mon père rejetant avait vécu. Remy ne savait peut-être pas être le petit ami de rêve parfait, mais il comprenait une chose ou deux en matière de juste retour des choses.

«Remy m'a donné un bâtiment,» me répétai-je en y repensant.

Prendre quelque chose dans mon frigo bien rempli, je décidai de faire un détour avant le travail. J'allais vérifier mon nouveau lieu. Descendant du train, je contournai le coin avec le bâtiment en vue. Observant les rénovateurs entrer et sortir, je me rappelai que j'avais une participation majoritaire dedans. C'était insensé.

Comme tant de fois quand j'étais enfant, je m'arrêtais de l'autre côté de la rue et le contemplais. J'avais tant de souvenirs douloureux associés à cet endroit que je ne pouvais pas tous les compter. Peut-être qu'au lieu de le transformer en centre communautaire, j'aurais dû le vendre. Je ne sais pas ce que j'avais en tête en le suggérant comme un lieu où je pourrais devoir aller tous les jours.

Cela me rappela une autre chose que je devais faire: il fallait que je commence à penser à embaucher du monde. Après tout, Remy ne m'avait pas demandée mon aide pour mes compétences managériales. C'était parce que j'étais la meilleure amie noire et pauvre de sa petite sœur.

Je réfléchis à cela un instant. Remy n'avait pas demandé mon aide malgré qui j'étais. Il l'avait demandé à cause de cela. Dans ce cas précis, être pauvre et noire était mon avantage.

Remy m'avait un jour dit que lorsque tu embrasses ta véritable identité, tu es récompensé. Aurait-il pu avoir raison?

Certainement, il ne m'aurait pas offert ses cadeaux si je n'avais pas été qui je suis. Et, plus je devais prendre de décisions pour la conception du centre d'entraide, plus mon avis semblait compter. Enfin, je suppose que ce n'est pas spécifiquement mon avis. Ce serait l'avis de n'importe qui n'ayant pas grandi avec une cuillère en argent dans la bouche.

Sérieusement, mais à quoi pensaient ces designers? Un centre de paintball? Oui, c'est exactement ce dont les résidents de Brownsville avaient besoin, une façon de se tirer dessus pour le plaisir. Aucun mal ne pourrait jamais en découler.

Non, le centre serait pour les enfants. Au premier étage, il y aurait des salles calmes où les enfants pourraient simplement s'asseoir et se détendre, car c'est ce à quoi ressemble un véritable espace sûr. Au deuxième étage, il y aurait des tuteurs et des conseillers. Et le troisième étage abriterait le centre de soutien.

Là, nous pourrions avoir des mentors venant s'exprimer. Chaque soir de la semaine pourrait être dédié à un groupe différent, que ce soit pour les problèmes LGBT, ou les femmes dans des relations abusives.

«Dillon?» quelqu'un dit, attirant mon attention. «C'est bien Dillon, n'est-ce pas?»

«Oui,» dis-je, fixant d'un air absent le jeune homme à la peau foncée devant moi.

Avoir été éloignée du quartier aussi longtemps m'avait rendue nerveuse. Ma vie avait diablement changé depuis mes 13 ans. Pour commencer, je ne prétendais plus être hétéro. Ça n'avait pas d'importance dans mon université du New Jersey. Mais les communautés noires pauvres n'étaient pas exactement un modèle d'acceptation.

«C'est James. Ou, je suppose Jimmy. On allait à l'école ensemble,» dit le jeune homme un peu plus âgé.

«Jimmy! Bien sûr!» m'exclamai-je énergiquement.

Il sourit.

«Tu ne sais pas qui je suis, n'est-ce pas?»

Je ris gênée. «Je suis désolée.»

«Non! Ne t'en fais pas pour ça. On ne se connaissait pas vraiment à l'époque.»

«Ah, d'accord,» dis-je, confuse. «Mais nous étions dans la même école?»

«Absolument,» dit-il avec un sourire qui sous-entendait plus encore.

Je le regardai de nouveau. Non, je ne me souvenais pas de lui. Mais, il était mignon, et son sourire signifiait quelque chose. Baissant ma garde, je me détendis.

«Est-ce qu'on avait des cours ensemble ou quelque chose comme ça?» demandai-je avec un sourire charmeur, espérant qu'il le remarquerait.

«Non! J'étais deux ans au-dessus. Mais je me souviens de toi.»

«Pourquoi ça?»

«Eh bien, un, tu étais mignonne. Très mignonne. Tu l'es toujours,» dit-il, confirmant mon soupçon. «Et deux, tu étais la première fille avec qui j'ai jamais… osé flirter.»

«Sérieusement?» demandai-je, ne m'attendant pas à ça.

Il rougit. «Oui, tu étais toujours si… Je ne sais pas, confiante. Tu avais toujours l'air de savoir qui tu étais. À l'époque, j'étais bien plus gros que maintenant et c'était vraiment un complexe pour moi. Toi, tu étais juste toi-même.»

Je ris. «Je suis contente que ça en ait eu l'air. Mais je t'assure que ce n'était pas le cas.»

«Peut-être. Mais, je dois dire, penser que tu l'étais m'a donné de l'espoir, tu sais? J'ai pris beaucoup de décisions en me basant sur la fille que je pensais que tu étais.»

«Wow,» dis-je, ne flirtant plus avec lui. «Merci.»

«Non, merci à toi,» dit-il avec reconnaissance. «Alors, qu'est-ce que tu fais maintenant? Tu as déménagé hors du quartier, n'est-ce pas? C'était il y a quelques années.»

«Oui! Ma mère a trouvé un travail. On a fini par déménager plus près de là. Et toi? Tu vis toujours ici?»

«Non! Je suis allé dans un community college en Virginie. Alors j'y suis resté un moment.»

«En Virginie? Pourquoi là-bas?»

«C'est proche du quartier général du FBI. Je voulais suivre quelques programmes spécialisés qui permettaient une inscription facile.»

Je me figeai. «Au FBI? Et tu as… t'inscrire, je veux dire?»

Jimmy sourit fièrement. «C'est fait.»

«Oh, félicitations. Dans quelle division?» demandai-je avec hésitation.

Il se pencha et baissa la voix. «Le crime organisé.»

«Oh!» répondis-je, pensant immédiatement à Remy. «Chouette,» dis-je, essayant de ne pas paniquer.

«Oui! Je me suis dit, quelle meilleure façon de rendre à la communauté qu'en essayant de débarrasser les rues de certains gangs? Et toi, qu'est-ce que tu fais maintenant? L'immobilier?»

Je le fixai nerveusement. «Qu'est-ce qui te fait dire ça?»

«Je t'ai vue regarder le bâtiment. C'était comme si tu l'inspectais. Si je ne te connaissais pas, je m'inquiéterais,» plaisanta-t-il.

«Oh,» ris-je. «Je veux dire, c'est un peu le cas.» Je marquai une pause pour choisir mes mots avec soin. «Je travaille avec la personne qui transforme le bâtiment en centre d'entraide communautaire.»

«Sérieusement? C'est fantastique. Tu sais, si jamais tu veux parler de quoi que ce soit, comme comment faire en sorte que les gangs ne te dérangent pas ici, quoi que ce soit, tu devrais m'appeler,» dit-il avec un ton flirtant avant de sortir une carte.

Je devais vite éliminer toute idée qu'il se faisait de nous deux. La dernière chose que j'avais à faire était de sortir avec quelqu'un du FBI pendant que je travaillais pour le fils d'un des plus grands chefs de la mafia des loups en ville.

«Je vais être honnête, je me remets tout juste d'une… comment dirais-tu, une relation compliquée? Alors je ne suis pas disponible pour quoi que ce soit dans ce sens. Mais, il pourrait être utile de se concerter sur des stratégies de sécurité pour le centre.»

«Bien sûr. Tout ce dont tu as besoin. Fais-moi signe. C'était, euh, sympa de te revoir, Dillon,» dit-il, assurant que son intérêt était évident.

«Toi aussi, Jimmy. Je veux dire, James. Je te ferai signe,» dis-je en tenant sa carte pendant qu'il s'éloignait.

Quittant le quartier, je réfléchissais à ma conversation avec Jimmy. C'était incroyable de penser que j'avais pu avoir un tel effet sur lui. À l'époque, je me sentais constamment misérable d'être grosse et de ne pas m'intégrer. Pourtant, Jimmy avait gagné en confiance en m'observant.

«Comment?» demandai-je à haute voix, essayant de tout comprendre.

De retour au bureau, j'ajoutai une nouvelle tâche à mon calendrier. Il fallait que je commence à recruter. Les programmes que j'imaginais pour le centre devaient être conçus, et je n'avais aucune idée par où commencer.

Sachant que Remy avait accès à mon calendrier, je décidai de le mettre à l'épreuve. Je bloquai un créneau horaire intitulé «Commencer le processus d'embauche». Après avoir enregistré, je fixai l'écran en attendant une réaction. Quand rien ne se produisit, je ris de mes attentes irréalistes et poursuivis ma journée chargée de réunions.

Après avoir passé en revue d'innombrables conceptions, et consulté tous les nouveaux mots que j'avais entendus, c'était fini. En marchant vers mon nouveau domicile, je repensai encore à ma rencontre avec Jimmy. Je n'arrivais pas à dissiper le sentiment qu'il y avait quelque chose d'important que j'avais manqué à ce propos. En préparant le dîner à partir des dips raffinés alignés dans mon frigo, je repassai notre conversation.

Ce n'est que lorsque je fus au lit, m'endormant, que cela me frappa. Remy avait dit qu'embrasser sa vraie nature apportait des récompenses. Et malgré mes luttes personnelles, Jimmy avait été inspiré par mon vrai moi.

Alors que la pensée m'envahissait, un sourire se dessina sur mes lèvres. Remy avait raison. Embrasser sa vraie nature apportait des récompenses. En me retournant, me sentant plus sage, je me blottis contre un oreiller et m'endormis rapidement.

En entrant au bureau le lendemain matin, j'ai trouvé de nouvelles réunions planifiées dans mon calendrier. Une série de chasseurs de têtes, recruteurs d'emploi et représentants de sites d'offres d'emploi remplissaient l'agenda. Comment Remy avait-il pu régler tout cela en une seule nuit? Je ne pourrais jamais me permettre de ressentir à nouveau quelque chose pour Remy, mais je devais admettre qu'il n'était pas totalement mauvais.

À mesure que les semaines passaient, Remy et moi nous installâmes dans une routine de communication indirecte. J'inscrivais des demandes dans mon calendrier, et il les réalisait, habituellement le lendemain. Je ne savais pas pourquoi, mais nos échanges étaient étrangement réconfortants. J'ai presque commencé à croire que je pouvais tout gérer.

Lors d'un déjeuner avec Hil, alors qu'elle était venue en ville pour rendre visite à sa mère, je l'informai de mon travail et de tous les avantages qui l'accompagnaient.

«Remy dit que tu fais un travail formidable,» déclara Hil avec fierté.

C'était peut-être vrai. Mais je ne pouvais m'empêcher de penser aux avantages de Remy comme à une sorte de paiement de culpabilité.

«Merci! C'est agréable à entendre,» répondis-je humblement.

«Mais non, vraiment! Ce que tu fais, c'est génial. Tu te rends compte de l'impact que tu vas avoir sur les gens? J'aimais mon père. Vraiment. Mais, il a fait tellement de mal. C'était comme s'il n'avait aucune conscience. Les histoires que Remy me racontait…,» dit-elle en laissant sa phrase en suspens et luttant contre ses larmes. «Je dirai juste que ce que tu fais, cela signifie beaucoup… pour toute la famille,» conclut Hil avec un sourire en larmes.

En regardant Hil, je réalisai que ce que je faisais avait plus d'importance pour sa famille que je ne l'avais envisagé. Je considérais toujours que c'était un projet de vanité d'une famille riche. Mais à la fois Remy et Hil avaient été émus aux larmes en parlant de l'héritage de leur père.

Qu'avait-il bien pu faire qui nécessitait un centre communautaire comme pénitence? Et comment se faisait-il que je sois celle qui puisse les aider? J'étais une personne sans importance, issue de rien.

J'étais tout ce que personne ne voulait être. J'étais grosse, noire, et pauvre. Le fait que je puisse avoir un tel impact sur une famille qui avait tout ne tenait pas debout.

«Tu avais raison, tu sais,» dis-je à Hil pour changer de sujet.

«À propos de quoi?» demanda-t-elle en essuyant ses larmes.

«De tout. Quand je t'avais demandé si je devais accepter ce job, j'étais tellement sûre que Remy en avait fini avec le monde dans lequel vous aviez tous grandi. Et pourtant, en quelques jours, il était fiancé à la fille de la famille rivale de la vôtre.»

Hil se détourna tristement, «Ouais!»

«Et tu avais dit que si je me permettais d'avoir des sentiments pour lui, il me briserait le cœur.»

C'était à mon tour d'avoir les larmes aux yeux.

«Oh, Dillon!» Dit Hil en prenant rapidement ma main pour me réconforter. «Je ne voulais pas avoir raison à ce sujet. Tu ne vas pas me quitter, n'est-ce pas?»

J'affichai un sourire confiant. «Jamais. Je ne te quitterai jamais,» dis-je sincèrement.

Hil serra ma main et sourit.

«Il t'a au moins aidé à découvrir d'où tu viens?»

«Il a dit que j'étais un changelin.»

«C'est quoi ça?»

«Apparemment, les fées laissent parfois leur progéniture aux humains pour les élever. On dirait que mes parents fées ne me voulaient pas non plus.»

«Dillon, ne dis pas ça. Tu sais que tu as plein de gens qui t'aiment. Toute ma famille t'apprécie. Et qu'en est-il de ta maman? Tu lui en as parlé de tout ça?»

«Je ne lui en ai pas parlé et je ne sais pas si je le ferai. Si le vampire a raison, alors elle pense encore qu'elle m'a mise au monde. Qu'est-ce que ça lui ferait si je lui disais que l'homme qu'elle croyait aimer ne faisait que se servir d'elle comme nourriture pendant qu'une puissante surcharge me considérait comme une cible facile à élever?»

«Je n'aurais certainement pas formulé ça de cette façon, mais je crois que je comprends ton point de vue.»

«Alors, tu sais que tu es une fée. Tu en as rencontré d'autres depuis?»

«Non, mais je pense avoir rencontré une nymphe. Je ne savais pas qu'elles existaient.»

«C'est quoi, une nymphe?» demanda Hil, confuse.

«À en juger par mon intuition la première fois que je l'ai vu, il pourrait avoir un rapport avec la chance.»

«Vraiment? Waouh! Où l'as-tu vu?»

«Au bureau. C'est l'avocat de Remy.»

«Est-ce que Remy sait que son avocat est une nymphe?»

«Je ne sais pas. Je n'ai pas parlé à Remy depuis que je l'ai vu.»

Hil me regarda confuse. «Ça fait combien de temps?»

«Quelques mois.»

«Mais tu travailles avec Remy?» Hil demanda, essayant de rassembler les pièces du puzzle.

«Ouais!»

Hil me regardait avec de la douleur dans le regard. «Il fallait que ça soit mon frère pour découvrir comment utiliser quelqu'un sans avoir besoin de lui parler. Je suis désolée pour ça, Dillon. De toute façon, maintenant tu sais qui il est.»

«Je sais!»

«Ce qui ne te tue pas te rend plus fort, pas vrai?»

«Et il me rend plus fort que jamais,» répondis-je avec un sourire forcé.

«Oh, Dillon,» dit-elle en tendant les mains sur la table pour saisir la mienne. «Allons, laisse-moi payer pour qu'on puisse voir ce sur quoi tu as tant travaillé.»

«Ce n'est pas nécessaire. J'ai déjà réglé,» dis-je fièrement.

Hil avait l'air préoccupée. «Dillon! Tu sais bien que tu n'aurais pas dû faire ça?»

«Je sais. Mais je le voulais. Je gagne de l'argent maintenant. Et si je veux vraiment surpasser mes blocages, il faut que je sois celle qui invite, pour changer. Laisse-moi faire ça pour toi.»

Hil semblait toujours hésitante.

«Je t'en prie. J'en ai besoin.»

Hil finit par sourire et céder. «D'accord. Merci,» dit-elle en me regardant d'un nouvel œil.

Des mois plus tard, la veille de l'inauguration du centre d'aide rénové, je me retrouvais à travailler tard dans ce qui avait été le bureau de Remy. Seule et plongée dans mes pensées, je fus surprise par le bruit de la porte qui s'ouvrait doucement.

Contournant le bureau, je restai figée d'incrédulité. Remy avançait vers moi en me fixant dans les yeux. J'étais pétrifiée, incapable de parler. Alors qu'il n'était plus qu'à une envergure de bras, un tsunami d'émotions me submergea.

Quand je pus à nouveau parler, mes mots furent plats. «Je suis en colère contre toi.»

«Vraiment? Je ne peux pas imaginer pourquoi. Ta nouvelle position dans la vie te sied à merveille,» rétorqua Remy, le regard s'attardant sur ma tenue.

Rougissant légèrement, je baissai les yeux sur mes vêtements chers puis le foudroyai du regard. «Tu crois que ça m'intéresse, ça?»

«Je le crois. Oui! Du moins un peu,» avoua-t-il.

Je voulais le nier. Mais au fond de moi, je savais qu'il avait raison.

«Tu t'attends à ce que je te tombe dans les bras pleine de gratitude pour ce que tu as fait?» demandai-je tendue.

«Je ne vais pas mentir, j'en avais un peu l'espoir,» répondit Remy, son charme commençant lentement à revenir.

Je fis un pas vers lui. «Eh bien, je ne le ferai pas. Je suis en colère contre toi.»

«D'accord, je t'écoute. Qu'est-ce que j'ai fait?»

Je fronçai les sourcils. «Ne fais pas comme si mes sentiments n'avaient pas d'importance.»

«Je ne fais pas ça. Je sais qu'ils comptent. Et, je suis désolé.»

«Tu m'as laissée. Tu m'as laissé croire qu'il se passait quelque chose entre nous et puis tu as disparu… pendant des mois. Tu m'as brisé le cœur.»

Remy marqua une pause tandis que la douleur se lisait sur son visage. «C'est vrai, j'ai fait ça. Tu me pardonnerais si je te disais qu'il y avait une très bonne raison?»

«Parce que tu devais planifier ton mariage?» crachai-je.

Remy détourna le regard pour extraire ma dague de son cœur. «Je suppose que Oui!»

«Et tu sais ce qui me met encore plus en colère?»

Remy, maintenant à quelques centimètres de moi, demanda : «Quoi donc?»

«C'est à quel point tu es un hypocrite.»

«Un hypocrite? Je dois admettre que dans les milliers de fois où j'ai imaginé ce moment, être traité d'hypocrite n'avait jamais effleuré mon esprit.»

«Eh bien, tu l'es.»

«Alors éclaire-moi. En quoi suis-je également un hypocrite?»

«Tu es un hypocrite parce que tu fais tout un plat des récompenses à être fidèle à soi-même et puis quand vient ton tour de faire le même choix, tu fais l'inverse.»

«Tu penses que le fait de m'éloigner signifie que je renie mon vrai moi?»

«Je ne le pense pas. Je le sais.»

«C'est intéressant parce que je pense que mon vrai moi est quelqu'un qui fait tout ce qu'il faut pour protéger ceux qu'il aime. Souffrir, endurer, avoir mal pour assurer la sécurité des personnes qui me sont chères. Tu dis que ce n'est pas vraiment qui je suis?»

«Celles que tu aimes?» demandai-je vulnérablement.

«Celle que j'aime,» précisa Remy.

Je m'adoucis à ses mots mais garda ma résolution, «Mais tu n'es pas sans cœur.»

«Qui a dit que j'étais sans cœur?»

«Toi! Par tes actes.»

«Je t'en prie, explique.»

«Tu crois pouvoir vivre ta vie le cœur verrouillé en reniant tout ce dont tu as besoin et désires, mais tu ne peux pas. Tu es doux et vulnérable. Tu es gentil et merveilleux. Je sais que tu penses devoir être ce grand méchant loup-garou, mais tu n'es pas comme ton père. C'est une bonne chose. Et comme un homme sage m'a dit un jour, lorsque tu es fidèle à toi-même, tu es récompensé.»

Sur ces mots, Remy se pencha. Fixant ses yeux dans les miens, il les ferma et combla lentement l'espace entre nous. Alors que son souffle chaud effleurait ma joue, je pouvais sentir le parfum subtil de son eau de Cologne, un mélange de bois de santal et d'agrumes qui me donna des frissons. Mon cœur s'emballa alors que mes lèvres picotaient d'anticipation.

Comme si j'avais attendu toute une vie, nos lèvres se rencontrèrent—douces, tendres, comme la caresse feutrée du velours. C'était tout ce dont j'avais rêvé. Mes yeux se fermèrent tandis que je me laissais être dans l'instant. Chaque nerf de mon corps s'animait alors que je l'embrassais en retour.

Ses doigts effleurèrent ma joue avant de se frayer doucement un chemin à travers mes boucles et de soutenir l'arrière de ma tête. Sentant son contact, mes bras s'enroulèrent autour de son cou. Lorsque son corps chaleureux vint se presser confortablement contre le mien, nos corps basculèrent.

Alors que notre baiser s'approfondissait, le goût de lui persistait sur ma langue. Il était aussi doux que la plus juteuse des cerises et je picotais comme la menthe. Avec mon souffle coupé dans ma gorge, ma poitrine se gonflait d'émotion. Dans son étreinte, je réalisai enfin ce qui était vrai – c'est ici que je devais être.

«Attends,» dis-je, me retirant.

«Tu m'as demandé d'être mon vrai moi. C'est moi et je veux t'embrasser. J'ai toujours voulu t'embrasser. Te regardant jouer avec Hil quand nous étions enfants, je voulais t'embrasser. Je n'ai jamais été quelqu'un d'autre.»

«Je ne peux pas être l'autre femme,» insistai-je.

«Tu ne l'es pas. Tu es la seule personne. Tu as toujours été celle-là.»

«Et Eris?»

«Quoi, Eris? Elle est la louve que je suis forcé d'épouser pour garder tout le monde en vie autour de moi. Ce n'est pas avec elle que je veux être. C'est certainement pas avec elle que je veux coucher.»

«Mais vous le faites?»

«Faire quoi? Coucher? Avec elle? Ce serait comme mettre mon sexe dans un piège à ours. Ça, cela n'arrivera pas. Jamais. Elle pense que ça pourrait. Mais je te le dis, ça n'arrivera pas.»

«Quoi, tu ne vas juste jamais recoucher avec quelqu'un?» demandai-je, sceptique.

«Ça fait déjà un moment,» dit Remy avec un sourire frustré.

«Ça fait combien de temps?»

«Depuis que j'ai couché?»

«Ouais!»

«Depuis que j'ai réalisé que tu étais l'élue.»

«Et c'était quand?»

Remy réfléchit. «Eh bien, je dirais depuis le moment où nous nous sommes rencontrés. Mais officiellement… tu te souviens quand Hil a été enlevée et que je suis venu chez toi à sa recherche?»

«Ouais!»

«Dès que tu as ouvert la porte et que j'ai plongé mon regard dans tes yeux. C'est là que j'ai su que je ne pouvais plus le nier. J'étais à toi et j'aurais fait n'importe quoi pour que tu sois à moi.»

«Oh,» dis-je, une vague de chaleur me parcourant.

Ne sachant pas quoi faire de moi-même, je demandai, «Tu viendras à l'inauguration du centre de soutien demain?»

«C'était mon intention.»

«Bien!»

«Ça te dérangerait qu'on fasse quelque chose pour célébrer après?»

Je me figeai. Que voulait-il dire par célébrer? Ce n'est pas que je ne le voulais pas là pour célébrer avec lui. Il n'y avait personne avec qui je préférerais être. Cette réalisation était autant la sienne que la mienne. Même lorsqu'il m'avait laissée, il avait été là pour moi. Maintenant je voulais être avec lui.

«Rien de sophistiqué,» concédai-je.

«Sans promesse.»

«Ce que tu as dit était vraiment sympa. Mais, je ne veux pas te donner l'impression que je t'ai pardonné de m'avoir laissé comme ça.»

Remy hocha la tête, comprenant ma réticence. «Compris!»

«Donc, rien de sophistiqué?»

Remy sourit. «Sans promesse.»

Chapitre 10

Dillon

Hil et Cali sortirent de l'escalier en agitant les mains avec enthousiasme pour attirer mon attention. Je levai les yeux et vis le visage rayonnant de Hil, ses yeux brillants de larmes contenues.

«Je viens juste de monter au centre d'assistance,» dit Hil, visiblement émue. «Tu as fait un travail fantastique, Dillon.»

«Ce n'était pas que moi,» répondis-je, touchée par sa réaction. «Quelques personnes ont contribué. C'est fou comme il faut de travail et de coopération pour réaliser quelque chose comme ça.»

Puis, j'ajoutai à contrecœur, «Remy mérite beaucoup de crédits aussi.»

Hil me coupa immédiatement. «N'ose pas donner du crédit à mon frère pour quelque chose à quoi il n'a rien à voir. Pas après comment il t'a traité.»

Je me résignai sachant que Hil n'avait pas eu de nouvelles depuis notre baiser d'hier soir. Mais même sans ça, je ne pouvais ignorer le rôle qu'avait joué Remy dans la réalisation du centre.

Non seulement c'était son idée, mais j'étais une gamine de 21 ans qui ne savait rien de rien. Il avait trouvé les designers, les architectes, les recruteurs, tout le monde. Après avoir transformé la création du centre en QCM, il a placé des gens à mes côtés qui m'indiquaient les bonnes réponses.

Je me serais perdue sans lui. En fait, ce n'est pas vrai. Je n'aurais même pas tenté de le faire au départ. Je n'aurais pas eu la confiance ni la motivation de dépasser mes insécurités. Sans m'avoir adressé la parole pendant des mois, Remy avait changé la direction de ma vie.

«En parlant de ceux qui s'attribuent les mérites,» murmura Hil à voix basse.

«Merde!» s'exclama Cali en le voyant ensuite.

En me tournant pour regarder Remy, le désir inonda mon corps. Je me détestais pour ça, mais j'avais abandonné l'idée de lutter contre mes sentiments pour lui. Peu importe ce que Remy faisait, je lui pardonnerais. Parce que malgré tout, Remy était un homme bien, et rien ne m'empêcherait de l'aimer.

«Merde, en effet!» acquiesçai-je, mais pour une raison très différente.

Je fis signe à Remy de s'approcher, maîtrisant mes émotions. En s'avançant, il nous salua avec un sourire narquois. «Sœurette,» dit-il à Hil en hochant la tête. «Rambo des bouseux,» ajouta-t-il en s'adressant à Cali.

Cali leva les yeux au ciel, la mâchoire serrée. «Je vais aller prendre un verre. Quelqu'un en veut un? Non? Bien,» dit-il avant de s'éloigner.

«Pourquoi tu le traites toujours comme ça? T'es vraiment un con,» lança Hil avant de se précipiter derrière son copain.

«Pourquoi tu le traites toujours comme ça? Tu sais qu'il est bien avec Hil, non?» demandai-je à Remy.

«C'est le meilleur loup que je connaisse. Il a pris une balle pour ma sœur. Je veux dire, Jésus.»

«Alors pourquoi tu lui dis ces choses?»

«Tu ne trouves pas qu'il est un peu agaçant avec sa perfection?» répliqua Remy avec un sourire en coin. «Je veux dire, soit tu es une personne géniale, soit tu as des super cheveux. Fais un choix.»

«On sait ce que tu as choisi,» dis-je, en touchant ses cheveux noirs brillants.

«Oui! Merci!» dit-il résolument.

«Dillon,» dit Jimmy en s'approchant de nous.

Me rappelant qui il était et ce que Remy était, je me tendis. «Oh, Jimmy. Enfin, James. Voici Remy, le propriétaire du bâtiment et la personne qui finance le centre d'aide.»

Le front de Remy se plissa alors qu'il me regardait, confus. «Je ne possède pas le centre. Je pensais que tu savais…»

Je le coupai. «James et moi, on s'est connu au collège. Il travaille maintenant au FBI.»

Les sourcils de Remy sautèrent à sa parfaite ligne de cheveux. «Vraiment?»

«Dans quelle division déjà?» lui demandai-je.

«Principalement la branche du crime organisé,» dit-il jovialement. «Mais tu serais surpris de voir combien de fois le crime organisé est lié au surnaturel.»

«Quoi?» demandai-je, entendant ça pour la première fois.

«Ouais! Depuis que ce type a été acquitté pour le meurtre de sa femme en disant que son enfant était un métamorphe loup, le FBI surveille.»

Remy, paraissant mal à l'aise, dit, «J'ai entendu parler de ce gosse. Je n'y ai jamais cru.»

«Tu devrais,» répondit Jimmy. «Parce qu'il s'avère que les changeurs loups pourraient ressembler à n'importe qui ici. Ils pourraient même te ressembler, Remy,» dit-il avec un sourire.

«Vraiment?» demanda Remy, se tournant vers moi, stupéfait. «Eh bien heureusement, tu es sur l'affaire. Bonne chance pour ça. Et je suis tellement content d'entendre que tu vas faire partie permanente du centre de sensibilisation.»

«J'ai grandi ici. Je sais combien un endroit comme celui-ci est nécessaire.»

«Vive ça!» dit Remy, cachant la panique derrière ses yeux. «Et tu l'as rendu partenaire officiel du centre?» demanda-t-il en se tournant vers moi.

«Ouais,» dis-je, plongeant mon regard dans celui de Remy.

«Parfait! Garde tes amis près de toi. N'est-ce pas?»

«C'est vrai,» dit Jimmy pour la première fois, laissant entendre qu'il savait qui était Remy.

Remy pincèrent ses lèvres, essayant de sourire. «Où est Cali avec cette boisson?»

«Excusez-nous,» dis-je en suivant Remy qui s'éloignait.

Quand nous étions hors de portée de Jimmy, Remy murmura, «Tu t'es associé à la division surnaturelle du FBI?»

«Pas avec le département. Avec James. Et, pour être honnête, je pensais qu'il travaillait dans le crime organisé.»

«C'est sûr. Parce que c'est tellement mieux. Et tout ce qu'il découvrira en utilisant ceci comme son quartier général ne quittera certainement pas cette pièce,» répliqua Remy, véritablement ébranlé.

«Remy, tu voulais un centre communautaire quelque part où il aiderait les gens. C'est ça. Et s'associer à quelqu'un comme Jimmy est un mal nécessaire. Aurais-tu préféré que ce soit un trafiquant de drogue de l'un des gangs locaux? Parce que c'étaient mes deux options.»

Remy se calma. «Je ne questionne pas tes décisions, Dillon.»

«On dirait pourtant que tu le fais.»

«Je ne le fais pas. Crois-moi, je pense que tu as fait un travail incroyable. Ce lieu n'aurait jamais existé sans ton travail acharné et tout ce que tu as fait. Merci, Dillon. Tu es incroyable.»

Laisser son compliment s'installer en moi, un sourire rayonna de l'intérieur.

«Je te remercie de le dire.» Je regardai dans ses beaux yeux reconnaissants. «Et je reconnais aussi combien tu as travaillé dur là-dessus. Personne d'autre ne le voit, mais pas moi.»

Remy voulait passer ses bras autour de moi. Je le sentais. À la place, sa main rebondit en touchant mon bras.

«Je l'apprécie,» dit-il sincèrement. «Et, je suppose que je ne suis pas le seul à aimer vivre dangereusement,» dit-il avec un sourire.

Je souris en sachant que c'était vrai. «Je suppose que Non!»

«Alors que la journée continuait, je présentais Remy à tous ceux qui étaient là. Avec chaque présentation, j'avais de plus en plus l'impression de présenter mon petit ami. Je savais qu'il ne l'était pas, et qu'il ne le serait jamais. Mais, c'était l'énergie entre nous.

La façon dont son loup me regardait n'aidait pas. C'était comme si Remy imaginait me jeter sur un lit, me retourner et prendre ce qu'il voulait.

De plus, l'homme utilisait chaque excuse pour me toucher. Je veux dire, je faisais de même, mais je n'étais pas celle qui planifiait son mariage; lui l'était. J'étais celle qui était trop folle pour arrêter de tomber amoureuse d'un gars qui planifiait son mariage. Donc j'étais autorisée.

Debout devant tout le monde après que Hil a insisté pour que je fasse un discours, je réfléchissais à ce que je devais dire. En regardant ma mère, qui avait parlé avec la mère de Remy, cela m'est venu.

«Je voudrais remercier tout le monde d'être ici,» commençai-je. «Et aussi, je souhaite remercier tous ceux qui ont accepté de travailler et de faire du bénévolat pour le centre. Je suis née tout près d'ici. Je passais devant ce bâtiment presque tous les jours. Je n'aurais jamais imaginé qu'il deviendrait un lieu qui pourrait améliorer la vie des enfants.»

Je marquai une pause, baissant la tête en me souvenant d'avoir regardé les lumières, voulant que «mon père» m'accepte.

«Je pense qu'il est important que tout le monde ici sache que j'ai toujours été complexée par mon apparence, surtout mon poids. Je pensais qu'il était important que je le dise. En grandissant dans ce quartier, je n'ai pas toujours cru que je serais acceptée pour ce que j'étais.

«Je veux que cet espace soit le premier de nombreux lieux dans cette communauté où les gens peuvent se sentir à l'aise avec eux-mêmes de la manière que ce soit. Quelqu'un m'a dit une fois que lorsque vous embrassez votre véritable moi, vous êtes récompensé. Eh bien, je suis complexée, et je suis métisse, avec une mère noire et un père blanc qui ne voulait rien avoir à faire avec moi.» Je marquai une pause. «Du moins je pense que je suis métisse. Je suis métisse, n'est-ce pas, maman?» demandai-je à ma mère qui regardait fièrement.

«Autant que je sache,» répondit-elle à l'hilarité de la foule.

En vérité, je n'étais plus sûre étant donné que j'étais une changeling. Mais puisque les gens me traitaient comme si j'étais métisse, je suppose que cela n'avait pas d'importance que je sois humaine ou pas.

«Ces choses m'ont façonnée. Dans le passé, je les ai fuis. Maintenant, je les embrasse. Je veux que ce centre soit un lieu où tout le monde se sente en sécurité d'être leur vrai soi. Tout le monde, peu importe ce que vous êtes. Parce que je crois que si vous êtes fidèles à vous-mêmes, la vie vous récompensera,» dis-je en regardant Remy.

M'éloignant sous une salve d'applaudissements, tout le monde me félicita, en commençant par Hil.

Me regardant avec des larmes dans les yeux, elle me voyait différemment.

«Le fait d'être métisse joue-t-il vraiment un rôle aussi important dans ta vie?» demanda-t-elle à ma grande surprise.

Je ris. «Oui, c'est le cas. Peut-être même plus.»

«Je ne savais pas ça.»

«Parce que tu n'as jamais demandé.»

«Je suppose que je t'ai toujours vue comme humaine. C'était faux?»

«Considérant que je ne suis même pas ça, qui sait?» soupirai-je. «Mais oui, que je sois humaine ou non, on ne me laisse pas oublier que je suis noire.»

«Oh, Dillon,» dit-elle, me tirant dans une étreinte. «Ai-je été une bonne amie pour toi?»

«Hil, tu as été la meilleure amie que je pouvais espérer. Merci pour tout ce que tu as fait pour moi.»

«Je ne pense pas que j'aurais survécu à ma vie sans toi,» répondit Hil, la voix entrecoupée.

«S'il te plaît, ne pleure pas. Si tu commences, je vais suivre, et je ne m'en sortirai jamais aujourd'hui,» plaisantais-je.

Hil me lâcha et rit. «Vas faire ce que tu as à faire. Tu vas assurer,» dit-elle en me poussant doucement dehors.

Quand les choses se sont calmées, le seul avec qui je n'avais pas encore parlé était Remy. Je l'avais gardé à vue toute la journée. Il avait été son charmant moi habituel. La plupart des dames d'un certain âge et tous les gars gays à qui il parlait tombaient amoureux de lui, parce que, bien sûr, ils le faisaient. Qui ne le ferait pas? Et après que tout le monde, à part l'équipe de nettoyage, était parti, Remy s'est approché de moi, rayonnant.

«Tu as été incroyable aujourd'hui,» dit-il, son loup me lançant à nouveau ce regard.

«Merci!»

«Tu sais, quand je t'ai suggéré de faire ça, je ne pensais pas vraiment que tu le ferais.»

Je le regardai, choquée. «Tu ne croyais pas en moi?» demandai-je en frappant son bras.

«Non, je veux dire que je savais que tu pouvais. Je ne pensais juste pas que tu le ferais. La seule raison pour laquelle je t'ai suggéré ça, c'était comme une excuse pour te regarder tous les jours.»

«Eh bien, ça, ce n'est pas arrivé,» dis-je, acide.

«Non, effectivement, ça ne s'est pas passé.»

«Non!»

Je pouvais voir ses pensées tourbillonner. J'allais lui demander à quoi il pensait quand il demanda,

«Es-tu prête pour ta surprise maintenant?»

Un éclair d'excitation me traversa.

«C'est quoi? Tu as préparé un dîner chic pour moi sur le toit?» demandai-je, en cherchant des spoilers.

«Non! Mais ça aurait été une excellente idée,» dit-il sérieusement. «En fait, je voulais juste partager une barre de chocolat avec toi dans ma voiture.»

Je restai bouche bée.

«Tu as dit que tu ne voulais rien de sophistiqué, n'est-ce pas?»

«Non, tu as raison. C'est ce que j'ai dit,» acquiesçai-je, ne sachant pas s'il plaisantait.

«Alors, tu veux manger cette barre de chocolat maintenant?»

Je regardai autour de moi, me demandant si c'était une plaisanterie. Quand je ne vis pas d'équipe de tournage surgir, je reportai mon regard sur Remy.

«Euh, d'accord?»

«Génial,» répondit Remy, en me guidant vers l'extérieur. «Ne te méprends pas, c'est une barre de chocolat savoureuse. Je l'ai trouvée dans une boutique spécialisée. Je pense que tu vas l'aimer.»

«D'accord,» dis-je, le suivant de l'autre côté de la rue vers sa voiture élégante.

Une fois à l'intérieur, il demanda, «Es-tu prête pour ça?»

«Je suppose,» dis-je, en essayant de cacher ma déception.

Remy se pencha par-dessus mes genoux et ouvrit la boîte à gants. En regardant dedans pendant qu'il faisait, elle était vide.

«Oh merde!» s'exclama-t-il, les yeux fermés. «Je l'ai laissée sur le comptoir. Je n'arrive pas à croire que je l'ai oublié. Je suis vraiment désolé,» dit Remy sincèrement. «Ça te dérangerait terriblement si on allait la chercher? Si tu ne te sens pas à l'aise de retourner chez moi, je pourrais te l'apporter demain.»

Remy n'était pas en train de plaisanter. Il était sérieux. Après tout ce qu'il avait dit sur la célébration, c'était tout ce qu'il avait imaginé. Si j'avais su, j'aurais organisé quelque chose avec Hil. Combien de fois Remy devrait-il me décevoir avant que j'apprenne?

«Je veux dire, on peut aller la chercher maintenant,» dis-je, ne cachant plus ma déception.

«On n'est pas obligés,» dit-il, voyant l'expression sur mon visage.

«Non, je n'ai rien d'autre de prévu,» dis-je avec insistance.

«Génial,» dit-il avec un sourire doux. «Je te promets que ça en vaudra la peine.»

«Ça a intérêt à être une barre de chocolat incroyablement bonne,» murmurai-je, sans plus le regarder.

«Ça le sera,» dit-il, en démarrant sa voiture et en partant.

Alors que nous roulions, je regardais par la fenêtre, perdue dans mes pensées. Comment avais-je pu me laisser succomber pour lui? Il n'était que chagrin. C'était ma faute. J'étais vraiment pathétique.

«On est arrivé,» dit Remy, me sortant de ma transe.

Levant les yeux, nous n'étions pas chez lui. Nous étions à l'aéroport. Mais pas LaGuardia ou JFK, un pour les avions privés. La voiture était garée à 30 pieds d'un jet.

«Qu'est-ce qui se passe?» demandai-je, confuse.

Remy me regarda, tout aussi perplexe. «Oh! Tu as cru que je parlais de chez moi à New York. Non!» C'est alors que son sourire espiègle se fit voir. «Tu es toujours d'accord pour y aller?»

Je ne savais pas quoi penser. «Je…»

«Juste oui ou non,» dit-il, plongeant son regard dans le mien.

«Oui!»

Le mot était sorti avant même que je puisse y penser.

«Bien,» dit-il, en sortant de la voiture et en remettant les clefs à un voiturier.

S'arrêtant pour me tendre la main au pied de l'escalier, je levai les yeux vers l'avion. Il n'était pas petit.

«Remy, qu'est-ce qui se passe?»

«Nous allons chercher cette barre de chocolat. Tu m'as dit que tu ne voulais rien de compliqué. Alors je fais simple,» dit-il, son sourire diabolique bien visible.

La chaleur m'emplit en réalisant que Remy était bien celui que je pensais. Souriant, je pris sa main et montai les marches. À l'intérieur se trouvait une cabine luxueuse décorée de sièges en cuir beige élégant et d'un éclairage d'ambiance. Malgré sa taille, elle semblait intime et chaleureuse. Alors que je m'installais dans l'un des fauteuils moelleux, Remy murmura à mon oreille.

«Mets-toi à l'aise.»

«Je suppose que tu ne vas pas me dire où nous allons,» lui demandai-je alors qu'il s'attachait dans le siège d'en face.

«Aller chercher la barre de chocolat,» répondit-il, visiblement fier de lui.

Une fois en l'air, je regardai en bas. Nous étions rapidement entourés par l'eau. Je ne savais pas quoi penser. Heureusement, je n'eus pas beaucoup de temps pour ça. L'avion s'étant stabilisé, une hôtesse installa une table devant moi. Une fois stable, Remy prit le siège de l'autre côté.

«Je suis sûre que tu dois avoir pas mal faim maintenant. J'espère que tu ne m'en veux pas d'avoir organisé le dîner.»

«Pas du tout,» lui dis-je avant qu'il ne fasse signe au steward.

Je n'avais pas pris l'avion souvent, alors je n'avais pas grande expérience de la nourriture en vol. Mais je n'aurais jamais pensé que cela puisse être si bon. Nous avions une salade nommée d'après un empereur, un steak au nom d'un joueur de basket, et en dessert, une glace portant le nom d'un État. Est-ce que tout ce qu'on sert dans un avion porte le nom de quelque chose?

«Je ne sais pas, tu frôles dangereusement la violation de la règle du «chic».»

«Ça, chic? Non, c'était juste ce qu'ils avaient en réserve. Crois-moi, s'ils avaient eu des hot-dogs, c'est ça qu'on aurait mangé. Si il y a bien une chose, c'est que je suis un homme qui suit toujours les règles,» dit-il, avec charme.

Je ris. «Ouais, bien sûr. Donne-moi un exemple dans ta vie où tu as choisi de suivre les règles.»

Remy dut y réfléchir, mais il trouva quelques exemples. Et ce qui s'en suivit fut la plus longue conversation que j'avais jamais eue avec lui. En le regardant, je n'aurais jamais deviné à quel point il pouvait être pensant.

«Alors, c'était comment de grandir comme tu l'as fait?» demandai-je.

«Quel aspect? Tu veux parler du fait d'avoir accès à un puits sans fond de cash parce qu'il était caché dans chaque contenant de notre maison? Du fait de travailler pour mon père qui était aussi le boss de la mafia le plus redouté de New York? Ou du fait de devoir me prouver chaque jour face à des loups qui pouvaient littéralement sentir ta peur?»

«Parle-moi des filles,» lui dis-je, sachant qu'en toutes les années que je le connaissais, il n'en avait jamais mentionné une seule.

«Pourquoi tu veux parler de ça?»

«Je ne sais pas. Peut-être que ça m'excite,» suggérai-je d'un ton flirtant.

«Pourquoi ne me parles-tu pas de tes mecs?» dit-il en se penchant en avant, intéressé.

«Ne détourne pas la question, monsieur le Rusé. Je te parle de tes filles. Je sais qu'il y en a eu beaucoup.»

Remy paraissait peiné de parler d'elles.

«Tu veux que je dise quoi?»

«Il y a eu quelqu'un de spécial?» demandai-je, cachant la terreur que je ressentais face à sa réponse.

«Non!»

«Personne?»

«Pas vraiment.»

«Pourquoi pas?»

Remy prit une profonde inspiration.

«Je suppose qu'il y a beaucoup de raisons. L'une d'elles était que je ne me sentais jamais à l'aise d'entraîner qui que ce soit dans mon monde. C'était beaucoup demander à quelqu'un, même à un loup. Alors, je ne laissais personne s'approcher de trop près.»

«D'où l'offensive de charme.»

«Qu'est-ce que tu veux dire?»

«Tu es très charmant, Remy. Ne fais pas semblant de ne pas savoir. Mais c'est comme la manière dont tu te moques toujours de Cali, n'est-ce pas? C'est parce que tu ne veux pas révéler qui tu es vraiment, un type doux et attentif.»

«Tu essaies de me faire tuer, c'est ça? Parce que dans le monde où j'ai grandi, c'est ce qui arriverait au loup que tu décris.»

Mon cœur se brisa pour Remy.

«Comment c'était de grandir en pensant cela? Ça a dû être un supplice.»

Les yeux de Remy se détournèrent des miens. Pour la première fois, je vis son vrai «moi», celui qui se protégeait pour sa survie et qui détestait cela. Son charme avait disparu. Ses défenses étaient abaissées. C'était juste lui, le gars que j'avais entrevu depuis mes 14 ans.

«C'est pas drôle,» avoua-t-il, montrant la tension du fardeau qu'il portait.

«Je suis désolée,» dis-je, me penchant sur la table et demandant sa main.

Fixant mes mains, je ne pensais pas qu'il allait les prendre. Mais, à contrecœur, il le fit. Et pendant un moment, je restai assise avec l'homme que j'avais toujours su enfoui en lui. C'était une version de Remy que j'aimais.

Nous restâmes silencieux un moment avant que l'hôtesse nous propose des boissons, brisant l'atmosphère. Ce n'était pas grave car cela nous permettait de reprendre notre conversation. Quand elle reprit, Remy me parla de ses hobbies et de ses émissions de télévision préférées. Nous avons même parlé de notre style de sous-vêtements favori. Le sien était le boxer moulant. Miam! Le mien était un bikini.

«Sympa,» dit-il avec assez de sous-entendu pour me faire rougir. «Il faudra que tu me les montres. Peut-être que tu me convaincras d'en changer.»

«Peut-être que oui,» dis-je, sentant l'alcool et désirant ses grandes mains partout sur moi.

Lorsque l'avion commença sa descente, il faisait noir dehors. Combien de temps avait passé?

«Où sommes-nous?» demandai-je, voyant les lumières de la ville en dessous de nous. En scrutant le paysage, je sus soudain. «Paris! Nous sommes à Paris!»

«Ah bon?» demanda Remy innocemment.

«C'est la tour Eiffel!» m'exclamai-je.

«Tu es sûre que ce n'est pas Vegas?» demanda-t-il, faisant battre mon cœur.

Je me retournai rapidement vers la fenêtre. Alors que je le faisais, l'avion tourna, m'offrant une meilleure vue.

«C'est l'Arc de Triomphe… et le Louvre,» dis-je en me retournant brusquement vers lui, excitée.

«Alors je suppose que nous sommes à Paris,» dit-il avec désinvolture.

Je le regardai comme un enfant à Noël. Je restai sans voix. Il était là, satisfait de lui-même. Je ne savais pas si je voulais le gifler ou lui arracher ses vêtements.

À l'atterrissage, une voiture nous attendait à l'aéroport. Sur le chemin vers notre destination, je ne pouvais pas m'arrêter de regarder tous les sites qui défilaient.

«Quelle heure est-il?» demandai-je, remarquant les rues désertes.

Remy regarda sa montre.

«5h30 du matin.»

Je me retournai vers la fenêtre. Je n'arrivais toujours pas à croire ce que je voyais. Ce n'était pas mon premier voyage à l'étranger. J'étais allée aux Bahamas avec Hil et sa famille il y a quelques années. Mais comme c'était proche, cela ne m'avait pas semblé exotique. Mais là, Oui! Je perdais presque l'esprit de merveille.

Dès notre arrivée à un incroyable bâtiment en pierre et notre descente dans un parking souterrain, le soleil commençait à se lever. Empruntant un ascenseur jusqu'à un appartement doté de plafonds de douze pieds de haut, de fenêtres allant du sol au plafond et d'un balcon bordé d'arbres pouvant accueillir 20 personnes, nous sommes entrés.

«Le voilà!» dit Remy, attirant mon attention sur la barre de chocolat sur la table basse. La table se trouvait entre les deux plus grandes méridiennes que je n'avais jamais vues.

La récupérant, Remy me montra l'emballage rouge.

«C'est un Côte d'Or. Tu veux goûter?» demanda-t-il avec un sourire malicieux.

«Je veux dire, nous sommes venus jusqu'ici,» répondis-je avec un sourire.

Remy déballa le chocolat et en cassa un morceau.

«Ferme les yeux,» dit-il en s'approchant.

Je le fis.

«Maintenant ouvre la bouche. Je veux juste que tu te concentres sur l'odeur et le goût. Rien d'autre.»

En le portant à mes lèvres, le chocolat était la dernière chose sur laquelle je me concentrais. Au lieu de cela, je me perdais dans la sensation du souffle chaud de Remy sur ma peau, et le parfum de son eau de Cologne légère remplissant mes narines. L'anticipation qu'il créait me rendait folle.

Quand le chocolat toucha ma langue, sa richesse veloutée fondit. L'explosion des saveurs dansait dans ma bouche avec un équilibre parfait entre le sucré et l'amer. C'était une symphonie de sensations.

«Wow,» chuchotais-je, les yeux toujours fermés.

«Ça te plaît?» demanda Remy doucement.

«C'est incroyable!»

«Tu peux ouvrir les yeux.»

En les ouvrant, je trouvais Remy me fixant, bouillonnant de désir. L'intensité de son regard envoyait des frissons le long de mon épine dorsale. Je ne pouvais rien faire d'autre que fixer.

«On peut rentrer maintenant si tu veux.»

«À New York?» demandais-je, amusée.

«Si tu veux.»

«Je veux dire, nous sommes ici. Ce serait dommage de ne pas découvrir un peu Paris.»

«Ce serait un plaisir de te faire la visite,» dit-il avec un grondement dans sa voix qui me secouait jusqu'au tréfonds.

«Je voudrais bien,» lui dis-je, incapable de résister à aucune de ses demandes.

«Je vais te montrer ta chambre. Tu devrais te reposer. Il y a beaucoup à voir.»

En entrant dans une porte au milieu du couloir, je me retrouvai dans une chambre élégante avec des fenêtres allant du sol au plafond et un éclairage doux qui diffusait une lueur chaleureuse dans la pièce.

«Et toi, tu seras où?» demandais-je, espérant qu'il dirait ici.

«Ma chambre est au bout,» dit-il, me coupant le souffle. «Tu trouveras des vêtements de rechange dans le placard. Tu devrais avoir tout ce qu'il te faut.»

«Et si j'ai besoin de toi?» demandais-je, plongeant mon regard dans ses yeux sulfureux.

«Tu sais où me trouver,» dit-il, me faisant fondre alors qu'il s'éloignait.

J'étais prête à exploser en le regardant partir. Je n'avais jamais désiré quelqu'un autant. Une partie de moi voulait le poursuivre dans le couloir et le monter comme un étalon. Aurait-il arrêté? Pourrais-je me retenir?

Heureusement, je n'ai pas eu à le découvrir. Disparaissant dans sa chambre, il ferma la porte. Cela suffisait à briser l'emprise qu'il avait sur moi. Lorsqu'elle disparut, je me retirai dans ma chambre.

«Comment en suis-je arrivée là?» me demandais-je le cœur battant.

En regardant autour de la chambre pour me recentrer, je ne pus m'empêcher de remarquer le luxe: la moquette épaisse, les meubles robustes, et la vue sur le balcon.

En m'aventurant vers le placard, je l'ouvris lentement. Dès que je le fis, je fus enveloppée par l'odeur du cèdre. Cela submergea mes sens. Fermant les yeux et me perdant, cela me détendit.

Ouvrant les yeux plus calmement, j'explorai les vêtements devant moi. Il y avait quelque chose pour chaque occasion. Passant mes doigts dessus, tout semblait coûteux. La laine des costumes, la soie des chemises, même les pantalons décontractés semblaient étonnamment doux. Plus que ça, tout était à ma taille.

Me tournant du placard vers le lit, je fus tout aussi impressionnée. Non seulement il était si grand que je devais grimper dessus, mais le drap flottait au-dessus du matelas comme s'il enveloppait un chamallow. Il avait l'air incroyablement confortable. Et incapable de résister, je sautai dessus, ressentant le frisson de l'air me chatouiller les oreilles tandis que la couette s'installait autour de moi.

Je ne pensais pas qu'il serait possible de m'endormir avec toute l'excitation qui me parcourait, mais je suppose que j'avais tort. Alors que mes muscles se détendaient et que mon esprit lâchait prise, l'épuisement de l'inauguration, du voyage en avion et du décalage horaire prenait le dessus. Alors que mes paupières devenaient lourdes, je ne luttai pas. J'étais parvenue à l'endroit où j'avais toujours voulu être. Et alors que mon cœur se remplissait davantage, je laissai vagabonder mes pensées et succombai au sommeil.

Lorsque je m'éveillai, la première chose que je ressentis fut une vague de panique. Combien de temps s'était écoulé? Bondissant du lit dans une bourrasque, je sortis de ma chambre en me dirigeant vers celle de Remy. Entendant une cuillère dans une tasse de café, je changeai de direction. En entrant à nouveau dans le salon, je trouvai Remy assis sur le canapé près du balcon, absorbé dans un livre. Levant les yeux et me voyant, il me fixa, l'air inquiet.

«Dillon, qu'est-ce qui ne va pas?» demanda-t-il, son loup prêt à se précipiter vers moi.

«J'ai dormi toute la journée,» dis-je affolée. «J'ai tout raté!»

Remy me sourit avec une lueur dans ses yeux qui fit fondre mon anxiété.

«Détends-toi, Dillon. Rien d'important ne se passe à Paris avant midi,» me dit-il, apaisant mon cœur. «Nous avons encore toute la journée devant nous.»

Je poussai un soupir tremblant, ressentant une légère gêne pour ma surréaction. Remy rit.

«Ne ris pas. J'étais inquiète,» lui dis-je sincèrement.

«Je sais. C'est pour ça que c'est drôle,» dit Remy d'un air espiègle.

Je marmonnai devant sa taquinerie et en retour, il tendit les bras.

«Ahh! Viens là,» dit-il m'appelant à lui.

Peut-être que j'étais encore endormie. Ou peut-être qu'autre chose se passait. Mais dans tous les cas, le voyant les bras ouverts, je me suis glissée contre lui. Blottie dans ses bras, il m'a serrée contre lui. J'aurais pu rester ainsi pour toujours.

«Deux questions,» ai-je dit lorsque l'excitation d'être à Paris m'a ramenée à la réalité.

«C'est-à-dire?»

«Un, tu lis? Deux, depuis quand tu lis?»

Je levai les yeux sur Remy qui souriait. Agitant le livre relié dans ses mains, il dit : «Oui, je lis, et j'ai toujours lu. Ma sieste a été plus courte que la tienne donc j'ai décidé de prendre un café et de voir si je pouvais avancer dans ma liste de lecture française.»

Je fis face à Remy, intriguée.

«Comment se fait-il que je ne t'ai jamais vu lire avant?»

«Tu n'as pas assisté à beaucoup de mes activités. Par exemple, savais-tu que je prends aussi des douches?»

«Je t'ai déjà vu faire ça,» lui dis-je avec désinvolture.

«Quoi? Quand m'as-tu vu prendre une douche?»

«L'attitude désinvolte de ta famille envers le verrouillage de vos portes de salle de bains est stupéfiante», lui racontai-je en me remémorant toutes les fois où j'étais entrée alors qu'il était avec Hil.

Remy rit. «Je suppose que Oui! Nous sommes français.»

«Je veux dire, plus ou moins. Je ne pense pas que l'on puisse se dire français quand on a grandi en Amérique. À ma façon de voir, tu es aussi américain que moi. Et les Américains verrouillent la porte de la salle de bains.»

Remy rit. «Je vais devoir m'en souvenir.»

«J'ai dit qu'ils le font. Je n'ai pas dit que tu devrais,» précisai-je de manière aguicheuse.

«Ah, et pourquoi donc ne devrais-je pas?»

«Je ne sais pas. Et s'il y avait une urgence ou quelque chose?» expliquai-je.

«Une urgence? Comme quoi?»

«Et si quelqu'un avait besoin de te voir sous la douche? Comment pourrait-il faire si la porte est verrouillée?» demandai-je, une vague de chaleur envahissant mon corps.

«Je suppose qu'il faudrait qu'il demande. Il n'aurait qu'à demander», dit-il en plongeant son regard dans mes yeux.

J'ai avalé ma salive en me demandant si cela serait le moment. Il m'avait été difficile de ne pas penser à notre baiser à chaque instant depuis qu'il s'était produit. Mais j'avais été distraite par la grande ouverture. Après cela, j'avais été emportée à bord d'un jet privé vers Paris. Maintenant, tout cela était derrière moi. Devant moi se tenait Remy, avec ses yeux pétillants et ses lèvres roses et douces.

«Nous devrions aller manger quelque chose,» lui dis-je en puisant dans toute ma retenue.

Autant je le désirais, et ce n'était pas peu dire, je ne pouvais oublier qu'il n'était pas à moi. Qu'il le veuille ou non, il était fiancé et je ne voulais pas être cette personne. Je ne voulais pas être son choix de dernier recours.

«Tu as faim?» demanda Remy en relâchant son étreinte sur moi.

«Oui,» dis-je en le sentant s'éloigner et en me demandant immédiatement si je n'avais pas commis une erreur en ne l'embrassant pas.

«Je connais l'endroit parfait,» dit-il en m'invitant à me lever. «Tu veux prendre une douche d'abord?» demanda-t-il avec un sourire en coin.

«Je devrais,» lui répondis-je en me levant.

«Et cette porte de salle de bains, sera-t-elle verrouillée?» demanda-t-il de manière suggestive.

Imitant quelqu'un qui verrouille une porte, je me retournai et m'éloignai. Je n'ai aucune idée de pourquoi j'ai fait ça. Bien sûr, je pensais que ce serait drôle puisque j'avais mentionné ce que j'avais dit sur les Américains. Mais la dernière chose que je voulais, c'était qu'il pense qu'il ne serait pas le bienvenu dans ma douche.

Ou le serait-il? me demandai-je alors que je me retirais dans ma chambre et entrais dans la salle de bain privée attenante. Me déshabillant, je me suis fixée dans le grand miroir ovale qui s'incurvait vers moi de chaque côté. Je contemplais mon corps élancé nu. Passant ma main sur ma poitrine, j'imagine à quoi ressembleraient les larges mains de Remy en contraste avec ma peau hâlée.

Cela me donnait des frissons. Saisissant mes seins, je les pressai en imaginant que c'était Remy. Ma tête se renversa sous l'effet du plaisir.

Les yeux fermés, je me suis imaginée Remy se penchant pour embrasser mes lèvres. Il était doux mais ferme. Et lorsque j'ouvris la bouche, sa langue s'introduit.

Derrière moi, nu, je pouvais sentir son sexe imposant. Il serait encore plus grand que ce que j'avais pu voir lorsque j'étais petite et avais accidentellement franchi la porte de sa salle de bains. Testant ma fente humide, il me pénétrerait comme si j'étais faite pour lui.

Frottant mon clitoris, je me suis imaginée que c'était Remy qui le faisait tandis qu'il me pénétrait. Je gémissais de plaisir. Il était si grand. Tout en lui me faisait me sentir si petite.

Me soulevant dans les airs, mes jambes se replieraient autour de ses hanches. M'abandonnant au rythme de ses coups de reins, il me baiserait de plus en plus fort jusqu'à ce que j'explose.

«Ahh,» gémissais-je, entendant l'écho de ma voix dans la grande pièce épurée.

Reprenant mon souffle, je me penchai en avant, m'accoudant contre le lavabo. Mon esprit crépitait. Je désirais désespérément me plonger dans ses bras. Mais alors que le monde réel revenait, ma réalité ressurgissait.

En ouvrant les yeux, la première chose que je vis, c'était moi dans le miroir. La fille pleine de désir qui me faisait face me rendit triste. Pendant si longtemps, personne ne l'avait aimée. Elle avait eu des aventures avec des types à l'université, mais elle n'avait jamais été plus qu'un corps tiède pour eux.

Il n'y avait eu que deux personnes qui prétendaient se soucier davantage d'elle. Mais en dehors d'Hil et de ma mère, personne ne le faisait vraiment. Je pourrais me perdre dans les rues de Paris et ne jamais revenir, et seulement deux personnes me regretteraient.

Je me dirigeai vers la baignoire indépendante avec sa douchette manuelle. Alors que l'eau traversait mes boucles épaisses jusqu'à mon cuir chevelu, je repensai à ce que j'avais considéré auparavant.

Pourrais-je disparaître et ne jamais revenir? Cela aurait pu être vrai avant hier, mais je venais d'inaugurer le centre communautaire. Était-ce encore vrai maintenant?

Alors que l'eau tiède couvrait mon corps, je me suis demandée ce qui se passerait si je disparaissais et ne revenais jamais au centre. Oui, j'avais mis en place tout le monde nécessaire pour le faire fonctionner sans moi, mais j'avais encore des responsabilités. Des gens comptaient sur moi. Que je revienne ou non, cela avait de l'importance.

Je laissais cette pensée tourner dans ma tête. C'était une nouvelle façon de me voir. Pendant si longtemps, je n'avais d'importance pour personne. Même la personne que je croyais être mon père se fichait de savoir si je vivais. Mais ce n'était plus vrai maintenant. On avait besoin de moi… et ça faisait du bien.

Remy m'avait offert ça. Le travail, les vêtements, l'appartement de luxe, rien de tout cela n'égalait ce cadeau. Et il ne savait probablement même pas ce qu'il avait fait.

Après m'être préparée, je me suis séchée et habillée. Quand je suis retournée dans le salon, j'arrivais juste à temps pour le voir sortir de sa chambre. Comment se faisait-il qu'il y ait soudainement quelque chose chez lui qui le rendait encore plus craquant? Il avait toujours été magnifique, mais maintenant, je ne pouvais que me mordre la lèvre et espérer qu'il ne remarque pas à quel point j'étais émue.

«Tu as l'air revigorée», a-t-il dit, me regardant amusé. «La douche était bonne?»

«Oui», ai-je dit, luttant pour parler.

«Génial! Comme tu as pu t'en douter, ma porte était déverrouillée, tu sais, en cas d'urgence. Je suppose que rien de grave n'est arrivé.»

J'ai gloussé comme une enfant de dix ans. Il l'a remarqué et a ri de bon cœur. Il fallait que je me reprenne. Je pouvais être une idiote, mais cela ne signifiait pas que je devais le montrer.

«Je veux dire, l'endroit n'était pas en feu, donc…» ai-je dit, en essayant de retrouver mon amour-propre et en échouant.

«Dois-je incendier l'endroit pour t'amener là-bas? D'accord. Eh bien, rappelle-moi de prendre des allumettes plus tard.»

J'ai encore gloussé en réponse. Ok, maintenant, il me faisait glousser exprès. Prend-il un plaisir malsain à me voir m'humilier? Il était tellement odieux, un odieux irrésistible.

«Nourriture», ai-je dit, changeant de sujet avec le seul mot que je pouvais sortir.

«D'accord! Et encore une fois, je connais l'endroit parfait», m'a-t-il dit avec un sourire.

Comme je l'ai dit, le type était odieux. Parce que l'endroit qu'il a choisi était un café avec vue sur la rivière. Assis dehors, nous partagions un pain perdu et un panier de croissants tout en sirotant nos cafés. C'était comme dans un film. Et à chaque seconde qui passait, je tombais encore plus amoureuse de lui.

En quittant le café, Remy m'a emmenée sur les célèbres Champs-Élysées, où il a insisté pour que nous fassions du shopping. Je pensais qu'il parlait pour lui jusqu'à ce que nous entrions dans le magasin le plus cher que j'avais jamais vu et qu'il dise :

«Trouvons quelque chose d'audacieux pour toi. Tu t'habilles toujours si conservatrice. Tu as besoin de quelque chose qui attire tous les regards. Ils doivent te voir comme je te vois», a-t-il dit en me guidant à travers un magasin haut de gamme sur l'Avenue Montaigne, ce qui a fait pleurer mon portefeuille.

«Ça», a-t-il dit, choisissant une veste et un pantalon sur un portant.

«Sans haut?», ai-je demandé, regardant autour de la sélection.

«Avec un corps pareil?» a-t-il dit, amusé. «Ce serait du gâchis. Allez», dit-il en m'incitant à avancer.

Essayer cette tenue et d'autres, puis les lui présenter, je me sentais comme une poupée. Chaque fois qu'il passait sa main le long des coutures pour vérifier l'ajustement, mon cœur battait la chamade. Il devait savoir ce qu'il me faisait, n'est-ce pas?

Être là sans pouvoir le toucher en retour était un supplice. Et la façon dont il me regardait quand il trouvait une tenue qu'il aimait faisait naître des pensées dans ma tête, celles de lui qui me poussait dans la cabine d'essayage, m'allongeait nue et prenait ses aises avec moi.

«Peut-être ces lunettes, pour mettre en valeur ton côté intellectuelle», a-t-il suggéré en se penchant et en plaçant une paire de lunettes de soleil légèrement teintées sur mon visage. Son parfum a flotté autour de moi. Mes genoux se sont affaiblis sous son souffle sur ma joue.

«Ou cette robe pour mettre en valeur tes jolies courbes», a-t-il continué, en enlaçant mes côtés de ses larges mains puissantes.

En le regardant dans le miroir, son sourire charmant mais agaçant se posait sur moi. Yep, il savait exactement ce qu'il me faisait. Eh bien, qu'il aille se faire voir, je ne succomberais pas. Je résisterais à tout. Je créerais un mur entre nous deux de quinze mètres de haut. Je ne le laisserais pas entrer.

Mais, à chaque instant passé ensemble, ma résolve s'effritait. À chaque toucher, être déconnectée de Remy devenait insupportable. J'entrais en territoire dangereux, et je ne pouvais pas me retenir. Alors, quand nous avons quitté les magasins avec le soleil qui projetait de magnifiques traînées jaunes et oranges à travers les rues de Paris, j'ai glissé mes doigts entre les siens.

C'était suffisant pour calmer les cris douloureux dans ma tête. Pendant ce court moment, je l'avais. Il était à moi. C'était tout ce que je m'accordais avec l'homme pris à mes côtés. Et pour l'instant, c'était tout juste suffisant.

«C'est l'un de mes endroits préférés», m'a dit Remy alors que nous approchions d'un restaurant casual mais animé pour le dîner.

«Qu'est-ce qui le rend spécial pour toi?» ai-je demandé, voulant tout savoir à son sujet.

«Je ne sais pas. C'est sans prétention.»

J'ai ri. «Je croyais que tu aimais la prétention.»

«Moi? Tu plaisantes? Tout ce dont j'ai besoin est une bouteille de Château Pétrus Pomerol et un peu d'Époisses de Bourgogne sur un cracker et je ne pourrais pas être plus heureux.» Remy a marqué une pause. «Ok, je l'admets. Mais je le nie quand même.»

«Ah, le pauvre petit garçon riche qui ne peut pas reconnaître son privilège», ai-je taquiné.

Cela l'a décontenancé. «Je t'ai amenée ici pour la soupe à l'oignon française. Quoi de moins prétentieux que cela?»

«Que la soupe à l'oignon française?» ai-je demandé, stupéfaite. «Comment ça, quoi que ce soit d'autre?»

«Mais nous sommes en France. Ici, on l'appelle juste soupe à l'oignon!»

Je le regardai et secouai la tête. Il était tellement à côté de la plaque que cela en devenait adorable. Et tandis que je savourais ce qui devait être la soupe la plus incroyable de ma vie, j'étais divertie par le grand bébé assis en face de moi qui boudait.

Il boudait encore lorsque nous quittions le restaurant pour le dessert.

«Ça va?» demandai-je en reprenant sa main. «Tu as vu la quantité de fromage que j'ai ajoutée à la soupe? Je ne suis pas prétentieux. Je ne pourrais pas être plus basique si je le voulais.»

«Remy, tu as demandé un supplément de Gruyère,» ai-je souligné.

«Et alors? C'est le fromage qu'on met dans la soupe à l'oignon!»

J'ai ri. «Remy, tu es prétentieux. Accepte-le. Pourquoi ça te dérange tant?»

«Parce que je ne veux pas qu'il y ait de distance entre nous.»

«Une distance? Comment ça?»

«Je ne veux pas qu'il y ait une partie de ma vie dans laquelle tu ne te sentes pas à l'aise,» dit-il, en enroulant ma main autour de son bras.

«Peut-être que c'est bon que nous ne soyons pas exactement pareils. Peut-être que nos différences sont ce dont l'autre a besoin. Et en étant nous-mêmes l'un avec l'autre, nous atteindrons chacun un endroit où nous ne pourrions pas aller seuls,» dis-je en me dévoilant.

«Donc, tu dis qu'il y a un «nous»?» répliqua Remy, avec un air suffisant.

«Tu n'as rien entendu d'autre de ce que je viens de dire?»

«Mais j'ai confirmé qu'il y a un «nous». As-tu dit quelque chose après ça?» demanda-t-il, satisfait de lui-même.

Je levai les yeux au ciel et secouai la tête. «Les hommes!»

«Tu ne les adores pas?» charria Remy.

«A peine!» plaisantai-je.

Prenant un assortiment de desserts, nous nous sommes faufilés entre les lumières de la rue, retrouvant notre chemin vers la Seine. Marchant sur les pavés à côté de la rivière alors que le brouhaha de la ville s'estompait en arrière-plan, tous deux nous nous sommes perdus en explorant les douceurs. Chaque dessert était meilleur que le précédent. Et quand tout a été fini, nous étions à la fois repus et silencieux.

«Je n'aurais pas pu imaginer une meilleure journée,» lui dis-je alors que les lumières de la rue scintillaient sur l'eau ondulante.

«Cela pourrait bien être ma journée préférée,» avoua Remy, sans me regarder en le disant.

«Qu'est-ce qui ne va pas?» lui demandai-je en tirant son bras contre moi.

«On devrait rentrer. Il y a des endroits où je veux t'emmener demain matin et aucun de nous n'a vraiment beaucoup dormi.»

«Je ne suis pas sûre que le sommeil soit dans mon avenir proche. Tu es sûr que tu ne veux pas t'arrêter dans un bar pour déguster du vin français?» demandai-je, ne voulant pas que la journée se termine.

Il se tourna vers moi. De la tristesse emplissait ses yeux. Je ne comprenais pas. Où était le séducteur insatiable qui m'avait rendue folle toute la journée?

«Non! On doit appeler ça une nuit. Mais demain,» dit-il mélancoliquement.

«D'accord,» dis-je, cachant ma déception.

Est-ce que cela se reproduisait? M'avait-il fait tomber amoureuse de lui avant de me retirer le tapis sous les pieds?

Non! Je n'allais pas me lancer là-dedans. Il y avait plus chez Remy qu'un séducteur ou un taquin. Ces derniers mois, il avait fait plus pour moi que je n'aurais pu rêver. Si son humeur avait changé, ou s'il avait décidé qu'il ne voulait plus être avec moi, il devait y avoir une bonne raison.

Je ne vais pas me laisser blesser. Mais je ne pouvais plus non plus douter qu'il se souciait de moi. Je devais le laisser être lui-même.

«Tu n'es pas fâchée, n'est-ce pas?» me demanda Remy, me faisant comprendre à quel point je cachais mal mes sentiments.

«Remy, même si je l'étais, attends une minute, cela va changer.»

«Tes sentiments et la météo, hein?»

Je souris péniblement, reconnaissant que c'était vrai.

Sur ce, Remy passa son bras autour de moi, me serrant fort. C'était une belle consolation. En rentrant dans son appartement exquis, il tenait mon visage entre ses mains et regardait longuement dans mes yeux.

Un frisson me parcourut le corps. Je ne pouvais pas savoir s'il venait de lui ou de moi. Dans tous les cas, je voyais qu'il me désirait autant que je le désirais. Alors pourquoi ne s'inclinait-il pas? Pourquoi ne m'embrassait-il pas?

«Bonne nuit,» dit-il en touchant mes lèvres de son front.

«Bonne nuit,» lui dis-je, faisant de mon mieux pour afficher un sourire avant qu'il ne me lâche et ne disparaisse dans sa chambre.

J'écoutais silencieusement. Avait-il verrouillé la porte? On aurait dit que Non! Était-ce mon invitation? Je ne le pensais pas.

Déçue, je me rendis dans ma chambre, me déshabillai et me couchai. J'ai rêvé de Remy. Dans le rêve, il testait la poignée de ma porte. La trouvant déverrouillée, il entrait me trouver nue et endormie.

Incapable de résister à la vue, il montait sur moi et dévorait mon corps. Le regardant faire comme si mon corps appartenait à quelqu'un d'autre, je le désirais ardemment. Et les cris des deux alors qu'il le dominait, me rendaient folle.

Ouvrant les yeux seule dans mon lit, mon cœur battait la chamade. Me retournant pour échapper à la lumière du matin, je découvris que mes draps étaient humides. Mon dieu, c'était comme si j'avais de nouveau 14 ans en rêvant du seul garçon que j'avais jamais voulu.

Remy avait toujours été le seul garçon que j'ai jamais désiré. Je languissais véritablement pour cet homme.

C'est alors que je pris conscience de quelque chose. Pris ou non, je ne serais jamais capable de cesser de ressentir ce que je ressentais pour lui. Je devais l'accepter.

En le faisant, je pardonnais à ma mère. Avant de découvrir que l'homme que je pensais être mon père était un vampire, je voyais toujours des gens dans la fenêtre de son appartement. Je pensais que c'était sa famille. Je pensais aussi que j'étais le produit de son infidélité.

Je ne suis pas sûre de savoir pourquoi je pensais cela. Peut-être que c'était quelque chose que le vampire m'avait poussé à croire l'une des nombreuses fois où je l'avais confronté. Peut-être pensait-il que cela me ferait arrêter de me présenter à sa porte.

Quelle qu'en soit la raison, j'ai grandi en pensant que j'étais le fruit d'une liaison et j'en ai voulu à ma mère. C'était simplement une composante de ma réalité. Qu'elle fût vraie ou non, c'était quelque chose que je devais surmonter. Et à présent, c'était fait. Être avec Remy, je comprenais enfin comment on pouvait tomber amoureux de quelqu'un déjà en couple.

Allongée dans le lit, me demandant ce que j'allais faire, je fixais les marqueteries complexes au plafond. Je m'y perdáis. Quand j'en suis revenue, c'était pour penser à partager mon lit avec Remy. Je nous imaginais tous les deux à regarder le plafond ensemble. Ma poitrine se serrait rien qu'à y penser.

Cela faisait trop mal. Il fallait que je me lève. En sortant du lit, je me suis mise debout devant la porte-fenêtre coulissante qui donnait sur le balcon, laissant la lumière du matin caresser ma peau nue.

En regardant dehors, j'admirais la terrasse en bois entourée de moelleux canapés d'angle. J'aurais souhaité pouvoir sortir et m'allonger nue au soleil. J'aurais peut-être osé si plus d'un côté n'avait été bordé d'un mur d'arbres.

D'un autre côté, les Français ne sont-ils pas moins prudes en ce qui concerne la nudité que les Américains? Si quelqu'un sortait sur son balcon et me voyait me prélasser nue, cela les dérangerait-il?

J'ai décidé qu'il valait mieux ne pas le découvrir, alors j'ai plutôt pris la direction du placard. En l'ouvrant, j'ai été surprise de trouver les tenues que j'avais essayées la veille ajoutées à la sélection. Quand Remy les avait-il achetées, a fortiori fait livrer ici?

Choisissant celle à laquelle Remy avait le plus réagi, je me suis habillée et je suis allée au salon, impatiente de voir sa réaction.

«Bonjour,» a-t-il dit avec un sourire en me détaillant des yeux.

«Bonjour,» ai-je répondu, satisfaite de son regard.

«Tu as bien dormi?»

Me souvenant de mon rêve, mes joues se sont enflammées. «Je suppose,» ai-je dit, le mesurant contre l'agitation qu'il avait engendrée. «Et toi?»

«C'était mitigé,» a-t-il admis.

«Comment ça?»

«Je n'ai cessé de penser à toi, toute la nuit,» dit-il, revenant à ses flirts.

Je l'ai fixé. «Tu sais, si tu continues à parler comme ça, tu ferais mieux d'être prêt pour la suite,

Monsieur,» ai-je dit, plaçant mon corps à quelques centimètres du sien.

Je m'attendais à ce qu'il m'embrasse. Du moins, je l'espérais. Mais au lieu de ça, il a laissé tomber son arsenal de charme et a calmement dit : «C'est noté.»

J'étais déçue. Est-ce que cela signifiait que son flirt n'avait toujours été qu'un jeu?

«Je pensé avoir prévu une très belle journée,» a-t-il déclaré en s'éloignant décontracté. Mon cœur se serrait en le voyant partir.

«Ah oui? Tu veux partager?»

«Es-tu du genre à aimer savoir comment une histoire se termine ou préfères-tu les surprises?»

J'y ai réfléchi. C'était une bonne question. Si je savais que rien n'arriverait jamais entre nous deux, voudrais-je le savoir?

«Surprends-moi,» lui ai-je dit, affichant un sourire forcé.

«D'accord,» a-t-il dit, me rendant un sourire timide.

Après avoir rassemblé nos affaires, nous sommes allés dans un restaurant. Notre petit-déjeuner : du saumon et un œuf au plat sur un beignet. Wow!

Ensuite, nous nous sommes rendus dans un musée appelé d'Orsay. Il renfermait des peintures dont j'avais entendu parler toute ma vie. Van Gogh, Monet, Gauguin n'avaient jusqu'alors été que des noms. Mais là, leurs tableaux étaient devant nous. Et nous prenions des selfies en faisant les idiots.

Après cela, nous avons parcouru l'exposition itinérante du musée. Elle présentait le tableau «Le Cri» qui, je suis presque sûre, a été mentionné dans «Sesame Street». C'était vertigineux de me dire que je me tenais maintenant face à lui.

Aussi captivant que tout ait été, quand nous avons quitté le musée, il était tard. Une journée entière s'était envolée. Au début, je me sentais trop habillée et gênée parmi les touristes. Mais je me suis rapidement perdue dans l'art. Il y avait tant plus de beauté dans le monde que je ne l'avais jamais imaginé.

«Merci de m'avoir montré ça,» ai-je dit à Remy alors que nous passions devant l'horloge géante et le mur de cinq étages de fenêtres qui rappelaient la gare de Grand Central Station.

«Je pensais que ça te plairait,» dit-il avec un sourire.

«Considérant que c'était un peu prétentieux, je suppose que c'est l'un de tes endroits préférés?» ai-je taquiné.

Remy a rougi. «C'est le cas.»

Je souris. «Maintenant, c'est aussi l'un des miens.»

Remy a baissé les yeux vers moi, touché. C'est alors qu'il a pris ma main. Il ne l'avait jamais fait auparavant. J'avais pris sa main et il m'avait embrassée, mais jamais auparavant il n'avait fait un geste aussi intime. J'aimais ça. Je voulais plus.

«Où allons-nous ensuite?» ai-je dit, ne voulant pas que cette journée se termine.

«Spolier n'est pas dans mes habitudes,» a-t-il dit, l'air satisfait de lui.

Quand nous sommes arrivés, j'ai dû admettre que sa fierté était bien méritée. Parce que là devant nous, le symbole le plus emblématique de la France, la tour Eiffel. J'étais bouche-bée.

Elle ressemblait exactement à ce qu'elle paraissait sur les photos. Et avec le coucher du soleil, ses lumières la faisaient scintiller.

La regardant, une larme a coulé sur ma joue. Je ne savais pas pourquoi je pleurais, mais c'était le cas. Tout était tellement parfait. Sans détourner les yeux d'elle, j'ai posé ma tête sur son épaule.

«Merci,» ai-je chuchoté, incapable de dire autre chose.

«Je t'en prie,» a-t-il répondu, en me serrant dans ses bras.

Je ne pouvais plus tenir, je devais l'embrasser. J'avais besoin d'être plus près de lui. Alors, avec mon cœur battant la chamade et mon poing se serrant, j'étais sur le point de l'attirer vers moi quand…

«Qu'est-ce que c'est? Qu'est-ce qu'il se passe?» ai-je dit alors que la tour Eiffel commençait à scintiller.

«C'est pour nous,» a-t-il dit.

«Quoi?»

«Je leur ai dit de me prévenir quand notre table serait prête. La voilà,» dit-il, en désignant la tour.

«Non, tu n'as pas fait ça,» dis-je, ne sachant plus que croire.

«La voilà,» a-t-il dit, désignant à nouveau. «Notre table est prête.»

«Où est notre table?»

Il sourit.

Prendre l'ascenseur pour monter au restaurant de la tour Eiffel était déjà incroyable en soi. Mais la vue depuis le restaurant était à couper le souffle.

Assise à côté de la fenêtre, Paris scintillait sous nos pieds. J'avais du mal à détourner le regard. Quand je le faisais, c'était pour croiser le visage souriant de Remy.

«La première fois que je suis venue ici, j'étais enfant avec ma famille,» me confia-t-il, attirant mon attention. «Je ne savais pas apprécier. Je dois admettre que le vivre maintenant à travers tes yeux, je commence à voir tout ce que j'avais manqué. J'apprends que le privilège a aussi ses inconvénients.»

Je voulais le contredire, mais je ne pouvais pas. Quelle sensation doit-on éprouver en prenant pour acquis des panoramas comme celui-ci? Quand votre vie est si incroyable que vous ne pouvez apprécier cela, quelle place reste-t-il pour l'émerveillement?

Pour la première fois depuis que j'avais rencontré le magnifique homme en face de moi, j'ai eu de la peine pour lui. Ce n'était pas méchamment. C'était plutôt de la compassion.

Il n'était pas un dieu, même s'il ressemblait tant aux sculptures que nous avions vues au musée. Il n'était pas non plus l'archétype du loup-garou. C'était un homme plein d'espoirs, de rêves et de craintes. Peut-être que les dieux de légende étaient pareils. Peut-être que c'est tout ce que nous sommes, peu importe notre pouvoir ou notre argent.

J'ai tendu la main à travers la table, demandant celle de Remy. Il me l'a donnée. Je l'ai aimé pour ça. Je ne l'ai pas lâchée jusqu'à ce que le serveur apporte notre repas, en quatre services.

«C'était incroyable,» lui dis-je, plus heureuse que je ne l'avais jamais été.

«Je suis content que ça t'ait plu. C'est la tradition de finir avec un vin de dessert. Ça te tente?»

J'ai réfléchi. «Oui! Il me semble en avoir vu sur l'étagère à vins chez toi, non?»

«Tu as l'œil. Oui, c'est ça.»

«Non, je n'en ai pas vu. J'ai juste deviné,» avouai-je.

Remy se mit à rire. «Bien deviné. Veux-tu qu'on retourne en goûter un peu?»

«Je pense que je voudrais bien,» lui dis-je, ne voulant jamais le perdre de vue.

«Alors, nous devrions y aller,» dit-il, les joues rosies.

Quittant le restaurant et rentrant dans l'ascenseur, il prit ma main. Une chaleur m'envahit. Je me sentais électrique. Habillée comme je l'étais, il n'y avait pas moyen de cacher ce qu'il me faisait ressentir. Mon cou et ma poitrine dénudés brillaient, appelant sa caresse. Mon cœur palpitait, suppliant pour son baiser.

Lorsque la brise fraîche de la tombée de la nuit chatouillait ma peau chaude, je frissonnais. Je ne pouvais plus penser. Mon cerveau avait cessé de fonctionner. La seule chose que je pouvais faire, c'était de suivre son initiative, et j'allais le faire. Parce que quand les picotements dansaient sur ma peau, me rendant frémissante, je savais que je ne pouvais plus lui résister.

Avec mon cœur battant alors que la porte de son appartement se fermait derrière nous, je ne pouvais respirer. Quand il se tourna vers moi avec un regard incendiaire, je lui rendis son regard. J'étais prête.

«Du vin?» demanda-t-il en se dirigeant vers la cuisine.

«Oui,» dis-je, essoufflée.

Incapable de bouger, je le regardais. Il se déplaçait avec aisance. Saisissant une bouteille et deux verres, il me conduisit vers le canapé. Assise, j'étais enivrée.

«À quoi trinquons-nous?» demanda-t-il, d'une voix grave qui résonnait jusque dans mon ventre.

Je ris. C'était tout ce que je pouvais faire. Remy rit en réponse.

Me tendant un verre, il le remplit. Remplissant ensuite le sien, il déclara : «Tu sais, Dillon, tu me rends la vie compliquée.»

Je m'arrêtai. «Comment ça?»

«J'ai toujours su quel était mon destin. J'étais le fils aîné et un Lyon. Mon avenir était tout tracé. Mais depuis notre rencontre, je veux être une meilleure personne digne de toi. Et maintenant, sachant ce qu'une bonne personne ferait, j'ai envie de te tenir si fort que je pourrais incendier le monde pour t'avoir. Je...»

Et c'est là que je l'ai embrassé. Me jetant dans ses bras, nos lèvres se rencontrèrent avec passion. Avec ce geste, Remy semblait libéré.

Reprenant le dessus, je sentais sa force sous moi. Enroulant ses bras autour de moi, il agrippa l'arrière de ma tête. Me faisant basculer et pressant mon dos contre le canapé, il rapprocha nos corps et ouvrit ma bouche avec la sienne.

Alors que sa chaleur m'enveloppait, sa langue chercha la mienne et l'invita à danser. Ma tête tournait alors qu'elles tournoyaient l'une sur l'autre. Et quand sa main se fit plus audacieuse, je poussai un cri de plaisir.

Je le désirais. J'en avais besoin. Enfonçant mes doigts dans son dos, je tirai sur sa chemise, impatiente de la retirer. Et quand je pus enfin la soulever, il se détacha juste assez longtemps pour la retirer.

La passant par-dessus sa tête, il libéra mes lèvres. Un instant son corps disparut de ma vue avant de revenir, et c'était suffisant. Sa poitrine était parfaite. Les ondulations de ses abdos rivalisaient avec les vagues de l'océan. Les contours de ses pectoraux feraient pâlir le marbre. J'étais ivre de son corps.

Enroulant mes jambes autour de son torse alors que notre baiser reprenait, il me souleva jusqu'à ce que nos peaux se touchent. Attirant désespérément nos corps l'un contre l'autre, la sensation était plus enivrante que tout ce que j'avais pu rêver.

Quand le douillet confort de la couette nous enveloppa, je me détendis sur le matelas. Montant sur moi, il s'éloigna juste assez pour retirer ma veste. En le faisant, il admirait mon corps.

«Magnifique,» murmura-t-il avec fascination. Mon souffle se coupa. Sa caresse me rendait accro. Me tordant sous lui, je tirai sur la couette, ayant besoin de me reconnecter avec lui. Il vit mon impatience et un sourire narquois s'afficha sur son visage.

«Demande-moi si tu me veux,» exigea-t-il.

Je ne pouvais pas parler. Je le voulais. Je voulais tout de lui. Mais rien ne sortait de ma bouche.

Son regard brûlait sur moi, attendant qu'il déclara : «Dis-le ou pas, je vais te baiser,» ce qui fit sursauter mon corps.

C'est alors qu'il le fit. Prenant possession de mon corps, il saisit mon sein. Sa puissance m'a dérobé ma force. Je ne pouvais m'échapper même si je le voulais.

Mes mouvements apprivoisés, il adoucit sa caresse et traça un chemin sur mon ventre. Il massa mes courbes. Il aimait ce qu'il sentait. Son plaisir était ma drogue.

Il ne s'arrêta pas là, son doigt atteignit la taille de mon pantalon. Je ne pouvais pas respirer. S'y attardant, il tira dessus. Allait-il le déboutonner? S'arrêter?

Ce ne fut ni l'un ni l'autre. Sans permission, il continua plus loin. Sachant où il allait, mon sexe se contracta. Je fermai les yeux, ressentant chaque sensation.

Il ne s'attaqua pas directement au but. Pressant le tissu autour, je sentais sa proximité. Je me tendis, ayant besoin qu'il me touche. Il refusa.

Traçant son contour à la place, mon esprit hurla pour qu'il me prenne. Quand il le fit enfin, ce fut avec agressivité. Comme si son barrage avait cédé. Il en avait assez de jouer. Il prenait ce qui était à lui.

Tripotant mon sexe, je gémis. J'avais besoin de sentir sa chair chaude sur moi. Alors quand il déboutonna finalement et enleva mon pantalon, je fondis dans le lit.

Tandis que ses lèvres embrassaient mon mont gonflé, je trouvais le paradis. C'était ce dont j'avais rêvé si longtemps. Remy Lyon me comblait et cela semblait être tout.

Avec ses mains écartant mes cuisses, la pointe de sa langue explora mon clitoris. Je pouvais à peine le supporter. Agrippant les draps, mes orteils s'étirèrent.

Appliquant une pression, il passa sa langue sur mon bouton. Mes hanches dansèrent. Dansant avec moi, il semblait en profiter autant que moi. Et quand ses mouvements m'amenèrent au bord de l'orgasme, il me libéra. Se débarrassant de ses vêtements et enfilant un préservatif, il remonta en m'embrassant passionnément le corps.

Avec l'arrière de mes cuisses pressées contre sa poitrine, il souleva mes hanches. Se penchant pour m'embrasser, il écarta mes lèvres. Sa langue n'était pas la seule chose en lui qui voulait entrer, son gland chercha mon ouverture. Quand il trouva mon sexe, il se percha.

Que faisait-il? Qu'attendait-il? Clouée sous lui, je ne pouvais pas bouger. J'étais à sa merci. Je brûlais de l'avoir tout entier.

Alors quand il s'appuya sur ses mains de part et d'autre de ma tête et poussa, je criai. Cela faisait mal mais c'était si bon. Je l'avais vu nu. Il était grand. Mais en me pénétrant, il me paraissait immense.

M'attendant à ce que Remy soit doux, il ne l'était pas. Il me prenait. Avec son sexe me possédant, je rencontrais le vrai Remy, la part de lui qu'il avait cachée.

Ce Remy était dominateur et implacable. J'aurais gigoté pour m'échapper si je le pouvais, mais il ne me laissait pas faire. J'étais à lui pour qu'il fasse ce qu'il voulait. J'étais de l'argile entre ses grandes mains puissantes et il allait me remodeler à son image impressionnante.

Enfonçant en moi, je grognai. Je pouvais sentir chaque centimètre. Planté en moi, mon ouverture se moula autour du rebord de son casque et chaque veine saillante. Mon vagin n'était plus à moi. Il en était le propriétaire. Et maintenant qu'il l'avait, il fit ce qu'il m'avait dit qu'il ferait, il me baisa.

Doucement d'abord, son rythme s'accéléra. Aussi grand qu'il était, son bassin clapait encore sur ma chair. Il était profond en moi, mais m'ayant remodelée autour de lui, je l'ajustais comme un gant.

Me perdant alors que le frisson remontait ma cuisse, mes yeux se révulsèrent. J'étais au bord de l'orgasme. Aux sons qu'il émettait, Remy l'était également.

«Ahh,» gémissais-je.

Je ne pouvais pas retenir. Une décharge électrique déchirait en moi. Enfonçant mes ongles dans son dos, je griffais. Il s'épluchait sous moi. Et quand mes cris atteignirent un crescendo, lui aussi.

Le jet libéré en moi refléta mes spasmes saccadés. Pour un instant, c'était comme si mon doigt était dans une prise. Je ne pouvais m'arrêter.

Mais épuisé et vidé, le corps de Remy s'effondra sur le mien. Je frissonnais partout, submergée par l'expérience. Ivre d'extase, je m'enroulai autour de mon amour. Je savais que je ne le laisserais jamais partir. Je ne serais plus jamais séparée de lui.

Je l'aimais. J'avais toujours aimé. Et c'est alors que j'entendis les mots qui brisèrent mon cœur, changeant le cours de ma vie.

Chapitre 11

Remy

Je n'en revenais pas. J'étais allongé nu sur la femme de mes rêves, mon sexe toujours dur en elle. Combien de fois avais-je fantasmé sur cet instant? Il y avait eu des semaines après notre rencontre où elle était la première chose à laquelle je pensais en me réveillant et la dernière avant de m'endormir.

Depuis si longtemps, elle avait été mon tout. Et maintenant, nous y étions. Je l'avais. Elle était à moi. Je ne savais plus comment vivre sans elle.

J'étais prêt à m'enfuir avec elle. N'importe où elle voulait aller, je voulais l'emmener. J'étais plus qu'heureux de tout laisser derrière moi.

Que le diable emporte mes responsabilités, mes obligations. Rien n'était plus important pour moi que Dillon. Dans mes bras, ma vie était complète.

«Remy!» l'entendis-je dire depuis l'encadrement de la porte derrière moi.

Dès que je l'entendis, mon cœur se serra. Mon rêve avait duré aussi longtemps qu'il m'avait fallu pour jouir.

«Putain, Remy?» dit-elle, me volant toute force.

Me rétrécissant rapidement hors de Dillon, je fus aveuglé par l'obscurité en me retournant pour faire face à la réalité, nu.

«Putain, mais qu'est-ce que tu fiches là?» dis-je en fixant ma fiancée.

«Qu'est-ce que je fous ici? Et toi? Tu la baises? Après toutes les fois où tu m'as dit qu'il ne se passait rien entre vous deux, et comment elle n'était juste là que par charité…»

Ses mots furent comme de l'eau sur de l'acier en fusion. Bouillonnant, prêt à laisser exploser mon loup, je jaillis hors du lit sur mes pieds. La pointant du doigt, prêt à lui arracher la tête, je grognai, «Je n'ai jamais dit ça. Je n'ai jamais appelé Dillon ma protégée. Jamais!»

«Très bien,» dit-elle en reculant, réalisant son erreur. «La copine de ta sœur, ou je ne sais quoi.»

«Je n'ai jamais parlé de Dillon avec toi. N'ose pas prétendre le contraire,» dis-je, prêt à tout pour rétablir la vérité.

«D'accord. Tu n'as pas parlé d'elle. Mais ça ne te donne pas le droit de t'enfuir et de la baiser.»

Mon loup recula.

«Je veux dire, regarde-toi. J'arrive et je te trouve en train de la baiser et tu oses dire quelque chose?»

«Je ne te dois rien,» dis-je, déstabilisé par la situation.

«Tu me dois tout! En ce qui te concerne, ta vie et celle de tous ceux que tu aimes sont entre mes mains. À ton avis, qui mon père tuera en premier quand je lui raconterai tout ça, hein? Tu crois que ce sera la pouffiasse dans laquelle j'ai trouvé ta queue?»

«Ne l'appelle pas comme ça,» dis-je, mon loup resurgissant de nouveau.

«Ou peut-être ta sœur? Ou ta mère? Ou tu penses qu'il préférera engager quelqu'un pour tous vous tuer et en finir? Tu connais mon père. Lequel de ces scénarios crois-tu qu'il ne serait pas capable de faire?»

Aussi détestable qu'elle était, je savais qu'elle disait la vérité. Son père était un psychopathe. Je le savais parce que peu importe combien mon propre père aimait sa famille, il l'était aussi. Rien ne s'interposait entre lui et ce qu'il voulait et sa vengeance était celle de légende.

«Oui, c'est bien ce que je pensais,» dit Eris lorsqu'elle comprit qu'elle m'avait à sa merci.

J'étais prêt à sacrifier ma vie pour n'importe qui qu'Eris avait mentionné, surtout pour Dillon. Mais je n'étais pas prêt à risquer un cheveu sur sa tête pour me sauver.

Pour les protéger, ma peine devait être à vie. Je le détestais, mais c'était vrai. Il n'y avait pas d'issue sans que quelqu'un meure. Et si je devais être celui qui tuait, cela serait au prix d'être avec Dillon.

Dillon pensait savoir qui j'étais. Mais ce qu'elle ne savait… ne pouvait pas savoir, c'est que j'étais un Lyon. J'avais hérité du sang de mon père. J'étais capable de faire ce que mon père avait fait et plus. J'en étais sûr.

Je ne m'étais jamais permis d'aller jusque-là. Rêver d'une vie avec Dillon m'avait retenu. Je n'avais jamais voulu franchir la ligne pour devenir un homme avec qui elle ne pourrait jamais être. Et pour me libérer de ma peine, c'est ce que je devrais devenir.

Alors que les portes grillagées se fermaient sur moi, allais-je devenir cet homme maintenant? Ce serait si facile. Qui sait même qu'Eris est ici? Avec sa disparition, je prendrais de l'avance sur son père. En quelques heures, son empire pourrait être à moi. Je pourrais être l'homme le plus craint de New York. Et tout ce que cela coûterait, ce serait le regard que Dillon porte sur moi.

Je regardai à nouveau la superbe femme allongée, effrayée dans mon lit. Ses grands yeux, sa peau crémeuse, j'en avais besoin pour respirer. Le prix de ma liberté était trop élevé. M'en rendant compte, ma tête s'abaissa.

«Voilà ce qui va se passer,» commença Eris. «Regarde-moi.»

Sans réfléchir, je me tournai vers elle.

«Comme je ne suis pas un monstre, je vais te donner une heure. Quand cette heure sera finie, tu vas lui dire au revoir et ensuite tu ne la reverras plus jamais. Jamais! Tu me comprends?»

La fixant, j'avais envie de lui briser le cou. Je ne le fis pas. À la place, je détournai le regard, vaincu.

«Très bien. Tu vois, je peux être raisonnable. J'ai un cœur. Mais ne prends pas cette pitié pour de la faiblesse, car c'est comme ça que les gens finissent par mourir. Dis-moi que tu comprends.»

J'allais détourner le regard honteusement, mais je ne l'ai pas fait. Je ne pouvais pas, car je n'étais plus celui qui contrôlait la situation. Avant de pouvoir l'arrêter, mes os se brisèrent. La vague de picotements de la fourrure naissante recouvrit mon corps. Il était dehors, et je pouvais entendre tout ce qu'il pensait.

Il ferait ce que j'avais refusé de faire. Il tuerait Eris. Et il n'y avait rien que je pouvais faire pour l'arrêter.

Les yeux rétrécis, fixés sur la femme surprise devant moi, il montrait ses dents et se préparait à bondir. Bientôt, tout serait fini. Mon loup ferait de moi l'homme que je m'étais tant efforcé de ne pas devenir.

«Non!» entendis-je une voix bienveillante dire.

Mon loup connaissait cette voix. Il la désirait. En se tournant vers elle, nous avons vu Dillon. Du moins, c'était son apparence.

Elle semblait changée. Une autre personne brillait derrière son regard. Et elle se tenait là, hagarde, assise dans un état second.

«Tu vas la tuer. Si tu ne le fais pas, tous ceux que tu aimes mourront. Je le vois. Elle ne ment pas. Elle est venue ici avec un plan. Elle savait à quoi s'attendre.»

Mon loup se retourna vers Éris. Ses yeux écarquillés confirmaient les dires de Dillon. Elle n'avait pas l'air d'être surprise, elle était renversée par la vérité.

«C'est exact,» dit-elle, effrayée d'entendre sa propre voix. «C'est précisément cela. Je savais ce que je trouverais. Et j'avais un plan au cas où je ne reviendrais pas.»

En un instant, mon loup disparut. Nu sur le sol, je dis,

«Tu es folle.»

«Peut-être,» répondit-elle, mi-confession, mi-menace.

«C'est bon, Remy. Je pense que je comprends enfin. Je comprends tout,» dit Dillon en me regardant avec des yeux tristes qui lui étaient à nouveau familiers.

«Eh bien, il était temps,» ironisa Éris en retrouvant peu à peu ses forces. «Maintenant, je vous laisse. Et quand tout sera fini, j'attends avec impatience de commencer le reste de ma vie avec mon futur époux.»

Ses mots me déchirant, je ne pus la regarder partir. Attendant d'entendre la porte d'entrée s'ouvrir puis se fermer, je me trouvais enchaîné par l'idée que, pour une fois, je pourrais avoir ce que je désirais.

Le silence s'étira entre Dillon et moi. J'avais trop honte pour lui faire face.

«Ce n'est pas de ta faute, Remy,» dit doucement Dillon.

«C'est entièrement de ma faute,» répliquai-je.

«Comment? Dis-moi en quoi tout cela pourrait être de ta faute,» insista Dillon.

Je la regardai, me demandant comment elle pouvait même poser cette question.

«J'aurais pu faire plus.»

«Plus de quoi?»

«Je ne sais pas. Plus.»

«Remy, tu n'es pas responsable de ta naissance, pas plus que moi. Nous sommes tous deux les enfants du destin.»

Était-ce vrai? Cela expliquait-il pourquoi j'avais l'impression de la connaître alors que tout ce que je savais, c'était son nom?

La bouche de Dillon s'ouvrit comme pour présenter une dernière requête. «S'il te plaît, viens t'allonger avec moi. Si nous n'avons plus qu'une heure pour être ensemble, laisse-moi la passer dans tes bras,» dit-elle en me brisant le coeur.

Je la regardai depuis le sol. «Je ne veux pas que cela se termine ainsi. Je ne le permettrai pas.»

«Alors c'est moi qui vais y mettre fin. Pas parce que j'ai peur de ce que son père pourrait me faire, mais parce que je crains ce qu'il pourrait te faire…à toi, à Hil, à ta mère. Je ne peux pas être la cause de votre souffrance. Je ne peux tout simplement pas,» dit-elle avec des larmes dans les yeux.

«Je ne le permettrai pas…»

«S'il te plaît,» dit-elle en me coupant. «Viens simplement t'allonger avec moi. Finissons sur une note parfaite,» dit-elle en s'essuyant le visage avec le dos de la main.

Sans un mot de plus, je me levai et revins dans le lit. Enlaçant son corps nu contre moi, elle s'ajusta parfaitement. Avec ses bras repliés devant elle, je l'enveloppai de mes ailes, ne faisant plus qu'un.

Alors que l'heure défilait, nous restâmes silencieux. Lorsque notre temps fut écoulé, elle s'écarta dignement et chercha ses vêtements. À ma surprise, elle semblait accepter tout cela.

«Tu as dit que tu comprenais tout. C'est parce que tu l'as vu?»

«En partie,» reconnut-elle.

«Peux-tu me dire comment elle a su que j'étais ici?»

«La montre,» dit-elle avec tristesse. «J'ai vu comment elle a payé pour y insérer un traceur.»

«Cette garce,» dis-je en me précipitant pour me lever, arrachant la montre et la brisant avec une boule en marbre qui jusqu'à présent n'avait servi à rien.

«Tu viens de détruire deux millions de dollars?»

«Alors c'était vrai,» demandai-je à Dillon.

«Oui,» confirma Dillon. «Et elle a déboursé presque autant pour insérer le traceur.»

«Eh bien, je m'en fiche éperdument.»

«D'accord,» dit-elle en me considérant, pleinement vêtue. «Donc, c'est terminé?»

«Cela se termine vraiment entre nous?» demandai-je avec espoir.

«Oui! Parce que cette fois-ci, ce n'est pas toi qui parles, c'est moi,» dit-elle, cherchant son courage. «C'est terminé. Je ne veux plus jamais te revoir. Jamais,» dit-elle doucement en me brisant le coeur.

Et sur ces mots, elle sortit de ma chambre et de ma vie alors que je restais là, nu, fixant la porte se refermer derrière elle.

La douleur persistante dans ma poitrine ne s'apaisait pas. Je contemplai la porte fermée de la chambre alors que le silence suite au départ de Dillon envahissait l'espace. Des flashs d'elle sillonnaient mon appartement comme son doux parfum tenace.

Aussi tentant que ce fût de m'y abandonner, de me perdre complètement dans sa mémoire, je ne le pouvais pas. Ce n'était pas terminé. Cela ne pouvait l'être. Mon coeur refusait de l'accepter.

Dans le silence oppressant de la pièce, un nom traversa mon esprit. Lucien était un loup et avait été ce qui se rapprochait le plus d'un ami dans mon enfance. Il vivait à Paris, et mon loup avait besoin de courir.

Attrapant mon téléphone, j'ai composé son numéro, désormais peu utilisé.

«Quel moment pour appeler, Remy,» la voix tranquille de Lucien bourdonna, apaisant la tension qui compressait ma poitrine.

«Je suis en ville. Ça te dit une course?»

«Cela fait longtemps. Que dirais-tu d'un verre en premier?»

«C'est parfait,» dis-je, désespéré de chercher un échappatoire aux échos des adieux de Dillon.

«Le Bar Diamant?» proposa Lucien avec une chaleur sincère, comme au bon vieux temps.

«J'y serai,» murmurais-je, puis je raccrochai.

J'ai porté une chemise blanche et un jean foncé, et j'ai filé. En pénétrant au Bar Diamant, j'ai regardé autour de moi. Le bar était nappé d'une obscurité veloutée.

Apercevant mon cousin pour la première fois depuis des années, je lui ai fait signe. On s'est dirigés vers une table dans un coin. Le bourdonnement des conversations nous drapait d'une solitude partagée. À peine assis, on me tendit un verre que je bus d'un trait en dévisageant mon vieil ami.

«J'ai entendu dire que tu te mariais,» commença Lucien en faisant tourner le liquide ambré dans son verre.

«Je me suis retrouvé acculé,» admis-je avant de prendre une autre gorgée.

Ses yeux verts perçants m'examinèrent. Je pouvais voir son empathie luire sous la surface endurcie par une éducation au sein de la meute. Percevant mon malaise, Lucien changea de sujet.

«J'ai un truc à faire. Tu viens avec moi? On pourrait courir après,» dit-il, sa voix prenant une intonation mystérieuse.

«Ah ouais? C'est quoi?» demandai-je en espérant que ça déboucherait sur une bagarre.

«Je vais à une vente aux enchères.»

«Sérieusement Lucien, tu as besoin de combien de babioles inutiles?»

Il haussa les épaules et sourit, une étincelle malicieuse brillant dans ses yeux.

«D'accord. Allons-y,» lui dis-je en terminant mon verre d'un trait.

Suivant mon cousin hors du bar et dans la nuit parisienne fraîche, nous arrivâmes finalement à la vente aux enchères. En passant les Lourdes portes métalliques de l'entrepôt, je réalisai que ça n'avait rien à voir avec les ventes qu'il m'avait amené voir par le passé.

Dans une pièce faiblement éclairée, la foule qui attendait était composée des Français les plus riches et les plus gâtés. Bien que je ne connusse que quelques-uns de leurs noms, je les reconnaissais tous. Ils étaient tous humains.

Me tournant vers mon cousin pour comprendre ce qui se passait, je le vis tendu. Ses yeux verts sautaient de personne en personne à la recherche de quelqu'un.

Le regardant méfiant, mon loup s'éveilla. C'était un aspect de Lucien que je n'avais jamais vu. Son intensité silencieuse et son inquiétude inhabituelle le faisaient ressembler à un loup en chasse.

Le murmure de la foule se tut alors que la vente commençait. Quand les premiers objets furent présentés, je compris au moins une partie de ce qui se passait. Les masques indigènes et les épées anciennes n'étaient pas des pièces qui pouvaient être vendues dans une maison de vente respectable. Car même s'ils n'étaient pas volés à un musée, ils avaient été pris à leurs foyers culturels sans la permission des peuples autochtones.

Observant Lucien alors que les objets devenaient plus intéressants, il restait immobile. La légèreté affichée juste une heure auparavant avait disparu. À sa place se trouvait un sérieux mortel que je ne reconnaissais pas chez mon ami. Et quand les exclamations pour le dernier prix de la nuit remplirent la salle, je pus sentir le loup de Lucien se battre pour sortir.

Me retournant vers l'estrade, je le vis. Le dernier lot de la vente était un tigre du Bengale. Allant et venant dans sa cage, il paraissait aussi dangereux qu'effrayé.

Je ne pouvais pas détacher mes yeux de lui, il était étonnant. Sa majesté était terriblement déplacée dans le monde louche où il s'était retrouvé. Et en revenant vers Lucien pour chercher son avis, je vis la détermination de mon cousin se renforcer.

Avec chaque nouvelle offre, ses yeux se focalisaient sur l'enchérisseur. Je pouvais presque voir ses calculs. C'était pour ça qu'il était venu. Il était en mission.

Sous le poids de ma réalisation, l'enjeu me parut incroyablement élevé. Alors que le bruit ambiant s'estompait, le commissaire-priseur annonça le gagnant. C'était quelqu'un avec qui mon père avait affaire. Un boss mafieux humain notoirement cruel qui connaissait le monde surnaturel et conservait des morceaux de ses tueurs métamorphes comme trophées.

Je jetai instinctivement un coup d'œil à Lucien. L'étincelle dans ses yeux brillait plus fort.

«Il l'achète pour le chasser et en faire un tapis,» souffla Lucien, ses yeux verts s'obscurcissant de détermination. «Que dirais-tu de m'aider à le voler?»

Aux mots de mon cousin, mon loup se mit à tourner en rond.

«Et si on l'obtenait, qu'en ferais-tu?» demandai-je, n'étant pas sûr de la direction que cela prenait.

Il afficha un sourire narquois, son regard se verrouillant sur le mien. «Qui n'aime pas les tapis?»

Je ris, incertain de son sérieux. Non seulement nous avions grandi dans la vie de meute, mais nous venions d'une lignée d'alphas qui régnait encore sur le monde souterrain français. Le sang-froid était le prix d'entrée au leadership de notre meute. Alors, ce que mon ami d'enfance avait dit, était-ce une plaisanterie? Ou était-il en train de me montrer un côté de lui que je ne voulais pas connaître?

Aussi troublante que je trouvais sa proposition, il y avait une partie de moi qui admirait son audace. Plus que cela, il y avait un feu dans ses yeux auquel mon loup répondait.

«D'accord, alors. Je suis partant,» dis-je finalement.

La surprise sur le visage de Lucien était inestimable. Je n'étais pas sûr de ce qu'il s'attendait à ce que je dise, mais en me regardant, il rayonnait.

Comprenant tout ce que suggérait le sourire de Lucien, je repensai à ce que j'avais accepté de faire. J'étais sur le point d'aider mon ami à voler un tigre à un chef mafieux rival. Puis, si nous survivions à cela, je devais le convaincre de confier la bête à un zoo au lieu d'accrocher sa tête à son mur. Rien de cela ne serait facile.

Écoutant Lucien détailler son plan, mon loup refit surface. Ce n'était pas une blague qu'il avait improvisée sur le moment. Il était mortellement sérieux. Non seulement il connaissait l'agencement du bâtiment, mais il avait mémorisé chaque porte et alarme.

Avait-il travaillé ici pour rassembler des informations? Parce que Lucien était prêt. Et tout ce que j'avais à faire, c'était de suivre son lead et d'aider à pousser la cage quand viendrait le moment.

Glissant dans les couloirs arrière de l'entrepôt, le plan de Lucien se déroulait telle une brume grandissante. Nous longions furtivement les murs et glissions sous des alarmes complexes. Sortant par une fenêtre, nous nous jetions sur un balcon qui semblait trop éloigné. Ayant vécu une vie remplie de moments palpitants, celui-ci devait battre tous les records.

De retour à l'intérieur et noyé dans l'adrénaline, le plan de Lucien avait fonctionné. Jusqu'à ce qu'un faux pas déclenche une alarme. Nous étions figés, prêts à nous éclipser. Mon esprit tournait à plein régime. Étions-nous pris? Les secondes s'étiraient vers l'éternité avant que l'alarme ne se coupe soudain.

Lucien poussa un soupir de soulagement, un demi-sourire jouant sur son visage. Je me contentais de secouer la tête, l'estomac noué par la tension. Cette imprudence, ce balancement entre la vie et la mort, était douloureusement familier. Et s'il y avait quelque chose que je savais par expérience, c'est que le danger ne faisait que commencer.

Il ne fallut que quelques secondes pour confirmer mes dires. Alors que nous descendions les couloirs, un homme massif en smoking bon marché tournait le coin, droit sur nous. Venu enquêter sur l'alarme, sa veste volant à ses côtés, je vis qu'il était armé.

Avant que je puisse réagir, Lucien prit le relais avec charme. S'exprimant en français, il tissa une histoire complexe d'erreurs de papiers et de livreurs absents. Il alla jusqu'à produire une pièce d'identité pour étayer ses affirmations. C'était une performance impressionnante.

L'agent de sécurité, rassuré mais agacé que nous n'ayons pas respecté le code vestimentaire, demanda ma pièce d'identité pour confirmer notre histoire. Alors que j'ouvrais la bouche pour parler, Lucien me coupa :

«Oh, c'est mon petit nouveau. Pas encore de pièce d'identité pour lui. Une recrue toute fraîche. Zélé mais ne connaissant pas sa droite de sa gauche.»

Son charme et son sourire radieux désarmèrent finalement complètement l'agent de sécurité. Quand Lucien eut fini avec lui, c'était lui qui nous escortait jusqu'au tigre. Il fallait que je me retienne pour ne pas sourire en le suivant.

Lorsque davantage de confusion surgit devant l'homme gardant la cage, Lucien géra aussi cette situation. Au final, c'était l'agent de sécurité qui insistait pour que le gardien nous confie le tigre. C'était un chef-d'œuvre.

Riant alors que nous poussions la cage dans le couloir sombre, je dis : « C'était plus facile que d'entrer dans les boîtes américaines quand nous étions gosses. «

« Ça aide quand on a tous les deux l'air d'avoir mué «, rétorqua Lucien sur un ton accusateur. « Mais ne porte pas la poisse, Remy. On n'a pas fini «, ajouta-t-il, concentré.

« Au fait, comment tu comptes sortir ça d'ici? En Métro? «

Il afficha un sourire en coin, puis pointa du doigt en direction d'un van quelconque sur le parking.

«Super! Il est à toi ou on le vole aussi?», demandai-je, perplexe.

Sans un mot, Lucien contourna le van en s'approchant et ouvrit les portes arrière. Posant des rampes métalliques, il me regarda en attendant que je fasse ma part.

«Alors, tu m'as ramené en tant que gros bras?», plaisantai-je.

«Je ne t'ai pas ramené pour ton cerveau», répliqua Lucien.

«Connard.»

«Américain.»

«Comment oses-tu?» exigeai-je, les yeux plissés, prêt à me battre.

Tenant aussi longtemps que possible, je finis par éclater de rire. C'était notre repartie habituelle. Cette familiarité était réconfortante au milieu de l'absurdité de la situation. Et je ne parle pas seulement du tigre qui regardait ma main sur la cage comme si c'était une saucisse.

Riant avec moi, Lucien descendit et m'aida à pousser la cage dans le van. Alors que nous nous éloignions, mon esprit se tourna vers l'animal à l'arrière. C'était à mon tour de réaliser une mission. Je devais le convaincre de le donner à un zoo au lieu de la folie qu'il avait prévue.

J'envisageai d'appeler à sa fierté, puis à sa conscience. Mais avant que je puisse dire un mot, il gara dans une allée et coupa le moteur. Dès que tout fut silencieux, un homme africain de petite taille s'approcha du van.

«Lucien», déclara-t-il, «où est-il?»

«À l'arrière.»

«Montre-moi», insista l'homme avec un accent africain.

Je suivis Lucien à l'extérieur du van, contournant pour aller à l'arrière. Ouvrant les portes, la bête agitée rugit.

«Il est magnifique. Je promets que je l'aiderai à retrouver sa capacité à se transformer.»

Le regard de Lucien croisa brièvement le mien.

«Tiens parole et je n'aurai pas à venir te chercher.»

Le petit homme leva les yeux vers mon cousin musclé, sans être intimidé.

«T'inquiète. Je le ferai. Il est des nôtres.»

Dès que Lucien dit cela, j'inspirai à la recherche de ce parfum discret qui accompagnait souvent les métamorphes. Il était là.

«Parfait», dit Lucien en tendant les clés du van à l'homme pour qu'il les prenne.

Assez proche pour les prendre, l'attention de l'homme se tourna brusquement vers moi. Il me regarda intrigué. Enfonçant les clés dans sa poche, sa main ressortit avec quelque chose de petit.

«Puis-je?» demanda-t-il en tenant ça entre nous.

Je regardai de plus près.

«C'est un os?» demandai-je, perplexe.

«Il est un sangoma.»

«C'est quoi ça?»

«Pense à lui comme à un sorcier africain.»

«Qui garde des os dans sa poche?» demandai-je, mal à l'aise.

«Les os me connectent aux ancêtres de mon peuple.»

«Il les lit comme les sorcières lisent les cartes de tarot et les feuilles de thé.»

«Je vois. Et tu veux me lire?» lui demandai-je.

«Si tu me le permets.»

Je regardai Lucien.

Il haussa les épaules.

«D'accord,» acceptai-je amusé.

Le type à la peau sombre sortit une poignée d'os de sa poche et s'agenouilla. Les jetant devant lui, il toucha chacun en notant leur position relative les uns aux autres.

«Ils disent que tu es amoureux…»

J'allais être impressionné quand il ajouta,

«…d'une prophétie.»

Je refoulai mon rire par respect.

«Je vois.»

«Tu ne sais pas de quoi je parle, mais tu le sauras. Quand ce sera le cas, tu seras étonné.»

«J'attends ça avec impatience,» dis-je avec un ton plein d'humour. «Lucien, on n'avait pas quelque chose à faire ce soir?»

«Tu veux t'enfuir», dit le petit homme en rassemblant ses os. «Mais tu ne peux pas fuir ça.»

Mes ancêtres l'avaient prédit.

Je regardais Lucien, me demandant ce que j'étais censé dire ensuite.

«Nous vous remercions pour votre prédiction,» répondit Lucien en se préparant à partir. «Tenez votre promesse avec le métamorphe.»

«Je rétablirai son ordre naturel,» dit l'homme en nous regardant calmement.

«Bien. Allons-y,» dit Lucien en me conduisant.

Lorsque nous eûmes suffisamment descendu l'allée pour que l'homme grimpant dans le fourgon ne puisse plus nous entendre, je demandai :

«C'était quoi ça?»

«Tu connais les sorciers. Ils ont toujours une prophétie à débiter. Ceci dit, c'est la première fois que j'entends quelqu'un être amoureux d'un. Est-ce juste une passade ou tu es prêt pour le long terme?» plaisanta-t-il.

«Moi? M'établir avec une seule prophétie? Tu me connais mieux que ça,» répondis-je avec un sourire.

Lucien rit.

«Mais sérieusement,» commençai-je. «Comment as-tu su que le tigre était l'un des nôtres? Je ne pouvais pas le sentir. Même de près.»

«Longue histoire.»

«J'ai le temps.»

«Je croyais que tu voulais courir,» dit Lucien en changeant de sujet et en accélérant le pas.

En le rattrapant alors qu'il remontait l'allée, je contemplai mon ami d'enfance. Il n'était plus la personne que j'avais jadis connue.

J'avais grandi avec Lucien. Pendant longtemps, nous n'en faisions quasiment qu'un. Il connaissait tous mes secrets et je connaissais les siens.

Mais c'était le passé. Rien de ce que je savais sur lui n'aurait pu me préparer à cette nuit. Était-il devenu une sorte de sauveur des métamorphes? Vu la complexité de son plan, cela ne pouvait pas être son premier coup.

Était-ce le vrai Lucien? Était-ce cela qui lui apportait le plus de joie? Peut-être n'avais-je jamais vraiment connu mon cousin. Était-ce de ma faute? Était-ce également de ma faute s'il ne me connaissait pas?

Les semaines passèrent, et l'absence continue de Dillon semblait s'ancrer de plus en plus profondément dans mon âme. Finis les moments de tendresse, les cadeaux qui la faisaient sourire, et la croyance que nous finirions ensemble. Tout ce qui me restait, c'étaient les amers rappels de ce que nous avions et aurions pu être.

Eris, bien sûr, était aveugle à ce que je ressentais. Tout ce qui l'intéressait, c'était de planifier notre mariage. Elle devait savoir que tout était faux, non? Que j'étais là uniquement pour sauver la vie de tous ceux que j'aimais?

Peut-être qu'elle s'en rendait compte et était une meilleure comédienne que moi. Elle avait dit un jour qu'elle n'avait pas plus le choix que moi en se mariant. Mais la façon dont ses yeux scintillaient alors qu'elle choisissait les décorations de table me faisait douter.

Assis à ma table de salle à manger à côté d'Eris avec notre wedding planner révisant la phrase que j'allais devoir assumer, je remettais encore en question chaque décision que j'avais prise. Alors que je le faisais, Eris atteignit ma main à travers la table. Ses doigts effleurèrent à peine les miens avant que je ne retire ma main.

Ce n'était pas intentionnel. Il fallait que je sois complètement concentré pour que mon corps agisse contre ce qu'il désirait, et aujourd'hui mon esprit était ailleurs. J'avais simplement réagi.

En levant les yeux vers Eris, je captai la lueur de douleur dans ses yeux. Pourquoi? Plus que quiconque, elle savait que ce que nous avions était un mensonge. J'essayais de faire de mon mieux. J'essayais de faire ce qui était juste.

Ne voyait-elle pas l'effort que je fournissais? J'étais là, n'est-ce pas? À aucun moment je n'avais tué son père ou elle pour échapper à tout ça. Alors quels droits avait-elle de se sentir blessée par quelque chose que je ne pouvais empêcher?

Des heures plus tard, lorsque le supplice de la planification du mariage avait enfin pris fin, je me retrouvai seul avec Eris. Nous avions déjà été dans cette situation. Je n'avais jamais eu à lui dire de partir. Elle l'avait toujours fait sans qu'on le lui demande. Mais il y avait quelque chose de différent chez elle ce soir. Cette fois, alors qu'elle était assise là à me fixer, je vis une étincelle dans ses yeux.

«Je veux faire quelque chose pour toi,» dit-elle avec un sourire.

«Tu veux m'offrir une autre montre?»

La mâchoire d'Eris se contracta avant de se détendre. «Non, mieux! Ça va te plaire.»

«Ah oui?»

Elle secoua la tête avant de se lever. À la recherche de la télécommande du système sonore, elle l'alluma. La musique qui jouait ne faisait partie d'aucune de mes playlists. Elle l'avait programmée. Qu'est-ce qu'elle faisait là?

Alors que les sons lents et sensuels s'échappaient des haut-parleurs, elle tamisa les lumières. Elle créait une ambiance. Pour quoi? Quand elle se plaça à une longueur de bras devant mon fauteuil, je compris.

Eris n'avait pas un mauvais corps. Loin de là. Ses courbes douces, les lignes subtiles entrecroisant son ventre, elle était le rêve de tout garçon de 14 ans. Et la façon dont elle bougeait ses hanches sur la musique me donnait des idées. Je ne pouvais pas m'en empêcher. Même un homme gay aurait apprécié ce que je voyais.

En la regardant, il n'y avait aucun doute sur ses intentions. Elle en avait marre d'attendre que je fasse le premier pas, alors elle me séduisait. Étrangement, ça marchait un peu.

Avant que Dillon ne devienne mon univers, des femmes comme celle en face de moi étaient mon échappatoire. Dans un autre temps et un autre lieu, Eris et moi aurions pu bien nous amuser ensemble.

Saisissant mon verre, je pris une autre gorgée tandis qu'Eris enlevait sa chemise. Elle portait un soutien-gorge qui ne cachait presque rien. Dieu qu'elle était belle. Objectivement parlant, cette femme était canon! Je pris une autre gorgée, et avant de me pencher en avant et de faire quelque chose que je regretterais, je contemplai mon verre.

Combien en avais-je bu? J'avais certainement pris un verre pour m'aider à passer la planification du mariage, mais combien après cela? Était-ce juste un? Je n'avais pas rempli à nouveau mon verre.

En repensant à cette nuit, je me souviens qu'Eris m'avait demandé si j'en avais besoin d'une autre. J'avais répondu oui à contrecœur. Après cela, mon verre n'a jamais été à moitié plein. Combien en avais-je bu sans le savoir, sept? Huit? À quel point étais-je ivre?

Je me suis retourné vers Eris qui était maintenant nue à l'exception de deux morceaux de tissu qui couvraient ses mamelons et sa poitrine gonflée. Oui, elle était sacrément sexy. Il n'y avait aucun doute là-dessus. Mais est-ce que je voulais ça?

Est-ce que je voulais que cette femme me manipule comme son père le faisait depuis bien trop longtemps? Je ne le voulais pas. Alors quand elle s'est agenouillée devant moi en me tripotant la poitrine comme un chat, je me suis crispé. Ma bite dure lui a peut-être donné une mauvaise impression. En se frottant contre elle et en la pressant, elle s'est excitée.

«Rejoins-moi», dit-elle en se levant et en s'élançant vers ma chambre.

Sans me quitter des yeux, elle a enlevé ce qui restait de son soutien-gorge et l'a laissé tomber. Oui, elle avait de beaux seins. Elle a enlevé ce qui restait de sa culotte et s'est appuyée contre le cadre de la porte, entièrement nue.

«Tu peux m'avoir comme tu veux», dit-elle avant de disparaître à l'intérieur.

Est-ce que je la voulais? Est-ce que je voulais quelque chose d'elle? À quoi ressemblerait ma vie si je disais simplement oui?

Chapitre 12

Dillon

Les escaliers craquaient sous mon poids alors que je descendais dans la cuisine kitch de Cali, remplie de babioles. L'odeur du bacon et des gaufres m'attirait irrésistiblement. Je pouvais les sentir depuis ma chambre.

Imaginez ma surprise en entrant et en trouvant Hil aux fourneaux. Elle cuisinait tout toute seule. Ajustant le bacon d'une main, elle empilait une montagne de gaufres de l'autre.

«Qui l'eût cru?» ai-je plaisanté, essayant d'alléger mon propre humeur en entrant. «Hil Lyon, la petite princesse de la mafia devenue chef cuisinier.»

C'est Cali qui a éclaté de rire le premier. Ses épaules tremblaient tandis qu'il versait du café dans des tasses dépareillées. «Tu aurais dû la voir quand on s'est rencontrés.»

«Oh, je peux imaginer. Hil, tu as raconté à Cali la fois où je suis passée et tu as décidé que tu voulais des œufs brouillés?»

«Oh mon Dieu!» gémit Hil.

Avec toute l'attention de Cali, j'ai entamé l'histoire.

«Ma mère était sortie faire du shopping. Je ne sais pas pour quoi.»

«Il lui fallait de la crème épaisse pour faire les tortellinis préférés de mon père.» Hil releva la tête, amusée par une pensée. «Et maintenant, je sais ce que tous ces mots veulent dire.»

«Tortellinis?» taquina Cali.

«Crème épaisse. Je me souviens qu'elle nous disait cela et je me demandais ce que le poids avait à voir avec tout ça? Était-ce de la crème pour les gens bien en chair?»

«Bref,» l'interrompis-je. «Hil a décidé qu'elle allait nous faire des œufs. Alors, elle a sorti deux œufs du frigo et les a mis au micro-ondes parce que c'était la seule chose qu'elle savait faire.»

«Les micro-ondes cuisent les choses et je voulais que les œufs soient cuits. Alors je les ai mis dans le micro-ondes,» expliqua Hil alors que nous éclations de rire.

«Oh non,» s'exclama Cali.

«Oh que si,» confirmai-je. «Ma mère a dû ensuite passer le reste de la journée à nettoyer les traces d'œufs explosés partout.»

«Elle n'a pas fait nettoyer Hil?» demanda Cali.

«La petite princesse?» plaisantais-je.

Hil détourna le regard, embarrassée. «J'aurais nettoyé si on me l'avait demandé. Je me sentais mal.»

«Non, chérie, ma mère voulait que ce soit propre. Si elle t'avait demandé, tu serais encore dessus aujourd'hui.»

«Et qui aurait fait ce petit-déjeuner fantastique?» inséra Cali, comme un bon petit ami.

«Je vous déteste tous les deux,» plaisanta Hil, en lançant un torchon à Cali.

Je regardais l'interaction entre Hil et Cali. La jalousie tordait mes entrailles. Ils riaient. Ils se taquinaient. Ils étaient heureux.

Je laissai mes doigts effleurer le vieux plateau de la table pendant que mon esprit revenait à Remy, la cause de ma peine. Son absence résonnait dans le vide que je ressentais. Le poids m'épuisait.

«Je déteste ce qu'il t'a fait, Dillon,» murmura Hil après un court silence.

«Qui?»

«Tu sais qui. Remy aurait dû se comporter mieux.»

«Je ne te laisserai pas le blâmer, Hil,» répondis-je, mes mots tranchants – plus que je ne l'avais prévu.

Devant l'expression interloquée de Hil, je soupirai, passant une main dans mes boucles lâches.

«Tu m'as avertie de ce qui arriverait si je me laissais tomber amoureuse de lui. Tu me l'as dit et j'ai choisi de l'ignorer. Alors, ce qui s'est passé m'incombe autant qu'à Remy. Si ce n'est plus.»

Jouant avec les couverts, j'évitais le regard empreint d'empathie de mes deux amis. Cali frappa des mains, me fixant d'un regard sévère. «Non, Dillon. Et ça m'attriste de dire ça de ton frère, Hil, mais cet homme est un crétin et un salaud.»

«Donc, tu dis qu'il peut aller se faire foutre?» demandai-je après réflexion.

Cali se figea, réfléchissant à ce que j'avais dit avant de se détendre dans un éclat de rire. Hil et moi le rejoignîmes.

«Oui, il peut aller se faire foutre,» confirma Cali.

«Mais, si je pouvais faire ça, pourquoi quitterais-je ma maison?» demanda une voix, attirant notre attention vers l'entrée.

«Remy?» dis-je immédiatement submergée par toutes mes émotions douloureuses.

Traversant la cuisine d'un pas vif et s'emparant de la chemise habillée de Remy à pleins poings, Cali était furieux.

«Tu as un sacré culot de te pointer ici après les conneries que tu as faites,» lança Cali.

Je ne l'avais pas vu depuis que je l'avais laissé nu dans sa chambre à Paris. Pourtant, le voilà encadré par le soleil du matin. Ses larges épaules remplissaient l'entrée de la cuisine, et malgré l'emprise menaçante de Cali sur lui, ses yeux sombres croisaient les miens.

Il avait l'air… dévasté, comme si une tempête avait meurtri son esprit. C'était bien loin de son allure habituellement posée. Même sa chemise habituellement impeccable semblait négligemment portée.

«Ne te mets pas en pétard, péquenaud. Je suis juste là pour parler à Dillon,» dit-il, sans son habituelle combativité.

«Non,» cracha Hil, se plaçant devant moi comme pour me protéger du regard de Remy. Lorsqu'Hil parla à nouveau, sa voix bouillait de colère. «Non, tu as perdu ce droit.»

Le refus catégorique de Hil brisa la façade de Remy. Son expression habituellement contrôlée s'adoucit. De la tristesse scintilla dans ses yeux. «Hil, tu ne comprends pas,» commença Remy, la rugosité de sa voix tirant sur mes cordes sensibles.

«Quoi? Que tu as fait ce que tu avais à faire parce qu'Armand avait menacé de tous nous tuer, pas très subtile?» déclara Hil froidement.

«Non, que je ne suis pas notre père,» corrigea Remy.

«Quoi?» demanda Hil, décontenancée.

Remy soupira.

«Notre père aurait juste réglé une situation comme celle-ci. Il aurait pris quelques-uns de ses hommes et aurait déclenché une guerre qui aurait laissé une traînée de sang dans les rues,» dit Remy, les sourcils froncés. «Je sais que tu penses que je suis comme lui, aussi. Et peut-être qu'un moment, je l'ai cru moi-même. Mais ce n'est pas moi. Je ne peux pas faire ça. Je veux pouvoir protéger les personnes que j'aime de cette façon, mais je ne suis pas lui. Je ne suis pas le Père.»

Avec cette admission, Cali lâcha Remy et recula. Libres, les deux, frère et sœur se fixèrent. Je ne pouvais pas dire à quoi chacun pensait.

Je savais ce que cela signifiait pour moi. Remy admettait ce que j'avais toujours su à son sujet. C'était un homme bon qui n'avait jamais voulu de la vie dans laquelle il avait été forcé.

«Remy, ici personne ne veut que tu sois comme Père,» déclara Hil en rompant le silence, tout en tenant l'épaule de son grand frère.

«Tu n'as aucune idée de ce que j'ai sacrifié pour cette famille, Hil. Pourtant, autant j'y ai réfléchi, il n'y a qu'une seule chose que je regrette.»

«Quoi donc?» demandai-je en attirant son attention.

Remy quitta sa sœur pour se tenir à quelques centimètres de moi.

«Je regrette de ne pas t'avoir dit ce que je ressentais plus tôt,» déclara Remy, empli d'émotion.

Mon souffle se coupa.

«Dillon, je suis amoureux de toi depuis si longtemps. Dès l'instant où je t'ai rencontrée, je n'en avais jamais assez. Chaque fois que tu venais voir Hil, je me demandais si tu me remarquais. Alors, lorsque je t'ai eue si proche, lorsque j'ai eu entre mes bras tout ce que j'ai toujours désiré, j'étais le plus heureux que je puisse être.

«Quand tu m'as quitté, j'ai essayé de vivre sans toi. Je savais qu'en le faisant, je garderais tout le monde ici en sécurité. Mais la demande était trop grande. Je ne peux me passer de toi, Dillon. Je suis là pour te dire que si tu m'acceptes, je ne te quitterai plus jamais.»

Je rassemblai mes émotions, essayant de maîtriser la vague déferlante qui menaçait de s'abattre.

«Remy,» commençai-je doucement, «je t'ai quitté pour une raison. Tu dois être avec Eris. La vie de tout le monde en dépend. Et même si ce n'était pas le cas, je ne peux pas être l'autre femme. Si je le pouvais, je le ferais pour toi. Mais je ne peux pas. Je suis désolée!»

«Mais c'est pour ça que je suis là,» expliqua Remy. «Je sais que je ne peux pas simplement abandonner Eris. Mais je ne peux pas non plus vivre sans toi,» déclara Remy en ouvrant son cœur. «Alors je suis là encore une fois pour demander ton aide. Je n'ai pas toutes les réponses comme mon père. Et je ne suis pas lui, je ne peux pas faire ça seul. J'ai besoin de l'aide des gens que j'aime. Et je t'aime.”

Chaque mot de Remy était comme un baume pour mon âme endolorie. Il m'aimait. Lâchant un souffle que je ne savais même pas retenir, je me suis abandonnée à lui.

«Je t'aime aussi, Remy,» avouai-je.

Sur ces mots, Remy fit glisser sa main derrière ma nuque et me tira vers lui. Une onde de plaisir m'a submergée comme une cascade. Ses lèvres familières étaient mon refuge. Ressentant leur chaleur tandis qu'il entrouvrait ma bouche, je me suis perdue. Et quand sa langue a cherché la mienne, je ne voulais plus jamais qu'elle parte.

L'électricité coulait entre nous. Comment avais-je pu penser pouvoir rester loin de lui? Je ne pouvais pas. Et tandis que nos deux langues dansaient et que son autre main trouvait mon derrière, l'instant fut brisé par ma meilleure amie qui réagissait à me voir embrasser son frère pour la première fois.

«On devrait s'en aller?» demanda Hil.

Le bout de ses lèvres pincées alors qu'il se détachait, nos deux fronts se rejoignirent alors que nous retrouvions la réalité. Pourchassant le regard l'un de l'autre, nous avons gloussé.

«Alors, on s'en va?»

«Non, restez,» dit Remy en redressant la tête. «J'aurai aussi besoin de ton aide.» Il se tourna de Hil à Cali. «Et de la tienne,» dit-il, vulnérable.

Cali le dévisagea.

«Je continue de penser que tu es un connard,» conclut Cali.

Remy rit. «C'est ma meilleure qualité,» plaisanta-t-il.

«Mais, tu m'as aidé à récupérer Hil,» concéda Cali, les yeux adoucis. «Alors, je vais t'aider avec ça.»

«Nous le ferons tous les deux,» ajouta Hil. «Il est temps que les autres membres de cette famille prennent également leurs responsabilités. Tout ne repose pas sur toi. Nous sommes dans le même bateau.»

Un soulagement envahit Remy. «Merci. Vous ne savez pas ce que cela signifie pour moi. Alors, des idées géniales?»

Je réfléchis, mon esprit foisonnant de possibilités. «Tu penses qu'Armand a quelque chose qui pourrait le faire tomber?»

«N'est-ce pas le cas pour nous tous?» dit Remy avec un sourire en coin. Balayant nos visages perplexes, il ajouta, «Mauvais public. Oui, il y a de fortes chances qu'Armand ait quelque chose qui pourrait le faire chuter. Ce que c'est et où nous pourrions le trouver, je n'en ai aucune idée.»

«Vous autres patrons de la mafia, vous suivez tous le même manuel, non?» taquina Cali.

«Certes, mais j'ai rendu ma copie à la bibliothèque. Si ce n'était pas à cause de ces satanés frais de retard…,» rétorqua Remy avec sarcasme.

«Comme je l'ai dit, connard,» conclut Cali.

«Et comme je l'ai dit, meilleure qualité,» taquina de nouveau Remy en revenant à l'homme que j'aimais.

«Sérieusement, tu penses qu'il a quelque chose qu'on pourrait utiliser contre lui?» répétai-je lentement en formant une idée.

«Encore une fois, Oui! Mais ce n'est pas comme si je suivais l'homme à la trace. Ça pourrait être n'importe quoi et n'importe où. Je ne saurais pas par où commencer.»

«Et si quelqu'un savait?» demandai-je.

«Eris? Il n'y aucune chance qu'elle m'aide à faire tomber son père. Elle est plutôt furieuse contre moi en ce moment.»

«Qu'est-il arrivé?» demandai-je, ne pouvant m'en empêcher.

«Disons simplement que je l'ai quittée à un moment inopportun.»

«Pourquoi?»

«Parce que quand tu réalises que tu veux passer le reste de ta vie avec quelqu'un, tu veux que cela commence immédiatement,» dit Remy en empoignant mon âme.

«Cali, pourquoi tu ne dis jamais des choses comme ça?» demanda Hil à son copain.

Cali gémit et regarda Remy. «Connard.»

«Enculé,» dit-il sans perdre une seconde.

«Bon, vous deux,» dis-je, mettant fin à la discussion avant qu'elle ne démarre. «Je pense à Jimmy.»

«L'agent du FBI?» demanda Remy, surpris.

«Tu es amis avec un agent du FBI?» demanda Hil, confuse.

«Oh, pas que du FBI. Il est de la division des crimes organisés surnaturels,» expliqua Remy, content de trouver quelqu'un qui pouvait comprendre.

«Tu es ami avec un agent du FBI qui travaille dans les crimes organisés surnaturels?» répéta Hil, laissant Cali me questionner.

«C'est un ami d'école primaire. On a grandi dans le même immeuble. Je suis tombée sur lui quand je cherchais un emplacement pour le projet de Remy,» essayai-je d'expliquer.

«Et puis il lui a demandé de faire partie du conseil du centre communautaire,» dit Remy, prenant un peu trop de plaisir à cela.

«Tu as invité un agent du FBI à faire partie du conseil d'administration du centre communautaire?» demanda Hil, stupéfaite.

«C'est ce que j'ai dit!» a ajouté Remy joyeusement.

«Il y a beaucoup de gangs dans le coin. Il s'est proposé pour m'aider à faire du centre un endroit sûr.»

«Tu ne vois pas comment ça aurait pu être une décision douteuse, vu qui finançait tout?» insista Hil.

«Toi aussi, Hil. Écoute, j'ai fait ce que je pensais être le mieux pour tout le monde. Et, pour que les choses soient claires, il n'a pas mentionné le côté surnaturel quand il m'a parlé de son boulot,» déclarai-je, commençant à regretter ma décision. «Mais, si tu veux que je le retire du conseil, je le ferai.»

Me voyant commencer à transpirer, Remy intervint.

«Non, Non! Je suis certain que la décision que tu prendras sera la bonne. Et ils offrent des visites conjugales en prison, non? C'est pas comme si 10 à 20 ans de séparation pouvaient nous briser.»

Cédant sous la pression, j'ai couiné. «Je suis désolée. Je vais le retirer immédiatement.»

«On te taquine,» expliqua Remy avec un sourire. «Hil, dis à Dillon que tu rigoles.»

Quand Hil ne répondit pas, Remy répéta. «Hil, dis à ta meilleure amie que c'était une blague.»

«C'était une blague,» dit-elle sans conviction. Je regardai Remy dont le regard allait et venait entre sa sœur et Cali.

«Bon les gars, je vais le dire une dernière fois. Je ne suis pas mon père. Je suis un homme d'affaires légitime. Notre famille est maintenant totalement clean. Il n'y a rien sur quoi l'ami du FBI de Dillon pourrait nous coincer, peu importe à quel point Dillon le souhaiterait.»

«Remy?»

«Je plaisantais!»

«Connard!»

«Campagnarde.»

Hil nous regarda. «Maintenant que cet épisode du matin est derrière nous, c'est quoi la suite, Remy?»

«Qu'est-ce que tu veux dire?»

«Tu as retrouvé Dillon. Tu l'as reconquise. Et maintenant?»

«Concocter un plan, je suppose,» dit Remy incertain.

«Eh bien, tu as dit que tu avais besoin de notre aide pour le faire. Pourquoi ne resterais-tu pas ici avec nous?»

«Avec nous?» protesta rapidement Cali.

«Dillon est déjà là. Il restera dans sa chambre.» Hil se tourna vers nous deux. «N'est-ce pas?»

Je regardai Remy. «Tu es le bienvenu pour rester. Cela nous prendra quelques jours pour élaborer un plan.»

«Tu suggères que je reste à Hicksville?»

«S'il va manquer de respect à notre ville comme ça...»

«Je plaisante. C'est quoi avec les gens des montagnes qui ne savent pas prendre une blague? C'est à cause de la consanguinité?»

Cali, fonça vers Remy et attrapa son tee-shirt, comme s'il voulait se transformer. Remy le regarda avec un sourire.

«Il cherche juste à te provoquer,» expliqua Hil.

«Ça marche,» déclara Cali.

«Ne le laisse pas faire.»

«Et Remy, tu as dit que tu avais besoin de l'aide de tous. Ça inclut Cali. Alors, sois sympa!»

«D'accord, d'accord. Je serai sympa. Je suis sûr que tu as une charmante ville remplie de gens charmants.»

La colère de Cali finit par se dissiper, finissant par le lâcher.

«Et je suis sûr qu'à peine la moitié d'entre vous partage le même père,» ajouta Remy, incapable de s'en empêcher.

La tête de Cali se tourna brusquement vers Remy mais cette fois, il ne réagit pas. Il se contenta de le fixer.

«Remy?» le réprimandai-je.

«Bon, un quart de vous.»

«Remy!»

«Il y a une limite…»

«Remy, tu as besoin de son aide.»

Il soupira et se ressaisit.

«Ça,» dit-il en geste vers le bed and breakfast. «C'est… charmant. Vraiment charmant. Tu devrais être fière d'avoir grandi dans un endroit comme celui-ci. Hil et moi, ce n'est pas notre cas, et je suis sûr que ça nous a rendus moins bons.»

Remy se tourna vers moi.

«Tu es heureuse?»

«Oui,» dis-je de nouveau, surprise par son côté plus doux.

«Merci,» répondit soudainement Cali, confus et désarmé. «Tu veux, euh, un petit-déj? Ta sœur se débrouille vraiment bien en cuisine.»

«Vraiment?» demanda Remy avec un étonnement ravi. «C'est l'une de ces choses que je dois voir pour le croire,» dit mon homme avant de s'asseoir à la table et de faire partie de notre groupe pour la première fois.

Après avoir apprécié l'impressionnant petit-déjeuner de Hil, Cali nettoya la vaisselle pendant que nous quatre réfléchissions à un plan. Remy décrivit les idées de Hil et les miennes comme étant ridiculement naïves, même s'il s'assurait de glisser un compliment quand cela venait de moi. Et mon homme décrivit les idées de Cali comme sociopathes, ce qui était, pour être honnête, le cas.

«On pourrait juste bombarder l'endroit et en finir,» suggéra Cali en lavant une assiette.

«Et c'est une option,» répondit Remy avant de mimer à mon attention «Il est sérieux?»

Je regardai Hil pour avoir la réponse. Les yeux de Hil allaient de l'un à l'autre avec un regard qui disait qu'elle ne savait pas.

«C'est ce qu'il nous a fait,» clarifia Cali. «Ce n'est pas ce que font les gens comme lui?»

«Ouais! Le truc de la bombe dans le coffre,» rappela Remy en nous rappelant ce que l'homme de main d'Armand avait fait en essayant de tuer Hil. «Alors on va dire qu'on place une bombe chez lui et on le tue. On aurait tué un homme. Toi, avec ton petit côté ville «Ben mince alors», et tes merci et s'il te plaît, tu penses que tu pourrais vivre avec ça?»

«Pourquoi devrait-on s'inquiéter de ce qui lui arrive?» demanda amèrement Cali.

«D'accord,» dit Remy devenant mal à l'aise. «Je sais qu'il t'a tiré dessus…»

«Ouais, il m'a tiré dessus,» dit Cali en se retournant avec colère.

«Je sais qu'il t'a tiré dessus,» répéta Remy en essayant de le calmer. «Mais, il n'y aurait aucun moyen pour que tu puisses être en paix avec toi-même si tu faisais partie de ça. Crois-moi.»

Un nœud s'est formé dans mon estomac en écoutant la supplique de Remy. En même temps, une vérité déchirante me vint à l'esprit. C'était la même chose pour Hil et Cali.

«Je n'ai jamais tué personne!» cria Remy sentant les regards de tout le monde. «Jésus! Vous me prenez pour qui?» demanda-t-il avant de se lever et de sortir précipitamment.

Je regardai Hil et Cali alors qu'ils me regardaient tous les deux en retour. Remy avait raison. Nous y avions tous pensé.

«Je suppose que je devrais aller lui parler,» dit Hil avec appréhension.

«Non! Je le ferai,» dis-je en espérant que le temps passé ensemble rendrait la conversation plus facile.

En sortant de la cuisine et du bed and breakfast, j'aperçus Remy assis dans sa voiture. Je m'attendais à moitié à ce qu'il démarre, mais il ne le fit pas. Il resta là, derrière le volant. Alors je le rejoignis.

«Se faire croire des choses, c'était plus facile quand ça m'était égal,» avoua Remy une fois que ma portière fut fermée.

Je me décalai sur le siège pour me tourner vers lui et posai une main sur son genou.

«C'était comment de grandir comme tu l'as fait? Ça n'a pas dû être facile.»

«Notre père se souciait surtout de deux choses, sa famille et sa meute. Pas une seule fois je ne me suis demandé s'il nous aimait. Il le disait sans cesse. Mais, mon père n'était pas un homme bien. Je l'ai vu faire des choses aux autres pour lesquelles il brûlerait en enfer, s'il existait.»

«Comme quoi?» demandai-je avec hésitation.

«Tu ne préférerais pas savoir.»

«Tu as raison. Je ne veux pas savoir. Je préfère penser à ton père comme à l'homme qui a bien traité ma mère et qui a payé mes études. Jamais ton père n'a été autre chose que gentil avec moi et j'aimerais croire que c'est cela qu'il était vraiment.»

«Et c'est ainsi que tu devrais te souvenir de lui.»

«Non, ce n'est pas le cas.»

«Pourquoi pas? Il est mort maintenant. Quelle importance?»

«C'est important parce que tu ne devrais pas avoir à porter seul le poids de ce que tu as vu.»

Remy me regarda en se radoucissant. «Tu ne pourrais pas supporter. Les choses que j'ai vues…»

«Tu sais, je ne suis pas aussi désemparée que les gens le croient. Je suis assez forte.»

Remy sourit. «Je sais que tu l'es. Tu es la personne la plus forte que je connaisse. Mais tu as ton propre merdier à gérer. Au moins, j'ai eu un père, aussi fou qu'il fut. Toi, tu as dû t'élever toute seule.»

«J'avais ma mère,» répliquai-je rapidement en me sentant sur la défensive.

«Oui, mais je sais qu'elle travaillait beaucoup. Elle a passé plus de temps avec notre famille qu'avec toi,» dit-il avec une pointe de tristesse.

Cela me réduisit au silence. Il n'avait pas tort. Et c'était peut-être pour cela que j'avais commencé à observer le vampire de l'autre côté de la rue.

«Tu as raison. Pendant un moment, j'ai vraiment eu l'impression de m'élever toute seule. Mais toi, tu as grandi avec une mère et un père présents à plein temps. As-tu moins de problèmes que moi pour autant?»

Remy baissa les yeux, pensif.

«Peut-être pas. Écoute, je ne voulais pas dire…»

«Tu n'as rien dit,» interrompis-je sachant qu'il n'avait rien dit de tel. «Je veux juste te dire que je veux être là pour toi. Je veux t'aider à porter ce qui te pèse. Je suis assez forte. Je peux le supporter. Et je ne veux pas que tu te sentes seul. Pas tant que je suis là,» dis-je en serrant son genou.

Remy me regarda, hésitant. Quand il prit sa décision, il dit, «J'ai une fois vu mon père amputer un vampire.»

«Quoi? Comment ça?»

«Je veux dire qu'il a commencé par lui couper chaque doigt avec une cisaille avant de passer à ses membres avec une scie à main.»

Un choc et la nausée me traversèrent. «Je ne comprends pas. Pourquoi?»

«Les vampires ne sont pas autorisés sur le territoire des loups.»

«Et il lui a juste coupé les membres en guise de punition?»

«Et il m'a fait regarder,» admit Remy avec de la douleur dans les yeux.

«Quoi?»

«Ce n'était pas que moi. C'était toute la meute. Je pense qu'il voulait qu'on voie de quoi il était capable si jamais quelqu'un le trahissait. Et je sais qu'il était vampire, et donc mort, mais il hurlait comme s'il était encore en vie.»

Je dû me stabiliser en digérant l'information.

«Ça va aller?» demanda Remy en me touchant cette fois le genou.

«Donne-moi un instant,» lui répondis-je sincèrement.

Il le fit et ce fut suffisant pour que je commence à traiter ce que j'avais entendu.

«Tu vois, donc, quand Hil ou toi pensez que je suis comme mon père, ça signifie quelque chose d'un peu différent pour moi.»

«Je comprends,» dis-je avec compassion. Je fis une pause. «J'espère que c'est la pire chose que tu as vue faire à ton père?»

Remy rit. «Que dirais-tu qu'on en reste là pour aujourd'hui? On parle de toute une vie de choses. J'ai eu le temps de les digérer. Ça pourrait être un peu trop à entendre d'un coup.»

«C'est raisonnable,» dis-je soulagée de ne pas avoir à en entendre plus.

Remy se tourna et fixa devant lui le bâtiment colonial aux couleurs chatoyantes.

«À quoi tu penses?» demandai-je, craignant ce que j'allais entendre.

«Tu avais raison. T'en parler m'a aidé.» Il se tourna vers moi. «C'est beaucoup, tu sais. Mais je me sens un peu plus léger,» dit-il avec un sourire.

«Je suis contente,» dis-je en feignant l'enthousiasme.

«Je n'aurais pas dû te le dire, n'est-ce pas? Je t'ai traumatisée,» dit-il avec regret.

«Non,» dis-je avant de baisser la tête, sachant que c'était un mensonge. «Je veux dire. Ouais, c'est beaucoup. Mais c'est ça, partager le fardeau. Ça veut dire qu'aucune personne n'a à tout porter. On partage la charge. Et je suis assez forte. Je peux le supporter. Même si je ne suis peut-être pas prête à rentrer tout de suite,» dis-je en forçant un sourire.

Remy me regarda un instant, puis démarra la voiture.

«Où allons-nous?»

«Il me semble que nous pouvons prendre le reste de la journée libre. Il y a quelques endroits par ici que j'avais repérés quand je planifiais comment récupérer Hil.»

«Tu veux dire quand tu la kidnappais?»

«Patate, frites.»

«Ce n'est pas pareil.»

«Eh,» dit Remy en haussant les épaules avant de démarrer.

Nous roulâmes pendant ce qui sembla être 30 minutes et finalement, nous nous arrêtâmes sur le bord de la route.

«Où sommes-nous?» demandai-je en regardant à travers le pare-brise une mer d'arbres devant nous.

«Savais-tu qu'il y a plus de cascades dans cette zone que n'importe où dans le pays?»

Je me tournai vers Remy, étonnée. «Comment tu sais ça?»

J'ai dû passer des jours ici à attendre le meilleur moment pour approcher Hil. J'avais beaucoup de temps à tuer.

«Alors, tu as fait des recherches sur la ville?»

«J'ai fait une recherche Google.»

«Et après? Tu es parti en randonnée?»

«Ton ton laisse penser que tu ne te rends pas compte du temps que j'avais à tuer.»

Je me suis penchée en arrière dans mon siège et j'y ai réfléchi.

«Alors, après que Hil t'ait pris en flagrant délit garé devant chez elle, tu as fait quoi?»

Remy y a réfléchi. «J'ai sûrement pris un petit déjeuner au diner. J'ai peut-être fait une randonnée que j'avais marquée sur mon appli de randonnée.»

«Tu as une appli de randonnée?»

«Je l'ai téléchargée quand j'étais ici. Il y a tant de randonnées par ici.»

«Donc, si je comprends bien, après avoir fait croire à Hil que quelqu'un était venu pour la tuer, tu as fait une balade dans la nature sur les sentiers?»

«Premièrement, il y avait bien quelqu'un venu pour la tuer et ce n'était pas moi. Deuxièmement, tu n'as pas idée de la beauté de ces sentiers. Je vais te montrer. Viens, on y va,» dit-il en tapotant ma jambe avant de sortir de la voiture.

En suivant Remy dans les bois, je devais admettre qu'il avait raison. J'avais résisté à tout cela lorsque Hil me l'avait suggéré parce qu'il y avait les insectes. Mais, je n'avais jamais vu un endroit plus beau de ma vie.

Les arbres luxuriants à perte de vue, le ruisseau babillant que nous avons traversé à plusieurs reprises, tout cela m'apaisait. Et quand, après un mile, nous sommes arrivés près d'un étang alimenté par une cascade, j'étais prête à m'asseoir et à profiter pleinement de la scène.

«Je ne savais pas que des endroits pareils existaient,» ai-je admis, submergée par tout cela.

«J'ai pensé la même chose.»

«Mais tu te moques constamment de Cali parce qu'il vient d'ici?»

«Oh, venir d'un bel endroit ne l'empêche pas d'être un plouc. Les deux peuvent être vrais,» dit Remy avec un sourire malicieux.

Je ne voulais pas mais j'ai ri.

«Cali est un bon gars,» ai-je précisé.

«Je sais, je sais. Il est parfait. Jamais une fois il n'a vu son père démembrer un ancien humain. Je l'ai bien compris. Il est meilleur que moi.»

«Il n'est pas meilleur que toi. Il n'est juste pas aussi mauvais que tu le fais paraître. Tu sais, il pourrait finir par être ton beau-frère, n'est-ce pas?»

«Et je serai heureux de l'avoir. Je devrai juste trouver quelques nouvelles blagues de plouc à rajouter à la routine. Mais c'est ça qu'on fait pour la famille,» dit-il avec un sourire narquois avant de déboutonner sa chemise.

«Qu'est-ce que tu fais?»

«Tu croyais que je t'avais emmenée ici pour te montrer les arbres? On est ici pour te mettre à nu,» dit-il avec un sourire canaille.

J'ai ri, incertaine s'il était sérieux. Il l'était. J'ai observé Remy se déshabiller complètement puis plonger la tête la première dans l'eau. J'étais choquée.

«Viens, l'eau est parfaite.»

Je regardais autour de moi, me demandant si Remy avait perdu l'esprit.

«Tu plaisantes? On est au milieu de nulle part. On pourrait se faire manger par un ours ou quelque chose comme ça.»

«Je pense que tu as omis la partie la plus importante de ce que tu viens de dire. On est au milieu de nulle part. Il n'y a personne aux alentours sur des kilomètres,» dit-il en pataugeant dans l'eau.

«D'accord, donc il n'y aura personne pour entendre mes cris.»

«Exactement. Il n'y a personne pour entendre tes cris,» dit-il, faisant enfin valoir son point de vue.

Mon cœur battait en regardant l'homme que j'avais désiré toute ma vie. Il était magnifique. Avec ses pommettes saillantes et sa mâchoire ciselée, c'était comme s'il avait été créé dans le marbre.

«Tu me rejoindras?» demanda Remy de manière suggestive.

«Je ne devrais pas,» dis-je, me sentant confuse.

«Mais le feras-tu? Je serais tellement heureux si tu le faisais,» dit-il séducteur.

Le regard ardent de Remy me transperçait. C'était comme si je n'étais plus aux commandes. J'avais besoin de le rejoindre. Je devais être près de lui. Alors, me levant et retirant mes vêtements, je le fis.

«Cette eau n'est pas parfaite. Elle est gelée!» m'écriai-je en ressortant à la surface.

«Alors laisse-moi te réchauffer,» dit Remy en me tirant vers lui.

Trouvant un endroit où il pouvait se tenir debout, Remy m'a tirée dans ses bras. Sa chair nue pressée contre la mienne. Je pouvais le sentir tout entier, son torse musclé, son ventre plat et son sexe de plus en plus dur.

«Je, euh, ne veux pas te donner de mauvaises idées,» lui ai-je dit en perdant peu à peu le fil de mes pensées.

«Et quelle idée serait-ce?» dit-il, les lèvres assez proches de mon oreille pour sentir son souffle chaud.

«Que je veux que quelque chose se passe entre nous.»

«Je ne ferai jamais plus que ce que tu voudrais que je fasse. Qu'est-ce que tu veux que je fasse, Dillon?»

demanda-t-il, me provoquant des frissons le long de l'échine.

En un éclair, je me sentais excitée.

«Qu'est-ce que tu veux que je fasse, Dillon?»

Si nous n'avions pas été dans de l'eau froide, j'aurais sué à grosses gouttes.

«Je veux que tu…»

«Que je fasse quoi?»

«Embrasse-moi,» dis-je en tremblant.

Appuyant sa joue contre la mienne, nos mentons se touchèrent. Cela a suffi pour qu'il rapproche ses lèvres des miennes. Sentant sa chair chaude presser contre moi, je n'ai pas réagi. Je ne savais pas pourquoi, mais je me sentais timide. C'était comme si c'était ma première fois. Et sans demander, il est devenu mon instructeur dévoué.

Douceur écartant mes lèvres, je sentis sa langue effleurer la mienne. Cela a fait étinceler mon cerveau. Brosse et poussant contre elle, il a invité la mienne à rejoindre la sienne. Quand nos deux langues ont dansé, sa prise sur moi était évidente. J'étais à sa merci, prête à tout lui donner.

Me perdant dans notre baiser, je fus de nouveau éveillée par la sensation de son sexe dur frottant contre moi. Cela me privait de ma volonté. Quand sa main inférieure enroula autour de mes fesses, mon cœur s'emballa. En voulant plus, je balançai mes hanches essayant de me rapprocher de lui.

«Que veux-tu que je fasse de plus?» demanda-t-il en chuchotant à mon oreille.

Je ne répondis pas.

Il frotta son sexe contre moi, m'emplit de désir.

«Dis-moi ce que tu veux», insista-t-il en érodant ma résistance.

«Je veux…»

«Que veux-tu?»

«Je veux…» recommençai-je, aussitôt enivrée par la pensée.

«Dis-le-moi», exigea-t-il. «Je veux t'entendre le dire.»

«Je te veux», dis-je, sachant que c'était vrai.

Immédiatement, il me souleva dans ses bras accueillants, je me cramponnai à lui. Les bras autour de son cou, ma timidité s'envola. Alors qu'il nous dirigeait vers la cascade, j'embrassai ses lèvres. Je ne savais pas où il m'emmenait, mais tant que j'étais avec lui, peu m'importait.

Entrant sous la cascade, l'eau nous enveloppa. La sensation était intense. Debout là, je sentais le bout de son sexe glisser entre mes cuisses, cherchant mon ouverture, et je désirais qu'il la trouve. Lorsqu'il la trouva, je desserrai mes jambes sentant sa pointe se presser contre moi. Ça me rendait folle.

Désireuse de plus, je balançai mon bassin essayant de l'amener en moi. Je ne ressentais que la pression. Je suppliai silencieusement qu'il me laisse m'asseoir de tout mon poids sur son sexe, pour le sentir pénétrer. Il n'entra pas. C'était à cause de l'eau. Le frottement était trop intense.

C'est alors que, toujours le postérieur ancré dans ses bras, nous passâmes sous la cascade pour atteindre son côté caché. L'écho des éclaboussures me dit que nous étions dans une grotte. L'étang y était moins profond.

Il me porta hors de l'eau, me déposa sur le sol meuble du rivage. Ne voulant pas mettre fin à notre baiser, je m'accrochai aussi longtemps que je pus. Ce ne fut pas longtemps. Et avec le circuit rompu, il saisit l'arrière de mes genoux et souleva mes hanches en l'air.

La sensation de la langue de Remy sur mes parties intimes était électrique. Je n'avais jamais rien ressenti de tel. Je me tortillais sous son contact, mon orifice s'ouvrit pour lui. Et quand le bout de sa langue chatouilla l'intérieur de mon vagin humide, nous savions tous les deux que j'étais prête.

Glissant son corps le long du mien, il plaça mon talon sur son épaule tout en se penchant pour embrasser mes lèvres. Sa langue rentra à nouveau dans ma bouche. Elle fut accueillie avec plaisir.

Alors qu'il écartait mes lèvres avec les siennes, son gland toucha mon vagin. Enroulant ma langue autour de la sienne, mon esprit tourbillonnait alors qu'il poussait.

La douleur irradia à travers moi. Sa taille me fit mal jusqu'à ce qu'avec un «pop», il soit en moi. Mes entrailles serrèrent son sexe.

S'insinuant lentement en moi, je me figeai, ressentant chaque centimètre de lui. C'était tellement bon que j'aurais pu pleurer. Avec son bassin contre moi, il se retira lentement. Non seulement mon homme était épais, mais il était aussi long. Il lui fallut une éternité avant que son gland menaçât de sortir.

Mais quand ce fut le cas, il se repositionna au-dessus de moi et poussa à nouveau en avant. Remy me faisait l'amour. Je n'étais pas prête pour ça mais je ne voulais pas qu'il s'arrête. Il me remplissait complètement. Mes yeux se révulsèrent sous l'effet du plaisir. Et quand il pinça mes mamelons au rythme de sa pénétration, je perdis le contrôle.

«Ahhh», gémis-je, lui indiquant que j'étais proche.

«Ouais», gémit-il, m'autorisant à crier.

«Oui! Oui!»

«C'est ça. Je veux l'entendre», dit-il en me baisant plus fort.

«Plus, donne-moi plus.»

Remy s'exécuta immédiatement. Je n'avais jamais ressenti un tel plaisir auparavant. S'il ne me retenait pas, je me serais envolée. Et quand la sensation de chatouillement envahit mon corps, elle se propagea en moi pour s'installer profondément.

«J'y suis presque, j'y suis presque», criai-je alors que mes orteils se recourbaient au point de presque casser.

«Ahhhh», hurlai-je alors que mon corps se contractait douloureusement, puis se libéra dans une extase.

Alors que je me laissais aller, Remy me tint plus fermement. Il ne mit pas longtemps à s'effondrer sur moi. Il était épuisé. Moi aussi.

Tant sentir son corps toucher la peau sensible de mon clitoris m'envoyait dans une frénésie de tressautements, tant l'enlacer me relaxait. Tout était tellement bon que je pouvais à peine penser clairement. Il était chaud et confortable et il n'y avait nulle part ailleurs dans le monde où je voulais être. Je ne voulais jamais que cela se termine.

«Je t'aime», murmura Remy à mon oreille.

«Moi aussi, je t'aime», murmurai-je en retour.

«Je ne veux plus jamais être loin de toi», dit-il avec une émotion à fendre le cœur.

«T'es le seul que j'ai toujours voulu», lui dis-je, sachant que je ne pourrais plus le quitter si j'essayais.

On aurait dit que nous gisions là ensemble pour l'éternité, mais finalement, nous dûmes nous lever. Sachant que nous devions nous laver, nous retournâmes sous la cascade. Me rinçant, je ne pouvais détacher mes yeux de Remy. Il devait être l'homme le plus merveilleux du monde et il était à moi. J'étais prête à tout pour lui. Remy était devenu mon tout.

En rentrant à la maison d'hôtes plusieurs heures après notre départ, nous trouvâmes Cali et Hil sur le pont arrière en conversation avec deux types.

«Ce sont mes frères, Titus et Claude», dit Cali, à notre grande surprise.

Ce n'était pas qu'ils ne lui ressemblaient pas. Cela se voyait. C'était plus du fait que Claude était noir et plus sombre que moi.

Pourtant, en cherchant la ressemblance familiale, c'était indéniable. Quand ils souriaient, leurs fossettes cratériformes engloutissaient leur visage. Mon Dieu, qu'ils étaient séduisants.

«Je pensais qu'ils pourraient nous aider concernant ce sur quoi tu travailles», dit Cali à Remy.

«Pourquoi penses-tu ça?» répondit Remy, arborant le sourire qu'il utilisait pour masquer sa colère.

«Ils m'ont aidée à garder Hil en sécurité quand…»

«Quand je suis venu la chercher?»

«Quand nous avons failli être tués par une bombe», dit Cali, exaspérée.

«D'accord. Et je suis reconnaissant pour ça. Mais je suis sûr que ces messieurs ont mieux à faire que… de m'aider à déménager», dit Remy, parlant en code.

«Ce sont mes frères. Si je leur demande de t'aider à déménager, ils le feront. Et je penserais que tu serais reconnaissant parce que nous avons besoin d'aide.»

«Nous n'avons pas besoin d'aide.»

«Tu crois qu'à nous quatre, on peut s'occuper de ça?» dit Cali en se moquant de Rémy.

«Bien sûr que non», répondit Rémy sur la défensive. «C'est pour ça qu'on engage des professionnels.

«Des professionnels pour… t'aider à déménager?»

«Oui!»

«Tu connais des professionnels qui pourraient t'aider à déménager?»

Rémy s'apprêtait à déployer son charme pour mettre fin à la conversation lorsqu'il se figea. Son charme avait disparu.

«Oui», dit Rémy, surpris.

Il se tourna vers moi.

«Je connais quelqu'un qui peut aider», dit-il, rayonnant.

«Tu connais quelqu'un? Qui?» ai-je demandé, ne m'attendant pas à ce qui allait suivre.

Chapitre 13

Remy

Je marchais à grands pas vers les portes du centre communautaire, impressionné par l'effervescence qui régnait à l'intérieur. Les enfants dévalaient d'une pièce à l'autre pendant que les bénévoles donnaient des cours, préparaient des repas et distribuaient des dons. Dillon avait créé quelque chose d'incroyable ici.

Mon regard balayait la foule jusqu'à ce qu'il se pose sur elle. En la trouvant, mon cœur rata un battement. C'était difficile de croire qu'elle était enfin mienne. La seule chose qui nous empêchait d'être totalement ensemble, c'était Armand et c'était pour le sortir du tableau que cette journée était consacrée.

«Salut toi,» dit Dillon en s'approchant avec un sourire timide qui me faisait fondre.

«Cet endroit est superbe. Tu as vraiment construit quelque chose de spécial ici,» lui dis-je avec sincérité.

Les joues de Dillon rougirent sous le compliment. «Nous l'avons fait tous les deux. Rien de tout cela ne se serait produit sans toi non plus.»

J'ai commencé à protester mais je me suis ravisé. Dillon avait raison – ma contribution à tout cela ne pouvait être niée. Mais son cœur et sa vision avaient donné vie à cet endroit.

«Tout le monde est là?» demandai-je, pour changer de sujet.

Elle acquiesça. «Presque. Ils t'attendent dans mon bureau. Sois averti, Cali est un peu plus tendu que d'habitude.»

«D'accord, qu'est-ce que tu lui as dit?» plaisantai-je.

«Rien!» s'exclama-t-elle, ses merveilleux yeux couleur chocolat au lait sabotant mes défenses.

«Tu n'as pas mentionné quelque chose à propos de duels de banjos, n'est-ce pas? Parce que je garde cette réplique pour moi.»

«Je ne connais pas cette référence,» dit Dillon en me regardant, confuse.

«Il y a une scène dans ce film culte appelé «Délivrance» où deux péquenauds kidnappent un type et lui disent de couiner comme un cochon. Couine comme un cochon! Couine comme un cochon!» fis-je en imitant le meilleur accent péquenaud possible.

«Remy, il est ici seulement pour nous aider. Peux-tu être gentil avec lui tant qu'il risque sa vie pour nous?»

Je baissai la tête, sachant que l'amour de ma vie avait raison. «Quand il s'agit de Cali, je ne peux pas m'en empêcher. C'est tellement facile de se moquer de lui.»

«Essaie. Pour moi. S'il te plaît,» demanda Dillon, s'assurant que je le ferais.

«Tout pour toi,» lui dis-je avant de saisir ses épaules et de l'embrasser. Ça faisait trop longtemps que je ne l'avais pas fait.

«On y va?» demanda Dillon quand je la lâchai.

«Pas de temps comme le présent,» lui dis-je avant de la conduire à son bureau.

En entrant, je regardai autour de moi. Cali faisait les cent pas anxieusement tandis que Hil et l'ami de Dillon du FBI, Jimmy, étaient assis sur le canapé.

«Où est ton ami professionnel?» demanda Hil en me voyant seul.

«Ouais! Où est ce génie du crime dont tu te vantes tout le temps?» grogna Cali.

Mon regard se dirigea vers Jimmy.

«Génie du crime aux jeux de société, tu veux dire,» précisai-je.

«Aux jeux de société?» demanda Cali, ne comprenant pas pourquoi j'avais dit cela.

«Oui! C'est ce que je t'ai dit, souviens-toi. Il n'y a personne que je connaisse qui puisse le battre au «Cluedo».»

«De quoi tu parles?» demanda-t-il, perplexe. Jimmy coupa Cali. «Écoute, je me fiche des jeux dans lesquels il est bon. La seule question est, peut-il nous aider à faire tomber Armand?»

«C'est la position officielle du FBI?» demandai-je, tendu.

«Oh,» dit Cali avant de reprendre ses allées et venues.

«Tout ce qui intéresse le Bureau, c'est de mettre derrière les barreaux le plus grand chef de la mafia loup-garou de New York.»

Cali s'arrêta, fixant Jimmy en silence.

Je répliquai : «Loup métamorphe. On les appelle loups métamorphes.»

«Loups métamorphes. Comme tu veux,» répondit Jimmy agacé. «L'important, c'est de rendre les rues sûres pour les humains, c'est tout ce qui importe pour le FBI.»

«Bien. Gardons cela en mémoire,» dis-je juste à temps pour que mon atout maître entre.

«Désolé pour le retard,» dit une voix avec un accent français en attirant notre attention. «C'était difficile de trouver un parking qui n'incluait pas de me faire assassiner,» plaisanta-t-il avec un sourire.

Mon cousin à la mode fit son entrée et regarda autour de lui. «Ah, les Américains,» dit-il en rejetant d'emblée notre joyeuse bande.

«C'est qui, lui?» grogna Cali en détestant instantanément tout chez lui.

Je souris. «Le meilleur maître du jeu que tu rencontreras jamais.»

Lucien leva un sourcil. «Qu'est-ce que c'est, «maître du jeu»?»

«Lucien, je te présente Jimmy. Il travaille avec le FBI.»

Un éclair de réalisation traversa le visage de mon cousin. «Ah! Maître de jeu, comme dans les jeux vidéo, comment dites-vous, oui? Bien sûr,» dit-il en serrant la main de Jimmy.

Jimmy nous regarda, peu impressionné par notre subterfuge. «On commence?»

«Oui, on devrait,» confirma Lucien en se plaçant à côté de moi. «Quelle est la raison de notre présence, déjà?»

Jimmy me regarda agacé. «Il n'est pas au courant?»

«Bien sûr qu'il est au courant,» dis-je en rectifiant le tir. «Mais, répétons-le pour que tout le monde soit sur la même longueur d'onde. Nous sommes ici pour voler des livres à Armand.»

«Des livres?» demanda Lucien, confus.

«Des registres comptables,» ajouta Jimmy. «Une source du FBI nous indique qu'il tient deux ensembles de registres financiers. L'un est exact. L'autre est pour les impôts. Si nous pouvons mettre la main sur les deux, nous pouvons le faire tomber pour évasion fiscale.»

Hil rit. «Après tout ce qu'il a fait, il va se faire pincer pour évasion fiscale?»

«À moins que tu ne puisses nous trouver une liste de toutes les personnes qu'il a tuées et des armes utilisées pour les meurtres, l'évasion fiscale est la seule chose que nous avons,» dit Jimmy à Hil.

«Alors évasion fiscale, soit,» dis-je avec un sourire. «Mais, le problème, c'est que nous ne savons pas où il garde les registres.»

«En fait, nous savons où ils sont,» me corrigea Jimmy. «Ils sont dans le coffre-fort de l'endroit où il se trouve. Il ne s'en éloigne jamais plus de huit heures.»

«Ce qui nous aide,» réalisai-je.

«Si tu considères que le fait qu'ils soient toujours protégés par des gardes armés nous aide,» clarifia Jimmy.

«Je m'en souviens,» dit Cali en atteignant inconsciemment sa blessure par balle.

«Nous nous en souvenons tous,» ajouta Hil.

Jimmy nous regarda, confus.

«Nous avons tous eu des démêlés avec Armand auparavant,» expliquai-je à Jimmy.

«Je vois. Et maintenant, tu vas épouser sa fille?»

«Pas si je peux l'éviter,» lui dis-je en prenant la main de Dillon.

Les yeux de Jimmy firent un aller-retour rapide de nos mains entrelacées à mes yeux, une prise de conscience se lisant dans son regard. Ceux de Lucien firent de même.

«Je vois où tu veux en venir,» déclara Jimmy à Dillon, comme s'il assemblait les pièces du puzzle.

«Ouais,» confirma Dillon.

«D'accord. Alors, on fait quoi?» demanda Jimmy à tout le monde.

Nous nous regardâmes tous jusqu'à ce que nos yeux se posent sur Lucien qui semblait perdu dans ses pensées.

«Ne vous occupez pas de moi. Continuez,» dit Lucien d'un ton désinvolte.

«Tu as quelque chose que tu veux partager avec nous?» demandai-je à mon cousin, d'un air inquiet.

«Sur ça? Non! Sur l'organisation de la fête de fiançailles de mon cousin, peut-être,» dit-il avec un sourire en coin.

«Fête de fiançailles?»

«Tu ne pensais quand même pas que ton témoin allait laisser passer cette occasion mémorable sans organiser ta fête de fiançailles, si?» demanda-t-il l'air offensé.

J'étais sur le point de lui expliquer que je n'avais pas l'intention de me marier quand il poursuivit.

«Le seul problème, c'est que je suis en visite depuis la France. Pour le nombre de personnes que la famille de la mariée voudrait inviter, je ne pourrais jamais trouver assez de place. Et puis, il y a la sécurité. Si seulement quelqu'un disposait d'un lieu adéquat pour organiser une fête,» conclut-il avec un sourire entendu.

Jimmy fixa Lucien. «Ça pourrait marcher,» dit-il stupéfait.

«Génial!» m'exclamai-je, commençant à croire que nous pourrions le faire.

«Comment dit-on «maître du jeu»?» plaisanta Lucien.

«Peu importe,» déclara Cali, enfin assez détendue pour s'asseoir.

«Je suppose que tu ne vas pas me dire où tu étais pendant ces dernières une semaine et demie,» me demanda Eris alors que nous étions assis l'un en face de l'autre au Le Bernardin.

Je pris mon verre et pris une gorgée. «Si seulement j'en avais eu le temps,» répondis-je, m'assurant qu'elle comprenne l'allusion.

«Je vois que tu t'es débarrassé de la montre.»

«Je n'aimais pas la trace qu'elle laissait,» dis-je en touchant mon poignet.

Eris me fixa d'un air sournois. «Je pourrais nier savoir de quoi tu parles.»

«Tu pourrais mais pourquoi insulter l'intelligence de l'un ou l'autre de nous.»

«Ce n'était pas mon idée,» déclara Eris doucement.

«Vraiment?» dis-je avec scepticisme.

«Tu penses vraiment que je sais quelque chose sur la mise d'un traceur dans une montre transparente?»

«Non! Mais je suis sûr que tu pourrais trouver quelqu'un capable de trouver une solution.»

Eris ne répondit pas. Détournant le regard par culpabilité, elle se retourna plus déterminée.

«Remy, pourquoi devons-nous être dans des camps opposés?»

«Parce que ce que tu veux n'est pas ce que je veux et que tu es une psychopathe.»

«Je ne le suis pas,» dit-elle d'une voix vulnérable.

«C'est certainement ce que ne dirait pas une psychopathe,» dis-je en prenant une autre gorgée.

«Écoute, Remy, je veux me marier avec toi autant que toi avec moi,» dit-elle en laissant tomber le masque.

«Si c'est le cas, alors arrêtons tout. Partons, oublions que cela s'est jamais produit.»

«Alors, tu préfères que mon père tue tout le monde que tu connais?»

«Tu as raison. Tu n'es définitivement pas une psychopathe. Mais qu'est-ce que je raconte?»

«J'ai tort? Tu vois un scénario où mon père choisit de s'éloigner tout en te laissant ton entreprise ou ta vie? Dis-moi, tu vois ça? Tu vois quelque chose comme ça arriver?»

J'y ai pensé. Elle avait raison et je le savais.

«C'est ce que je pensais. Et vois-tu un scénario où je ne suis pas mariée à des princes arrogants qui se fichent éperdument de moi?»

«J'y ai pensé aussi.»

«Alors, ce que je fais, je le fais pour survivre. Et je suis désolée que tu sois le meilleur de mes épouvantables options, mais c'est le cas. Alors, tu vas apprendre à vivre avec, et tu vas le faire sans me faire sentir comme de la merde pour le reste de ma vie.

«Je mérite aussi le bonheur, tu sais. Et si tu nous donnes une vraie chance, peut-être que ce ne sera pas ce que l'un de nous deux veut, mais il est peut-être possible que nous soyons quand même heureux,» dit-elle sincèrement.

J'ai baissé la tête, considérant ses paroles. Elle n'avait pas tort. Elle était dans une situation aussi merdique que la mienne. Nous étions tous les deux piégés. Il n'y avait aucun doute là-dessus.

Je soupirai de résignation.

«C'est un peu pour ça que je nous ai amenés ici.»

«Quoi?» demanda Eris, confuse.

«Tu m'as demandé où j'étais ces derniers jours. C'était un endroit où je pouvais clarifier mes pensées. Tu as raison. Tu as toujours eu raison. Ton père ne va pas disparaître. Que ça me plaise ou non, c'est ma nouvelle réalité. Soit je l'accepte, soit je meurs en la combattant. Et comme toi, je suis un survivant.»

«Ça veut dire quoi?» demanda-t-elle avec appréhension.

«Ça veut dire que tu gagnes. Je ne vais plus lutter contre ça. Il y a un chemin quelque part là-dedans pour que je sois heureux et je vais le prendre.»

«Vraiment?» demanda-t-elle d'un air méfiant.

«Vraiment,» dis-je résigné.

«C'est bien,» dit Eris d'un ton dubitatif.

«C'est ce que c'est.» Je me tournai vers la porte. «Oh. Et à ce propos, il y a quelqu'un que je veux que tu rencontres.»

Je fis signe pour attirer l'attention de Lucien. «C'est qui ça?»

«C'est Lucien. Il va être mon témoin.»

Me levant alors que Lucien s'approchait de la table, je l'embrassai sur chaque joue et lui désignai une chaise.

«Eris, voici mon cousin, Lucien. Lucien, voici ma fiancée, Eris,» dis-je en m'asseyant.

Lucien la regarda comme s'il venait de voir le Christ.

«Remy, tu ne m'avais pas dit à quel point elle est belle.»

Eris, hypnotisée par le charme de mon cousin, se laissa subjuguer par son regard.

«Il a tendance à oublier ça,» dit-elle en lui tendant la main.

Une fois qu'il eut embrassé sa main comme si elle était la pape, je dis : «Okay, c'est bon maintenant.»

Lucien me regarda. «Je sens un peu de jalousie?»

Je me tournai vers Eris. «Ne fais pas attention à ce qu'il dit. Il a toujours eu un faible pour tout ce qui m'appartient.»

«Je t'appartiens?» demanda Eris, intriguée.

«Ça sera le cas,» répondis-je.

«Je vois,» dit-elle, amusée. «La dernière fois que j'ai vérifié, je n'appartenais à personne, et c'est un plaisir de te rencontrer, Lucien,» dit-elle avec un sourire.

«Le plaisir est entièrement pour moi.»

«Bon!» Dis-je, interrompant ce qui se passait.

«Tu es jaloux! Qui aurait cru que ça ne te prendrait que ça?» dit Eris en riant doucement.

«Ouais, enfin, comme je disais, je vois un chemin vers le bonheur, et je suis prêt à faire ce qu'il faut pour le défendre.»

«J'aime ce nouveau toi,» dit Eris, satisfaite. «Et, si les choses ne marchent pas entre nous deux, peut-être que nous trois, on devrait essayer.»

«Ça suffit!» Dis-je en réprimant ma colère.

Eris éclata de rire.

«Remy, détends-toi,» dit Lucien. «Je suis juste très heureux de rencontrer la femme avec laquelle mon cousin préféré va passer le reste de sa vie.»

«Ouais, j'en suis sûr.»

«Je le suis,» dit-il avec innocence.

«Enfin bref,» dis-je en changeant de sujet. «J'ai invité Lucien ici aujourd'hui parce qu'il a eu une idée.»

«Oui,» dit Lucien en prenant la parole. «Je me disais, comme Remy ne se mariera qu'une fois, j'aimerais lui organiser une fête.»

«Tu veux dire un enterrement de vie de garçon?» demanda Eris.

«Eh bien, Oui! Mais aussi quelque chose de plus formel. Quelque chose pour que nos deux familles puissent mieux se connaître.»

«Comme une fête de fiançailles?» confirma Eris.

«Oui! Comment dit-on? Une fête de fiançailles.»

Eris me regarda. «Et ça te va, ça?»

«Ce n'est pas mon idée.»

Eris plissa les yeux en me regardant.

«Tu crois que ta famille viendrait?»

«Tu veux dire, en considérant que ton père ait tiré sur le petit ami de ma sœur et s'est ensuite invité à l'enterrement de mon père?»

«C'est quoi cette histoire?» demanda Lucien. «Invité à l'enterrement de ton père...»

«C'est rien,» balaya Eris. «De l'eau sous les ponts. Il s'agit ici de commencer nos nouvelles vies ensemble. Un nouveau départ.»

«Oui, un nouveau départ,» dit Lucien avec enthousiasme.

«Qu'en penses-tu, Remy? Ta famille viendrait?»

«Aurions-nous le choix?»

«Bien sûr. Une fête de fiançailles, c'est un moment de célébration. Si tu vois vraiment un chemin vers le bonheur, je pense que c'est une étape sur ce chemin.»

J'ai considéré ce qu'Eris a dit. «Je n'organise pas de fête de fiançailles.»

«Tu n'as pas à le faire. On pourrait louer un endroit,» suggéra Eris.

«Argh!» grogna Lucien. «Vous, les Américains, êtes tellement impersonnels.»

«Et si on le faisait chez mon père à Long Island? C'est grand et personnel à la fois. Et on peut sortir directement sur la plage.»

«Ah, la plage,» dit Lucien, intrigué. «Ça a l'air bien, non?»

J'hésitai. «Je ne sais pas si je serais partant. Il s'est passé beaucoup entre nos deux familles.»

«C'est une raison de plus pour le faire. S'il te plaît, Remy, j'ai passé outre beaucoup de choses et tu le sais. Je mérite ça. Offre-moi cela.»

Je regardai Eris avec sincérité. «Tu as raison, tu le mérites. Je vais parler à ma famille. Tout le monde sera là.»

«Oh Remy, merci,» dit-elle, saisissant ma main de l'autre côté de la table. «Je suis tellement excitée.»

«Moi aussi,» lui dis-je avant de me tourner vers Lucien qui me salua d'un clin d'œil.

Quand le dîner fut terminé, je dis à Eris que j'allais passer du temps avec Lucien puisque c'était moi qui l'avais fait venir en ville et qu'il ne connaissait personne d'autre ici. Tant que j'ai pu en juger, elle a cru à l'excuse, donc ça a été mon prétexte à chaque fois que nous devions nous réunir pour discuter des plans.

«Rappelle-moi encore comment on va entrer dans le coffre-fort,» demanda Cali, toujours aussi tendu.

«Rappelle-moi si entrer dans le coffre-fort est ton boulot,» rétorquai-je.

«Non mais…»

«Alors pourquoi tu ne te concentres pas sur ta partie du plan et tu ne la foires pas,» répliquai-je, le faisant taire.

«D'accord, alors rappelle-moi,» dit Jimmy en se levant de façon menaçante. «Étant donné que le FBI finance cette petite entreprise, je pense que le Bureau a le droit de savoir.»

Mon regard balaya entre Cali et Jimmy, qui se tenaient à présent ensemble contre moi. Une part de moi voulait leur dire à tous les deux d'aller se faire voir, mais je devais admettre que les gadgets de Jimmy étaient amusants.

«Disons juste que le travail que j'ai fait pour mon père nécessitait des compétences uniques.»

«Donc tu vas forcer le coffre-fort,» demanda Jimmy sans détour.

Ne faisant pas entièrement confiance à Jimmy, je n'avais pas l'intention de répondre à cela. «Si je tombe sur un coffre-fort, cela ne m'empêchera pas d'obtenir ce que je veux.»

Le sourcil de Jimmy se leva avec suspicion. «Devrions-nous prévoir un plan B en cas d'explosion?»

«Seulement si nous prévoyons aussi de cacher du C4 dans le gâteau. Est-ce qu'on stockera du C4 dans le gâteau?»

Jimmy regarda Cali, Hil, et Lucien. «C'est le cas?»

«Non!» répondis-je, agacé. «Ne pensez-vous pas que c'est un détail que nous aurions dû discuter bien avant maintenant? Vous croyez vraiment qu'on improvise un gâteau avec du C4 à l'intérieur deux jours avant le coup?»

«Remy, je peux te parler dehors?» dit Dillon en attirant mon attention.

Je me retournai vers Jimmy, préférant de loin continuer à le faire passer pour un idiot, mais j'avais du mal à refuser quoi que ce soit à Dillon.

«D'accord,» dis-je en donnant un regard oblique à Jimmy.

En suivant Dillon hors de son bureau et dans la rue, elle attendit que la porte se ferme avant de se tourner vers moi.

«Remy, qu'est-ce que tu faisais là-dedans?»

«Tu m'as entendu. Je répondais à une série de questions stupides.»

«Non, tu ne faisais pas que ça. Tu agressais les gens qui sont là uniquement pour nous aider à avoir une vie ensemble.»

«Dillon, ils me traitent comme si je ne savais pas ce que je faisais.»

Dillon secoua la tête avec de la tristesse dans ses yeux. «Remy, ils te traitent comme s'ils ne savaient pas ce qu'ils font. Et ils ne savent pas. Le maximum que Cali ait jamais fait c'est t'aider à sauver Hil quand Armand l'a enlevée. Et jusqu'à maintenant, Jimmy n'a fait que du travail de bureau. Tu dois garder cela à l'esprit quand tu leurs parles.»

«Ouais, mais…»

«Pas de «mais». Je sais que toi et Lucien, vous avez vécu plein de ces situations. Mais personne d'autre ici. Vous devez en tenir compte. On a tous une peur bleue que quelque chose tourne mal. Armand a déjà tiré sur Cali une fois. On sait de quoi il est capable. Aide-nous à avoir confiance en le plan,» implora Dillon avec ses grands yeux marron écarquillés.

En plongeant mon regard dans celui de la femme que j'aimais, je me rendis compte que j'avais un problème. Pour le reste de notre vie commune, je ne serais jamais capable de lui dire Non! Elle m'avait complètement envoûté.

«Tu as raison. Je vais faire tout ce que je peux. On est bien là?» demandai-je affectueusement en lui pressant les épaules.

«Toujours,» répondit-elle en levant les yeux vers moi avec une étincelle dans le regard.

En l'embrassant sous les lampadaires, je me rappelai combien j'étais chanceux d'avoir une femme comme Dillon à mes côtés. Elle était tout ce que je n'étais pas. Elle m'aidait à être la personne que j'avais toujours voulu être.

De retour au centre et au bureau, je m'adressai à tout le monde.

«Bon, on va revoir cela encore une fois. Et on le répétera jusqu'à ce que tout le monde ici soit à l'aise avec ce qu'il doit faire,» dis-je en regardant Dillon.

Le sourire qu'elle m'adressa me fit fondre le cœur.

«Demain, je proposerai à Eris qu'on passe la nuit chez Armand pour éviter le trafic du samedi après-midi à Long Island. Sachant que son père n'y sera pas, elle n'aura aucune raison de refuser. Une fois là-bas, et certain que Eris dort, je me servirai de ce jouet bien pratique,» dis-je en tenant en l'air le détecteur de métaux sophistiqué que Jimmy nous avait fourni du FBI.

«Avec ça, je vais chercher dans les murs de la chambre et du bureau d'Armand son coffre-fort en métal, que ceci devrait détecter facilement. Une fois que je l'aurai trouvé, je le forcerai.»

«Mais, les registres ne seront pas encore dedans,» fit remarquer Jimmy.

«La maison ne sera pas non plus infestée de sécurité. Ainsi, si ça me prend un peu plus de temps pour trouver la combinaison, pas de problème.»

«D'accord,» acquiesça Jimmy.

«Et une fois que je les aurai, j'irai me coucher. Le matin, je prends le petit déjeuner avec Eris et j'attends que le traiteur arrive.»

«C'est là que j'interviens,» ajouta Dillon.

«Oui! Parce que si l'équipe de sécurité d'Armand est si efficace, avant que quiconque arrive, ils vont faire un balayage des micros. Ils ne pourront pas le faire une fois que le traiteur et les organisateurs commenceront à tout installer. Il y aura trop d'agitation. Ce qui signifie que toi, Dillon, tu pourras arriver en tant que membre de l'équipe de planification des fêtes et placer les micros et les répéteurs dont on aura besoin pour communiquer avec la camionnette de Jimmy, qui sera garée à un quart de mile de là.»

«Je suis toujours pas à l'aise à l'idée de ne pas pouvoir venir t'aider si quelque chose ne va pas,» ajouta Jimmy.

«Que pourrais-tu faire? Entrer en courant et tirant dans toutes les directions? Si tu n'étais pas mort sur le coup dès que tu aurais mis le pied sur la pelouse, tu serais déchiqueté par des loups. Le meilleur scénario serait qu'Armand soit arrêté pour t'avoir tué, mais qu'ensuite il s'en tire avec un simple avertissement pour défense de propriété.»

La mâchoire de Jimmy se serra.

Je regardai à nouveau Dillon en entendant sa voix dans ma tête. Elle n'eut pas besoin de dire quoi que ce soit pour m'amener à approcher Jimmy avec une main sur son épaule.

«Écoute, on va s'en sortir. Tant que tout le monde fait ce qu'il doit faire, on sera entrés et sortis avant qu'Armand s'aperçoive qu'il manque quelque chose. Après ça, vos gens examineront le registre pour déterminer sa légitimité. Une fois que ce sera fait, Armand sera arrêté et le FBI le convaincra de ne pas se venger sur nous,» dis-je en serrant les dents, doutant.

«Je t'ai dit, ce n'est pas la première fois que le FBI gère un loup-garou ou un parrain de la mafia. On sait ce qu'on fait. Il ne sera pas assez stupide pour s'en prendre à toi une fois qu'on en aura fini avec lui.»

«J'espère bien,» répondis-je, toujours sans lui faire confiance.

En répétant les détails du plan jusqu'à ce que tout le monde soit à l'aise avec, je dis bonne nuit et partis avec Lucien.

«Tu sais, elle est bien pour toi,» dit Lucien alors qu'on roulait vers chez moi.

«Dillon?»

«Oui, Dillon,» dit-il amusé. «Elle te calme.»

«Tu penses que j'ai besoin d'être calmé?»

«On sait tous que tu peux être un peu intense. Très concentré. Sans réfléchir beaucoup.»

«Je vois. Tu veux rajouter autre chose à ce qui ne va pas chez moi?»

«Tu es sur la défensive?» Dit-il en taquinant.

Je ris.

«Si tu savais ce que j'ai vu… les choses que j'ai faites,» dis-je avec un soupir.

«On a tous vu des choses. On a tous fait des choses qu'on ne voulait pas et avec lesquelles on doit maintenant vivre. Mais celle-là, elle apaise tes eaux.»

«C'est vrai,» admis-je.

«Tu l'aimes?» Demanda-t-il, devenant plus personnel qu'il ne l'avait été depuis longtemps.

«Oui!»

«Ça se voit,» dit Lucien avec un sourire. «C'est une bonne chose.»

«C'en est une,» répondis-je, conscient de ma chance.

«Maintenant, concernant ce plan. Tu penses vraiment que ce groupe va y arriver? Je veux dire, Dillon est géniale pour toi mais est-ce qu'elle peut installer les micros?»

«Dillon s'en sortira très bien.»

«Et le grand gaillard qui a toujours l'air sur le point de se transformer, tu es sûr qu'il sera capable de faire ce qu'il doit faire le moment venu?»

«Laisse-moi te dire quelque chose à son sujet. Il n'y a personne dans cette pièce en qui j'ai plus confiance.»

«J'étais dans cette pièce.»

«Mais tu n'as jamais pris de balle pour moi.»

La bouche de Lucien s'ouvrit de stupeur. «Remy, je t'aime, mais…»

«T'en fais pas. Je ressens la même chose,» dis-je de façon sarcastique. «Mais lui, Cali, c'est avec ce genre de gars que tu vas au combat.»

«Et tu en es sûr?»

«Je parierais ma vie là-dessus.»

«Et tu vas le faire,» me rappela Lucien. «Tu paries ta vie sur eux tous.»

«Ma vie n'a jamais été entre de meilleures mains,» dis-je en me tournant vers lui avec un sourire.

«Ça doit être agréable,» dit Lucien en tournant son regard vers le pare-brise.

«C'est le cas,» lui répondis-je avant que nous retombions tous les deux dans le silence.

Le lendemain, après avoir convaincu Eris que nous devrions rester au bord de mer la nuit suivante, j'ai repris contact avec l'équipe une dernière fois avant de partir.

«Tu peux le faire, Dillon. Vous en êtes tous capables,» dis-je au téléphone en allant chercher Eris.

«C'est le moment, n'est-ce pas? Soit on réussit, soit…»

«Il n'y a pas de «soit». On va y arriver. Et une fois que ce sera fait, on sera ensemble.»

«Je t'aime, Remy. Il faut que tu le saches.»

«Moi aussi, je t'aime, Dillon. Je t'ai toujours aimée et je t'aimerai toujours,» lui répondis-je, sachant que c'était vrai.

Arrivé devant chez Eris, je savais que le jeu avait commencé.

«Bonjour,» dit-elle en se penchant pour un baiser.

Mon instinct était de me détourner, mais je ne le fis pas. Je la laissai embrasser mes lèvres. Tout devait se passer parfaitement ce soir. On ne pouvait pas se disputer. Cela signifiait faire plus que ce avec quoi j'étais à l'aise.

«On part pour le week-end,» lui rappelai-je en regardant les deux valises qu'elle avait préparées et qu'elle s'attendait que je porte sur trois étages.

«C'est pour ça que j'ai fait léger,» dit-elle sans une once d'ironie.

La voiture chargée et en route, je révisais de nouveau le plan dans ma tête. Aucune erreur n'était permise.

Je n'étais pas sûr de ce qu'Armand ferait s'il nous surprenait, mais il ne laisserait pas passer ça. Il en ferait un exemple. Et s'il était comme mon père, l'exemple souffrirait.

Ayant des doutes en arrivant dans l'allée d'Armand, ma détermination revint quand Eris sortit de la voiture sans penser à ses affaires. Elle s'attendait à ce que je les apportasse pour elle, ce que je ferais. Mais pourrais-je supporter de jouer le rôle du mari ingrat à une fille riche et gâtée pour le reste de ma vie? Pas quand Dillon m'attendait.

«Je vais les mettre ici,» dis-je en déposant ses valises à l'extérieur de notre placard.

«Si c'est ce que tu veux,» dit-elle en prenant une pose séductrice sur le lit que nous allions partager.

Je la regardai, sachant ce qui allait probablement suivre. J'avais évité de coucher avec elle jusqu'à présent, mais mes excuses devenaient de plus en plus fragiles.

«Tu as dit que le chef avait laissé le dîner pour nous?»

«Oui! il a dit que tout ce qu'on avait à faire, c'était de le réchauffer,» dit-elle en ondulant sa poitrine et en mordillant légèrement son doigt.

«Eh bien, je meurs de faim. Tu veux que je te réchauffe quelque chose, aussi?»

«Ahh. D'accord!» dit-elle en abandonnant et en se laissant tomber sur le lit.

La laissant, je descendis à la cuisine et me mis au travail. Je savais ce que le chef avait préparé pour Eris car c'était la même chose qu'elle mangeait chaque soir, une salade de kale surmontée d'une poitrine de poulet grillée et une salade de fruits pour le dessert.

Ouvrant le frigo, c'est bien ce que je trouvai. Je sortis les éléments et les posai sur l'îlot de la cuisine, puis je jetai un coup d'œil derrière moi et sortis un flacon de ma poche. Je versai le contenu sur les fruits dans les deux bols, je mêlais rapidement le tout et remis le flacon vide dans ma poche.

«Qu'est-ce que le chef nous a préparé?» dit Eris en entrant dans la cuisine derrière moi.

«Devine,» répondis-je, certaine qu'elle l'avait commandé.

Elle regarda tout ce qui était disposé devant nous.

«Je suis sûre qu'il t'a fait un plat de lasagnes ou quelque chose comme ça. Regarde dans le frigo.»

«C'est fait,» répondis-je, sachant que le chef l'aurait préparé si Eris l'avait demandé.

«Tant pis. C'est mieux pour toi de toute façon,» dit-elle en saisissant une bouteille de vin et des verres.

«Je suis sûr,» répondis-je, consciente que je ne pourrais jamais supporter cela toute une vie.

La regardant manger, j'essayai de ne pas la fixer. Quand elle eut fini la salade, elle passa aux fruits.

«Les fruits sont vraiment sucrés,» dit-elle en plongeant son regard dans le bol. «C'est bon. J'aime ça.»

«Moi aussi,» répondis-je en mangeant ma portion après elle.

Avec le vin qui coulait à flots, Eris se tourna vers moi avec un regard évocateur dans les yeux.

«Tu penses que je suis jolie?»

Je la regardai. Il n'y avait pas de doute qu'elle l'était.

«Tu es l'une des femmes les plus jolies que j'aie jamais rencontrées,» dis-je sincèrement.

«Alors pourquoi ne veux-tu pas coucher avec moi? Est-ce parce que je ne suis pas assez ronde?»

«Et si c'était le cas?» répondis-je, rêvant de trouver un moyen de sortir.

Eris rit. «J'ai entendu dire que tu aimais les filles comme moi. Mais si ce n'est pas ça, qu'est-ce que c'est?» dit-elle, ressentant les effets de l'alcool.

«Peut-être que j'attendais seulement le bon moment,» suggérai-je, la remplissant soudain d'espoir.

«Et c'est quand, ce bon moment?»

«Peut-être la veille de notre fête de fiançailles dans une maison de plage juste pour nous.»

«Oh oui,» dit-elle avec excitation.

«Oui,» répondis-je avec un sourire.

«Tu aimerais m'embrasser?» demanda-t-elle avec une appréhension éméchée.

«Peut-être bien,» dis-je en la fixant.

«Alors, pourquoi ne le fais-tu pas?» demanda-t-elle timidement.

«Alors, pourquoi ne viendrais-tu pas ici?»

Eris se leva de son tabouret de l'autre côté de l'îlot de la cuisine et se pencha immédiatement.

«Quel est le problème?» demandai-je innocemment.

«Rien, c'est juste mon estomac,» dit-elle avant de se redresser et d'essayer à nouveau. «Oh,» dit-elle en s'arrêtant. «Excuse-moi.»

L'érythritol est un alcool sucré à zéro calorie utilisé dans les desserts pour en réduire l'apport calorique. Il y a quelques mois, elle avait essayé une nouvelle marque de barre protéinée qui ne lui avait pas convenu. L'ingrédient principal? L'érythritol, qui est aussi disponible en forme granulaire dans le rayon pâtisserie.

«Quelque chose ne va pas, chérie? Tu ne te sens pas bien?» criai-je en nettoyant la vaisselle.

«Je vais bien. Je te retrouve dans la chambre,» elle cria en réponse.

«J'en suis sûr,» murmurai-je sous mon souffle.

Allongé sur le lit, torse nu, j'attendais ma fiancée. Lorsqu'elle arriva, elle ne paraissait pas aussi confiante qu'à l'accoutumée.

«Je ne me sens pas très bien,» dit-elle en gardant ses distances.

«Qu'est-ce que c'est? Ton estomac?» demandai-je avec sollicitude.

«Ouais!»

«C'est des gaz?»

«Je n'ai pas de gaz,» se défendit-elle.

«Alors, c'est quoi?»

«Rien.»

Je souris avec séduction. «Alors, pourquoi ne me rejoins-tu pas?»

Elle fit un pas vers moi et lâcha un pet. «Oh!» C'était tellement adorable que j'avais presque oublié qu'elle était psychopathe. Se rétractant rapidement, elle dit, «Pas ce soir.»

«Comment ça «Pas ce soir»?»

«Simplement, pas ce soir.»

«Mais j'avais tout un tas de projets pour ce que j'allais te faire.»

«Pas ce soir!»

«D'accord,» dis-je, déçu. «Tu préférerais avoir la chambre pour toi? Il y a d'autres pièces où je peux dormir.»

«Ouais, fais ça.»

«Je veux dire, si tu insistes,» lui dis-je en ramassant mon sac et sortant de la chambre.

À peine étais-je dans le couloir que la porte de la chambre claqua derrière moi avec fracas. Ce fut suivi du plus long pet que j'avais jamais entendu. Dans quelques heures, elle irait mieux. Il me restait jusqu'à alors pour trouver ce que je cherchais et faire ce que je devais faire.

Installant mes affaires dans la troisième chambre, je sortis mon détecteur de coffre-fort et me mis au travail. Le processus était fastidieux, mais je l'ai fait.

Commençant par la chambre principale, je fouillais chaque centimètre des murs. Quand j'eus fini là, je vérifiais la salle de bain principale.

Je savais que les chances que le coffre se trouve dans l'un de ces endroits étaient faibles, mais c'était le meilleur moment pour agir, alors que les effets de l'érythritol étaient à leur apogée. Quelle excuse pourrais-je donner à Eris si elle me surprenait dans la chambre d'Armand, surtout que j'avais dû crocheter la serrure pour entrer?

Heureusement, je n'ai eu à donner aucune excuse. Et si elle me trouvait dans le bureau d'Armand, je pourrais toujours dire que je cherchais un livre pour m'aider à dormir. Ce n'était pas une super excuse, mais cela fonctionnerait.

Ouvrant la porte du bureau d'Armand au deuxième étage, je m'y faufilai et la verrouillai derrière moi. Seul, j'examinai l'espace.

Je commençai par vérifier derrière les tableaux sur les murs. Le dispositif de Jimmy n'avait rien détecté. J'examinai ensuite la bibliothèque qui s'étendait le long du mur. Rien. Assis dans le fauteuil du bureau, je vérifiais le bureau. Toujours rien.

J'allais déclarer que le dispositif de Jimmy ne fonctionnait pas quand je remarquai quelque chose. Le bureau avait deux bouches d'air. Une près du plafond. L'autre près du sol.

En soi, cela ne signifiait rien. Les bouches d'air au plafond sont meilleures pour le refroidissement et celles au sol pour le chauffage. Je n'aurais probablement même pas remarqué si je n'avais pas tout juste fini d'examiner chaque pouce de la chambre.

Plaçant le détecteur de coffre-fort à côté de la bouche d'air au sol, il se déclencha immédiatement.

«Toi, je t'ai,» dis-je en libérant mes mains et en forçant l'ouverture de la bouche d'air.

Derrière se trouvait un coffre-fort mural de qualité grand public. Je connaissais la marque. Ça m'avait coûté cher d'obtenir le code de récupération il y a quelques années. J'avais mon père à remercier pour ça. Un jour, sans crier gare, mon père m'avait dit qu'il était temps que j'apprenne à forcer un coffre. C'était une compétence qu'il possédait et que j'étais censé avoir aussi.

Le problème, c'est que j'avais été exécrable à cette tâche. Je soupçonnais que cela avait à voir avec la technologie ajoutée depuis l'époque de mon père, mais il refusait de reconnaître le changement. Quand je l'avais mentionné, il avait dit que je cherchais des excuses. Alors, au lieu de continuer à me cogner la tête contre le mur, j'avais fait ce que toute personne intelligente aurait fait, j'avais acheté la compagnie qui fabriquait le coffre.

C'était mon premier achat légitime. L'acheter avait été le début de mon nouveau chemin. Grâce à eux, j'avais appris que chaque compagnie de coffres intégrait des codes d'accès d'urgence susceptibles d'ouvrir n'importe lequel de leurs coffres. Ils appellent cela un garde-fou en cas d'urgence. Mais pour le bon prix, il pouvait être à vous.

Le seul problème avec la marque de coffre devant moi, c'est que leur garde-fou contenait 16 chiffres. Et pour s'assurer que leurs coffres ne soient pas facilement compromis, ils incluaient 49 combinaisons fantaisistes avec celle qui fonctionne. Il s'annonçait comme une longue nuit, et ça l'était.

«Enfin!» dis-je trois heures plus tard lorsque j'identifiais la bonne combinaison.

Ouvrant le coffre, je découvris qu'il était vide à l'exception de $50,000. Cela me surprit. En grandissant, le penthouse de ma famille débordait de cash. Mon père ne pouvait pas blanchir l'argent assez rapidement. Qu'avait fait Armand différemment pour ne laisser que de l'argent de poche dans son coffre?

Mettant de côté ce mystère, je pris note de la combinaison du coffre et le refermai. Remettant tout en place comme à mon entrée, je reverrouillai le bureau et retournai dans ma chambre.

Allongé dans le lit, je réfléchissais à tout ce qui se passait. Tout dépendait de la justesse de Jimmy concernant Armand qui gardait ses livres de comptes sur lui. S'il avait tort, nous étions tous fichus. Comment en étais-je arrivé là?

Pendant si longtemps, j'avais vécu comme si je n'avais pas d'avenir. J'avais accepté que j'étais le fils de mon père, destiné à suivre ses traces sanglantes. Mais ensuite, un miracle s'était produit, mon père était tombé malade. Aussi tragique que cela ait été, c'était la première fois que j'imaginais une porte de sortie.

C'était alors que Dillon était devenue ma motivation. N'ayant franchi aucune ligne, je pouvais encore devenir l'homme qu'elle pourrait aimer. C'était grâce à elle que j'étais venu avec mon plan pour devenir légitime. Et j'étais sur le point d'obtenir tout ce que j'avais toujours voulu jusqu'à ce qu'Armand interrompe les funérailles de mon père. Il ne pouvait pas se contenter de l'empire de mon père. Il devait avoir le mien aussi.

Ce serait sa chute. Parce qu'il n'avait pas pris en compte qui je deviendrais aux côtés de Dillon. Dillon était plus que mon inspiration. Elle était mon phare. Je ne savais pas qui j'étais vraiment, jusqu'à ce que Dillon me fasse y réfléchir.

Oui, «Embrasse ta véritable nature et tu seras récompensé», c'était la devise de mon père, mais il est difficile de se voir sans un miroir. Me voir à travers les yeux de Dillon fut le miroir dont j'avais besoin.

Je n'étais pas celui que je pensais être. J'étais quelqu'un qui ressentait plus que du simple désir. J'étais quelqu'un qui avait besoin de plus que protéger mes proches.

Ces choses faisaient partie de moi, bien sûr. Mais ce n'était pas tout ce que j'étais. Dillon m'a aidé à voir cela. Et une fois que je l'ai fait, pour la première fois de ma vie, j'ai compris que je n'étais pas mon père. J'étais juste son fils.

Grandir avec mon père alpha m'avait façonné. Mais cela ne m'avait pas transformé en quelqu'un d'autre. Je pouvais toujours être gentil et moins sur mes gardes. Je pouvais toujours être un loup que Dillon pourrait aimer.

Écartant mes pensées, je repassai le plan une dernière fois puis me retournai pour dormir. Quand je me suis réveillé le lendemain matin, le soleil se levait encore. Je n'avais pas dormi plus de quatre heures et je le ressentais. Mon cerveau travaillait plus lentement que d'habitude. Et considérant que c'était l'outil dont j'avais besoin pour survivre aujourd'hui, ce n'était pas bon.

J'ai essayé de grappiller quelques minutes de sommeil en plus mais dès que je fermais les yeux, le plan défilait dans mon esprit. Est-ce que Dillon réussirait à rester hors de vue tout en plaçant les micros? Est-ce que Cali tiendrait le coup face à l'homme qui l'avait blessé et kidnappé Hil?

Au-delà de ça, je devais entrer et sortir du bureau d'Armand. Son équipe de sécurité serait partout. C'était le plan de Lucien et mon cousin était certainement un génie. Mais à la lumière du jour et avec mon cerveau fonctionnant à demi-capacité, ça semblait impossible.

Devais-je tout annuler avant que quelqu'un que j'aimais ne soit blessé?

Un léger coup à la porte de ma chambre interrompit mes pensées.

«Oui?» demandai-je, me demandant si le personnel de la maison était arrivé en avance.

Eris prit cela pour son invitation à entrer. Vêtue d'une nuisette transparente qui laissait deviner plus que son corps parfait, elle traversa la chambre et grimpa dans le lit avec moi. Se faisant ma petite cuillère, elle entoura son corps mince de mon bras.

Dès qu'elle fit cela, je me tendis. J'avais la haine que ce soit son corps contre le mien au lieu de celui de Dillon. Mais nous restâmes allongés en silence jusqu'à ce que ma tension la pousse à chuchoter, «Tu veux vraiment continuer comme ça?»

Elle parlait de notre fête de fiançailles. Mais c'était la question que je me posais à propos du cambriolage. Sentir son corps où celui de Dillon aurait dû être, répondait à ma question. Et sachant que ça pourrait être ainsi pour le reste de ma vie, je fus certain.

«Oui, je le veux vraiment,» répondis-je, espérant qu'elle ne détecte pas le ton tranchant dans ma voix.

Eris sourit, satisfaite de ma réponse.

Plus je restais allongé à côté d'elle, plus je me sentais revigoré. Recentré, je passai alors en revue chaque partie du plan au fur et à mesure.

Ponctuellement, l'équipe de sécurité d'Armand arriva. Les entendant s'agiter en bas, Eris et moi nous habillâmes et nous dirigeâmes vers la cuisine. Saisissant des tasses de café, nous les bûmes sur la terrasse arrière.

Il fallut plus d'une heure à la sécurité pour passer chaque pièce au peigne fin. Alors qu'ils le faisaient, je les observais minutieusement tandis qu'Eris se perdait dans la vue de la piscine et de la plage au-delà.

Quand les hommes en costume ne trouvèrent ni caméras cachées ni micros, ils se réunirent pour une brève réunion, puis partirent. Ce fut alors que le personnel de cuisine et les traiteurs arrivèrent. Discutant de la logistique, ils fouillèrent l'espace aussi intensément que la sécurité d'Armand. À la suite de cela, les organisateurs de l'événement et leur équipe arrivèrent.

Dès que je vis Dillon dans son déguisement médiocre, mon cœur battit la chamade. Ce ne serait pas bon pour nous si Eris la repérait. Il y avait quelque chose de trop reconnaissable dans la façon dont Dillon se déplaçait.

«Je viens d'avoir une idée,» dis-je attirant l'attention d'Eris.

«C'est quoi?»

«C'est notre fête de fiançailles, n'est-ce pas?»

«La dernière fois que j'ai vérifié,» rétorqua Eris d'une voix cinglante.

«On devrait coordonner nos tenues.»

Ça m'a surpris de voir combien le visage d'Eris s'illumina.

«Vraiment?»

«On est un couple, non?»

«Ouais,» dit Eris ravie. «Tu vois, c'est pour ça que j'ai apporté deux valises.»

«C'est logique. Bien pensé à l'avance,» dis-je avec un sourire.

Eris ne pouvait pas être plus fière d'elle-même.

«On compare ce qu'on a apporté?» demandai-je.

«Maintenant?»

«Pourquoi pas?»

«D'accord, allons-y,» dit-elle joyeusement.

«Après toi,» dis-je l'incitant à se lever.

Quand elle se retourna, dos à moi, je jetai un dernier regard vers Dillon. J'étais inquiet pour elle. Et si Eris avait mentionné Armand et qu'Armand arrivait tôt en connaissant l'apparence de Dillon?

La mettre dans ce type de danger était une erreur. Rien ne valait la peine de risquer sa sécurité, mais il n'y avait rien que je pouvais faire maintenant.

Le défilé des options de robes d'Eris semblait interminable. C'était bien car cela la maintenait dans notre chambre où elle était sûre de ne pas apercevoir Dillon. Mais, sérieusement, combien de robes une femme peut-elle posséder?

Quand je n'en pouvais plus et que j'étais sûr que Dillon était partie en sécurité, je suggérai ce que nous devrions porter et mis fin au cauchemar.

«D'accord, donne-moi un peu de temps pour m'habiller.»

«Je croyais que tu étais déjà habillée,» dis-je sincèrement.

Eris me regarda comme si j'étais un enfant naïf. «C'est notre fête de fiançailles. Je dois me maquiller, voyons.»

«D'accord. Eh bien, je te verrai dehors.»

«Si je ne te vois pas en premier,» dit-elle en disparaissant dans la salle de bain.

Je m'habillai rapidement, passai les doigts dans mes cheveux et jetai un coup d'œil au miroir avant de quitter la chambre. J'étais confiant. Descendant les escaliers pour aller voir en cuisine, je vis deux choses que je n'aurais jamais souhaité.

À travers la porte d'entrée ouverte, j'aperçus Armand qui arriva. Et à travers la porte vitrée donnant sur la terrasse arrière, je vis Dillon s'efforçant désespérément d'attirer mon attention. Quand elle l'eut, elle me fit signe de la rejoindre dehors.

«Tu es censée être déjà partie,» lui dis-je en l'entraînant dans un coin isolé du jardin.

«Je sais. Je sais,» dit Dillon en panique.

«D'accord, Dillon, calme-toi. Dis-moi ce qui se passe.»

«C'est l'équipement. Ça ne fonctionne pas. J'ai fait tout ce que Jimmy m'avait dit de faire quand je les ai placés, mais il ne reçoit aucun signal.»

«Merde!» marmonnai-je en essayant de trouver une solution.

Mon cœur tambourinait. L'enregistrement de Jimmy était notre plan B. Si tout partait en vrille, il entendrait et enverrait les renforts, en admettant que ça serve à quelque chose. C'était aussi une autre option au cas où je ne pourrais pas mettre la main sur les grands livres. J'étais censé attirer Armand là où je savais qu'un micro était caché pour parler affaires. Sans l'enregistrement, nous n'avions qu'une seule chance, et si quelque chose tournait mal, nous étions seuls.

«Jimmy pense que les hommes d'Armand ont activé quelque chose qui peut brouiller un signal radio.»

«Je n'ai jamais entendu parler d'une telle chose,» lui dis-je.

«Moi non plus. Mais Jimmy dit qu'ils existent. C'est qui, ça?»

«Qui?» demandai-je, perdu dans mes pensées.

«Là-haut?»

Je me retournai vers Dillon et suivis son regard. Derrière moi, je vis un visage à la fenêtre du deuxième étage. La personne nous observa jusqu'à se rétracter rapidement. Comptant les fenêtres, je sus exactement de qui il s'agissait.

«Merde!» dis-je en sentant mon loup devenir agité.

«C'était qui?» demanda Dillon, effrayée.

«Eris. Tu dois partir d'ici, et vite.»

«Et l'enregistrement?»

«On n'en aura pas besoin. Je vais récupérer les grands livres et tout ira bien.»

«Tu en es sûr?»

«Oui! Va-t'en. Et en partant récupère autant de micros que tu peux. On ne veut pas que quelqu'un tombe dessus par hasard et fasse tout capoter.»

«D'accord.»

«Et, Dillon, une fois que tu seras sortie d'ici, je veux que tu t'éloignes le plus possible de cet endroit. Trouve un lieu où personne ne pourra te trouver, pas même moi.»

«Pourquoi?» demanda-t-elle, la peur dans le regard.

«Fais-le, je t'en prie. Je t'aime. Et j'ai besoin que tu partes.»

Elle me fixa, ne voulant pas partir. J'avais envie de l'embrasser. Toute ma volonté fut nécessaire pour ne pas le faire, mais je savais que je ne pouvais pas. Trop de choses s'étaient déjà mal passées.

Lâchant Dillon, elle enfonça sa casquette plus bas sur son front et arracha les dispositifs des jardinières en partant. Serait-ce la dernière image que j'aurais jamais d'elle? Je ne pouvais pas y penser maintenant. Le plus important était qu'elle s'échappe en sécurité.

Revenant à l'intérieur et dans le salon, je vis qu'Armand n'était pas le seul à être arrivé. Il parlait de façon animée avec Lucien. Je pouvais seulement imaginer de quoi ils discutaient. Ayant besoin de garder Armand occupé tandis que Dillon s'échappait, je m'approchai.

«Ton futur beau-père,» dit Lucien avec excitation en me voyant arriver.

«Oui, nous nous sommes rencontrés. Lucien, voici Armand.» Je me tournai vers Armand. «Lucien est mon cousin du côté français de ma famille.»

«Et son témoin,» ajouta Lucien avec enthousiasme.

«Le côté français de ta famille?» demanda Armand en regardant Lucien d'un air entendu. «J'ai entendu des choses.»

«Que du bien, j'espère,» répondit Lucien. «Étais-tu ami avec le père de Remy?»

Armand me regarda et sourit. «Nous étions des collègues respectés,» dit-il avec suffisance.

«Ah,» dit Lucien avant de marquer une pause. «Aaaah!» répéta-t-il comme s'il saisissait soudain son sous-entendu. «Alors, tu te maries dans l'entreprise familiale,» dit-il en me tapotant l'épaule et le ventre. «Bravo! Beau gosse.»

«Et vous deux, vous êtes parents comment?» demanda Armand à Lucien.

Pendant que Lucien expliquait, je levai les yeux pour voir Dillon serpenter jusqu'au van de l'organisateur de l'événement puis le dépasser dans la rue. J'étais sûr qu'il y aurait de la sécurité sur la route d'accès. Mais ils étaient là pour empêcher les gens d'entrer, pas de sortir.

Dillon étant désormais en sécurité, je me concentrai sur l'autre partie de notre plan. Lucien avait dû intercepter Armand à l'entrée car sous son bras se trouvait une sacoche en cuir. C'est sûrement là qu'il gardait les grands livres.

«Lucien, puis-je te parler un moment?» demandai-je en interrompant leur conversation. Je me tournai vers Armand. «C'est une affaire de témoin.»

«Bien sûr,» dit Armand en se dirigeant vers les escaliers. «Ce fut un plaisir de te rencontrer. Nous reparlerons. Peut-être y a-t-il des façons de faire travailler nos deux entreprises ensemble.»

«Une perspective intrigante,» dit Lucien avec un sourire. «Je te retrouverai plus tard,» dit-il à Armand alors qu'il montait les escaliers. «C'était intéressant,» murmura Lucien quand Armand fut parti.

«Vous aviez l'air de bien vous entendre,» dis-je, peu impressionné.

«J'ai beaucoup d'expérience à gérer des loups comme lui. Ce n'est pas difficile de comprendre ce que des types comme lui ont envie d'entendre.»

«Eh bien, tu ne vas pas vouloir entendre ça. Non seulement les hommes d'Armand ont activé quelque chose qui bloque le signal radio de nos micros, mais je suis presque certain qu'Eris m'a vu parler à Dillon.»

«Merde!»

«Tu l'as dit.»

«Qu'est-ce qu'on va faire?»

«Ne devrais-tu pas être le cerveau?» demandai-je avec sarcasme.

«Tu n'as pas entendu? C'est dans les jeux vidéo, pas dans des foutoirs complets comme celui-ci.»

Je ris en me sentant dans la panade. «On annule tout?»

«Abandonner? Tu es malade ou quoi? Le spectacle n'a même pas commencé.»

Je ris. «Il fallait juste que je t'entende le dire.»

«C'est dit. Maintenant on danse.»

«Comment?»

Lucien bougeait ses pieds en me regardant.

«Ah, les claquettes!»

«Oui, ça. On fait des claquettes.»

Je le regardais avec un sourire. «Alors c'est parti pour rien.»

«C'est parti,» me dit-il avant de s'éloigner pour aller accueillir un invité que je n'avais jamais vu.

Il n'a pas fallu longtemps pour que le salon ouvert se remplisse de gens que je ne connaissais pas. Ce fut un soulagement quand j'ai vu quelques visages familiers. Avant que je puisse traverser la pièce pour leur parler, Cali avait déjà commencé son deuxième verre.

«Peut-être que tu devrais ralentir, champion,» lui dis-je en le regardant intensément.

«Ne mentionne pas ça champion,» répondit-il avec une ardeur qu'il n'avait jamais eue.

«D'accord,» dis-je en regardant Hil, inquiet.

Ma sœur haussa les épaules en guise d'excuse.

«Et toi, maman, comment vas-tu?» demandai-je en l'embrassant sur la joue.

«Je suis ici. Ça doit suffire,» dit-elle fermement.

«Je comprends,» répondis-je en prenant le verre de Cali pour le boire.

«Hé!» dit-il agacé, avant de nous laisser pour aller se chercher un autre.

«Je pense que tu ne devrais pas le pousser aujourd'hui,» me dit Hil, les sourcils froncés.

«Ou peut-être que tu devrais tenir ton copain plouc avec une laisse plus courte.»

«Remy! « me réprimanda ma mère.

«Détends-toi, maman. Hil sait que je rigole. La journée est assez difficile sans qu'on puisse décompresser un peu.»

Hil se pencha vers moi. «Je dis simplement qu'il n'est pas dans son meilleur état d'esprit en ce moment.»

«Qui l'est, petite sœur? Qui l'est?» demandai-je en quittant le duo.

Alors qu'Armand était de retour dans la soirée, circulant parmi les invités, je commençais à chercher un moyen de m'éclipser. Mais ce qui devenait de plus en plus perturbant, c'était que ma fiancée n'avait pas encore fait son apparition. Ça ne présageait rien de bon. On ne pouvait nier combien Eris aimait faire une entrée, mais cela faisait plus d'une heure qu'elle m'avait vu parler à Dillon. Je devais croire que son absence n'était pas une coïncidence.

«Alors, ma fille est où?» demanda Armand en me trouvant seul.

Je le regardais dans les yeux, cherchant à comprendre ce qu'il savait. Eris lui avait-elle révélé ce qu'elle avait vu? Y avait-il déjà des hommes à la recherche de Dillon pour mettre fin à sa vie? J'allais annuler tout le plan quand en bas des escaliers descendit un spectacle pour les yeux fatigués.

«Elle est juste là,» dis-je à Armand, attirant son attention sur Eris.

Quand tous les regards se tournèrent vers elle, je tapai dans mes mains entraînant les applaudissements de tous. Eris s'arrêta, rougit et fit signe à tout le monde.

«Mon fiancé,» dit-elle en me montrant du doigt.

Quand tous les yeux se posèrent sur moi, je m'approchai de l'escalier et pris la main d'Eris. Les applaudissements continuèrent. Le seul qui n'applaudissait pas était Cali.

Combien de verres avait-il bu à ce stade? J'avais arrêté de compter à cinq. Ce n'était pas bon, mais je ne pouvais m'occuper que d'un problème à la fois.

Tenant la main d'Eris, je la menai dans la foule. En me retournant vers elle, elle refusait de me regarder. Yep, elle avait reconnu Dillon. Pas de doute là-dessus. La seule question maintenant était quand cette poudrière allait exploser.

Engageant la conversation avec un mélange de politiciens humains et les loups de haut rang d'Armand, je laissai Eris et m'approchai de Hil, Cali et ma mère.

«Je pense qu'on a un problème,» murmurai-je à l'oreille de Hil et Cali.

«Je pense que c'est toi qui a un problème,» déclara Cali, plus vraiment sobre.

«C'est le fait qu'un plouc se tape ma sœur?» répondis-je sèchement.

«Va te faire foutre avec tes histoires de plouc,» dit Cali en attirant l'attention des gens autour de nous.

«Cali, tu es un peu fort,» dis-je en lui serrant l'épaule pour que la conversation reste entre nous.

«Ne me touche pas,» dit-il en repoussant ma main. «Tu penses toujours que tu peux dire ce que tu veux, faire ce que tu veux. Eh bien, j'en ai marre,» hurla-t-il presque.

«Calme-toi, Cali!» insistai-je en sentant tous les regards se tourner vers nous.

«Pourquoi? Parce que tu le dis? Alors laisse-moi te dire ce que moi je dis. Si tu me traites de plouc une fois de plus, on va avoir un problème, ici et maintenant.»

Je n'en croyais pas mes oreilles. Je regardais Hil amusé. Immédiatement, ma sœur devina ce qui allait suivre.

«Ne le fais pas, Remy,» supplia Hil.

Je me tournai vers Cali, prêt. En appuyant violemment mon doigt sur sa poitrine, je dis, «Écoute ici, toi bouseux incestueux, qui gratte du banjo…»

C'est là que Cali craqua. Me saisissant comme s'il pensait avoir une chance contre moi, je glissai ma main sous son menton menaçant de l'ouvrir comme un distributeur Pez. Nous luttâmes va-et-vient jusqu'à ce que Lucien accoure et nous sépare.

Alors que j'attendais ma chance pour asséner mon poing sur la mâchoire de Cali, Armand s'approcha.

«Il y a un problème ici?» dit-il clairement énervé que nous nous battions lors du grand jour de sa fille.

«Il y a un problème?» répéta Cali en se tournant vers Armand. «Oui, il y a un putain de problème.»

«Ne t'occupe pas de lui. Il est juste ivre,» dit Hil en se mettant entre Cali et Armand.

Cali repoussa immédiatement Hil et se retrouva face à face avec Armand. «Tu veux savoir quel est le putain de problème?»

«Je te préviens de faire attention à ce que tu vas dire ensuite,» dit Armand.

«Cali!» hurla Hil.

«Tu m'as tiré dessus. Voilà quel est le putain de problème.»

Avec un léger parfum de loup dans l'air, Armand semblait vouloir écarteler Cali en deux.

«Je pense qu'il est temps pour toi de te taire,» menaça Armand.

«Regarde-moi dans les yeux. Est-ce que je te parais avoir peur de toi? Tu vois quelque chose de familier? Ça ne réveille aucun souvenir dans cette cervelle de dingue que tu as?»

Observant Cali dérailler complètement, je reculai. Son rôle dans notre plan était de créer une distraction.

Il fallait que tous les regards soient rivés sur lui. Il avait refusé de me dire comment il comptait s'y prendre, ce qui m'inquiétait. Mais il avait réussi. C'était ma chance.

Alors que les hommes d'Armand se rapprochaient lentement de Cali, je glissai à côté d'eux et montai l'escalier. Ayant l'étage pour moi seule, je me hâtai vers le bureau d'Armand. Forçant rapidement la serrure, je m'introduisis à l'intérieur. Il me restait approximativement 30 secondes avant que les hommes d'Armand emmènent Cali, se métamorphosent et le déchirent en lambeaux. Il fallait que je sois redescendue d'ici là.

Ouvrant la bouche d'aération pour révéler le coffre, je sortis mon téléphone. Récupérant le code de sécurité ultime, je le saisis. En un instant, le coffre s'ouvrit. Trouvant les deux registres, tout comme Jimmy l'avait dit, je les saisis et les feuilletai rapidement.

Je n'en revenais pas. C'était ça. Et juste au moment où j'allais les refermer, quelque chose tomba.

Le ramassant, je l'examinai. C'était une pochette en plastique avec un morceau de cuir brut découpé de façon irrégulière à l'intérieur. Sur le cuir se trouvait un texte, mais pas dans une langue que je reconnaissais. Et en y regardant de plus près, cela ressemblait davantage à un tatouage.

«Qu'est-ce que tu fais?» demanda Eris en attirant mon attention en entrant.

«Ce n'est pas ce que tu crois.»

«On dirait que toi, Dillon, ton cousin et ton beau-frère de pacotille avez organisé cette fête de fiançailles pour m'aider à voler les registres comptables de mon père.»

Je baissai les yeux sur les registres dans mes mains, à court de mots.

«Tu me croirais si je disais que je me suis perdu en chemin vers les toilettes?» dis-je en cherchant mon sourire.

«Espèce de salaud! Tu m'as fait croire que tu commençais à changer,» s'exclama-t-elle en élevant la voix.

Je me levai rapidement et fermai la porte derrière elle.

«Regarde, tu ne peux pas m'avoir. Tu comprends? Je ne suis pas un objet que toi et Armand pouvez simplement manipuler,» dis-je en perdant mon charme.

«Eh bien, nous verrons ce qu'en dit mon père,» dit-elle avant de tenter de me dépasser pour atteindre la porte.

«Je t'offre une porte de sortie,» dis-je en grognant, mon loup remontant à la surface.

«Quoi?» répondit-elle, surprise par ma colère.

«Ceci,» dis-je en soulevant les registres. «Ceci, c'est ta liberté. Tu ne veux pas m'épouser. Tu ne me connais même pas. Pour toi, je ne suis que la mieux lotie d'un ensemble d'options tragiquement horribles. Tu es ici pour les mêmes raisons que moi, parce que tu es piégée. Je prends ça, et tu as ta liberté.

«Tu pourrais rencontrer quelqu'un qui se soucie vraiment de toi. Et tu pourrais avoir la vie que tu désires tellement. Tu pourrais être heureuse.

«Pense à ça. À quoi ressemblerait le fait d'être heureuse pour la première fois de ta vie? Dis-moi, Eris, ça ferait quoi?»

Eris me regarda en silence. Le moment s'étira suffisamment pour que je pense que tout était perdu.

«Ça ferait du bien,» finit-elle enfin par dire, permettant à ma louve de se relaxer.

«Alors, retourne à la fête. Laisse-moi prendre ça. Et permets-moi de donner à Armand la justice qu'il mérite.»

«Tu ne peux pas,» dit-elle, me faisant chuter le cœur.

«Je sais que mon père est une mauvaise personne. Je sais qu'il mérite tout ce que tu veux lui faire subir. Mais c'est toujours mon père.»

«Ton père qui te traite comme du bétail.»

«Être avec toi n'aurait pas été une malédiction.»

«Mais j'aime quelqu'un d'autre, Eris. Je l'aime de tout mon cœur. Et je ne pourrais jamais t'aimer,» dis-je doucement.

Eris baissa la tête.

«Mais tu peux trouver quelqu'un qui t'aimera. Ce n'est simplement pas moi.»

«Mon père tuerait ton amie si tu savais ce qu'elle est,» dit-elle, faisant resurgir mon loup.

«Mais tu ne vas rien lui dire, sur nous, n'est-ce pas?» dis-je en ressentant soudain le besoin de me métamorphoser.

«Je n'en aurais pas besoin. Il commence une guerre contre les fées. Il veut tous les exterminer. Son alpha a gagné la guerre contre les vampires et…»

«Il veut sa propre guerre. C'est pourquoi il a accepté mon offre si rapidement. Il a essayé de consolider les meutes de la ville sous son autorité.»

«Je suppose.»

«C'est une raison de plus pour le mettre hors d'état de nuire. Eris, si Armand obtient sa guerre, les rues seront aussi couvertes de sang de loup que de fée.»

«Je te crois. Mais tu ne peux toujours pas mettre mon père en prison. Tu peux faire tout ce qu'il faut pour mettre fin à nous deux et arrêter sa guerre. Mais si tu mets mon père en prison, il ne me restera rien. Je ne pourrais pas survivre à ça,» dit-elle vulnérable.

«Tu viens de me dire qu'un grand nombre de personnes mourront si je ne fais pas ça. Ce ne peut pas se résumer à toi.»

«Oui, mais tu es intelligent,» admit Eris. «C'est l'une des raisons pour lesquelles mon père t'admire. Tu pourrais trouver un moyen de nous libérer et d'empêcher la guerre sans le mettre en prison.»

«Eris…» dis-je avec sympathie.

«S'il te plaît, Remy. Je sais que tu peux y arriver,» dit-elle sincèrement.

Je plongeai mon regard dans les grands yeux tristes d'Eris. Je voulais détruire Armand pour ce qu'il avait menacé de faire aux gens qui m'étaient chers. Mais voilà quelque chose que je n'avais pas considéré; que ferait l'arrachement de ses racines profondes et épaisses au sol laissé derrière?

«J'ai besoin que tu me fasses confiance,» lui dis-je en élaborant un nouveau plan.

«Et comment puis-je faire ça? Tu m'as trahie à chaque fois.»

«Ce que j'ai fait, c'était me battre pour la femme que j'aime. Sors de notre chemin, et laisse-moi être ton ami.»

Eris me fixa d'un air absent.

«Eris, d'une manière ou d'une autre, je vais partir d'ici avec ces registres.»

«Parce que tu ferais n'importe quoi pour les gens que tu aimes?»

«Exactement. Et ce que je demande, c'est que tu me fasses confiance et que tu deviennes quelqu'un que je puisse appeler une amie.»

«OK,» concéda-t-elle avant de se détacher lentement de moi et de la porte.

«Merci,» dis-je, sincère, la voyant sous un nouveau jour.

Je me redressai, serrant les livres de comptes sous mon bras et sortis de la pièce. À moitié surpris, je m'attendais à ce qu'Eris appelle son père dès que je fus dans l'escalier, mais elle ne le fit pas.

Et Cali faisait bien mieux que ce que j'aurais pu rêver. Bien que je sois resté en haut plus longtemps que prévu, il se tenait maintenant juste à l'extérieur de la porte d'entrée ouverte, avec les hommes d'Armand qui lui tournaient autour.

Avec Armand encore préoccupé par le rustre ivre qui faisait un esclandre à la chic soirée de fiançailles de sa fille, Lucien se précipita vers moi pour récupérer les livres de comptes.

«Changement de plan. Tu dois prendre ça, te barrer d'ici et ne rien dire à personne jusqu'à ce que j'aie de mes nouvelles. Pigé?»

«Compris,» dit Lucien en prenant les livres de comptes et en courant vers la porte de derrière qui menait à la plage.

Lorsqu'il fut hors de vue, je me concentrai sur la dernière partie de notre plan : empêcher Armand de tuer Cali. Bousculant la foule captivée, je me faufilai entre les hommes qui entouraient Cali et je me postai devant lui. Je levai les mains.

«D'accord, tout le monde, du calme. Le péquenaud est un connard, mais il est aussi très bourré. Dis-leur à quel point tu es bourré, Cali,» dis-je en regardant en arrière l'homme sauvage qui avait réussi à ne pas se transformer en loup.

Il me regarda avec fureur dans les yeux. Un instant, j'ai presque cru que ce n'était pas une comédie.

«Je dis, dit-leur à quel point tu es bourré, Cali.»

Reprenant ses esprits, il répondit : «Vraiment très bourré.»

Je me tournai à nouveau vers la foule. «L'alcool qui ne vient pas d'une cruche le déroute.»

Quelqu'un devant nous pouffa.

«Regardez, il me fait honte. Il fait honte à ma mère. Mais que voulez-vous? Ma soeur l'adore. Alors, si je lui laisse arriver quoi que ce soit, je n'en entendrai jamais la fin. Terminons-en avec des excuses et renvoyons-le chez lui pour décuver.»

Quand tout le monde parut plus calme, je me retournai. «Cali?»

«Ouais, elle est où, ma putain d'excuse?» hurla-t-il à Armand.

«D'accord, ça suffit pour toi,» dis-je en tournant Cali et en l'escortant vers la sortie.

«Je veux ma putain d'excuse,» criait Cali par-dessus mon épaule.

«Le spectacle est terminé,» dis-je à Cali à voix basse. «Calme-toi, Dicaprio.»

Ça sembla produire un effet dans son cerveau embrumé. Me regardant dans les yeux avant de se retourner, Cali continua de bouillir alors que moi, Hil et ma mère l'emmenions.

Personne ne questionna alors que je jetais Cali dans son camion. Ni quand je montai avec eux pour partir. Tout le monde savait que nous venions de Manhattan. Personne ne s'attendait à ce que Hil ou ma mère sache conduire.

Quittant la route d'accès qui menait à la maison de plage, il ne fallut pas longtemps pour qu'un van aux vitres teintées nous suive.

«Jimmy?» demanda Hil en fixant la lunette arrière.

«Jimmy,» confirmai-je en observant le van dans le rétroviseur.

«Est-ce qu'il était là?» demanda Hil se sentant libre de parler.

«C'était quoi «là»?» ma mère demanda, encore dans l'ignorance de tout.

Je jetai un coup d'œil à ma mère depuis le siège de la camionnette.

«Hil demande ce pour quoi Cali vient de risquer sa vie.»

«Et c'est quoi, ça?» elle répéta.

«Ma liberté d'être avec Dillon.»

«Quoi?» demanda ma mère confuse.

Je souris.

«Alors, c'était là?» Hil répéta.

«Je ne suis pas encore sûr,» répondis-je en me rappelant le regard implorant d'Eris.

Les quatre, nous roulâmes en silence jusqu'à l'appartement de ma mère en ville. À notre arrivée, le pauvre Cali était encore plus ivre.

«Combien de verres a-t-il eus?» demandé-je à Hil alors que nous le couchions dans le lit d'enfance de mon frère.

«Il était nerveux,» admit Hil.

«Alors quoi? Huit? Neuf?»

«Peut-être dix?» dit Hil en plaçant la poubelle à côté du lit.

Regardant Cali vaciller au bord de l'évanouissement, je ressentis de la compassion pour lui.

«Hil, je te le dirai une seule fois. Et si tu le répètes, je nierai l'avoir dit. Mais Cali, c'est vraiment un type bien. Tu as une chance en or avec lui.»

Hil sourit. «Je sais.»

«Beau travail, sœurette,» dis-je avant de prendre ma sœur dans mes bras.

«Toi aussi, Remy,» répondit-elle, déclenchant plus d'émotions en moi que je ne l'aurais cru.

Laisant Hil s'occuper de son homme, j'entrai dans le salon. Jimmy m'attendait là avec ma mère.

«Mère, ça te dérange de nous laisser Jimmy et moi discuter seuls?», demandai-je.

«Bien sûr. Veux-tu un autre verre?», demanda-t-elle à Jimmy.

«Non, ça ira, merci,» répondit-il en levant son verre de citronnade.

Quand elle fut partie, je me préparai un verre bien tassé et m'assis.

«Ne me fais pas languir,» insista Jimmy. «Tu les as eus?»

Je pris une gorgée en maintenant l'alcool dans ma bouche, laissant la sensation brûlante imprégner mes joues. Avalant, je dis: «En quelque sorte.»

«En quelque sorte? Qu'est-ce que ça veut dire?»

Lorsque ma conversation avec Jimmy fut terminée, je savais qu'il me restait une discussion à avoir. Ainsi, montant dans la voiture désormais inutilisée de mon père, je retournai à Long Island. Le gardien à l'entrée de la rue d'Armand avait l'air furieux. Après avoir signalé ma présence à la radio, il reçut l'autorisation de me laisser entrer. Mon cœur tambourinait.

Je m'attendais à voir Armand m'attendre à la porte d'entrée. Il n'y était pas. Entrant dans la maison maintenant sombre et vide, je croisai le regard d'Eris qui était là pour m'accueillir.

«Où est-il?»

«En haut, dans sa chambre,» dit-elle sans rien ajouter d'autre.

Gravant l'escalier deux par deux, je traversai le couloir jusqu'à la chambre principale. La porte étant ouverte, j'y pénétrai. Balayant la pièce des yeux, je trouvai Armand sur le balcon. Il fixait la plage sans lumière. Sachant que c'était le moment, je le rejoignis.

«Tu les as, n'est-ce pas?» demanda-t-il sans me regarder.

«Je les ai,» dis-je avec désinvolture.

«Comment savais-tu qu'ils étaient là?»

«Le FBI monte un dossier contre toi depuis des années. Ils sont au courant pour les loups, d'ailleurs.»

«Donc, ils t'ont dit.»

«Je connais quelqu'un,» admis-je en regardant la plage à ses côtés.

«Et maintenant, que faisons-nous? Je dois te tirer dans les genoux jusqu'à ce que tu les rendes? Je dois m'en prendre à ta famille?»

«Je ne te le conseille pas.»

«Pourquoi pas?»

«Parce que, là, maintenant, le FBI n'a en main qu'un seul des registres.»

«Lequel?» me demanda-t-il en se tournant vers moi.

«Le nettoyé, bien sûr.»

«Et quoi, tu vas me faire chanter?»

«C'est un coup que j'aime appeler «Le Armand»,» dis-je avec un sourire.

Il rit.

«Le chantage ne me plaît pas autant qu'à toi.»

«Je me doute. Mais, je te rappelle que pour l'instant, tu as tout. Ne fais pas d'erreur et cela restera inchangé.»

«Donc, tu vas quand même épouser Eris?»

«Oh, que Non! En fait, tu vas arrêter de t'immiscer dans ma vie.»

«Alors, tu penses que tu peux traiter ma fille ainsi et t'en tirer comme ça?»

«Pourquoi ne le penserais-je pas? Toi, tu le fais.»

«Je suis son père.»

«Et sa malédiction.»

Armand éclata de rire. «Peut-être.» Armand devint silencieux. «Tu as vu ce qu'il y avait d'autre dans mes registres?» demanda-t-il avec nonchalance.

«Tu parles du parchemin?»

«Je suppose. Mais ce n'est pas du cuir. C'est de la peau de vampire.»

«Je vois. Charmant,» dis-je avec sarcasme. «Qu'as-tu écrit dessus?»

«Je ne l'ai pas écrit. Je l'ai trouvé comme ça.»

«Quoi?» demandai-je confus.

«C'était pendant les guerres de vampires. J'étais peut-être aussi âgé que toi maintenant. Mes loups et moi avions trouvé un vampire caché dans un entrepôt. Nous étions quatre contre lui, donc on l'a facilement capturé. Alors que je le tenais immobilisé, prêt à lui ôter la tête, j'ai vu quelque chose d'écrit sur sa peau.

«Je n'ai pas besoin de te dire combien c'est inhabituel. Les vampires ne peuvent pas être tatoués. La seule façon pour eux, c'est s'ils ordonnent à la peau sous le tatouage de ne pas se régénérer. Donc, pour conserver un tatouage…»

«Ils devraient constamment empêcher leur peau de se régénérer,» continuai-je.

«Même pendant leur sommeil. Donc, en voyant ce tatouage, je savais qu'il devait être important.»

«Alors tu l'as découpé.»

«Et même en arrachant la chair, il n'a pas laissé la cicatrisation se faire.»

«Qu'est-ce qu'il dit? Je n'ai pas pu le lire.»

«Ça m'a pris un moment pour le déchiffrer. Il est écrit dans une ancienne langue. Celle utilisée par les fées ancestrales.»

«Le vampire avait un tatouage écrit en langage des fées?»

«C'est ce que je croyais,» dit-il en se retournant vers moi.

«Et qu'est-ce que ça dit?»

Armand sourit, sachant qu'il m'avait captivé. «C'est une prophétie. Elle dit : «Quand les fées auront enfanté leurs yeux, elles verront à travers tout ce qui peut les arrêter et régneront sur le monde.»»

«Quand les fées auront enfanté leurs yeux?» demandai-je hésitant.

«Ton hypothèse est aussi bonne que la mienne. Mais si les vampires collaborent maintenant avec les fées, il faudra que quelqu'un les arrête avant qu'ils ne prennent le pouvoir. Et qui d'autre à part les loups?»

«C'est un monde d'humains,» lui rappelai-je.

Armand renifla avec dédain. «Que vont-ils faire, les troller sur TikTok? Les humains sont faibles. Ils n'ont aucune idée de ce qui les attend.»

«On dirait que personne ne le sait,» admis-je. «C'est pourquoi tu dois me rejoindre. Avec toi à mes côtés, nous pourrons vaincre les fées.»

«Et une fois que ce sera fini, les humains seront les suivants?»

«Les forts dirigeront les faibles. N'est-ce pas un humain qui a dit cela?» Armand dit avec un sourire.

«Tu es un loup fou,» lui dis-je le voyant réellement pour ce qu'il était.

«Je suis un loup qui a une vision,» affirma-t-il en me disant clairement que je ne voulais prendre aucune part à son plan.

«Si tu veux conserver ton empire, tu vas laisser tout ceux qui me sont chers tranquilles. Ça inclut Eris. Désormais, elle est libre d'être avec qui elle veut. Tout comme moi. Et si je sens ne serait-ce qu'un soupçon que tu romps cet accord, la seule chose qui t'est chère te sera enlevée.»

«Ma fille?»

«Arrête tes conneries. Elle ne représente rien pour toi.»

Armand rit. «Tu m'as percé à jour. Je t'avouerai, c'est difficile de les considérer précieuses quand on en a tant.»

Je n'étais pas certain de ce à quoi Armand faisait allusion, mais cela m'importait peu.

«Alors, dis-moi, avons-nous un accord? Ou est-ce que je détruis ton empire?»

Armand me regarda.

«Ton père serait fier.»

Je ne savais pas comment réagir à cela.

«Avons-nous un accord ou pas?»

«Nous l'avons.»

«Et tu vas laisser Eris épouser qui elle veut?»

«Comme n'importe quel autre père,» dit-il en me regardant avec un sourire en coin.

«C'est suffisant,» dis-je sachant que j'avais obtenu le meilleur accord possible.

«Maintenant, dis-moi, vas-tu me rejoindre pour la prochaine guerre?»

«Armand, j'espère sincèrement ne jamais te revoir,» lui dis-je avant de lui tourner le dos et de partir.

En sortant de la chambre d'Armand, je croisai Eris dans le couloir.

«Tu es libre,» lui dis-je.

«J'ai entendu,» dit-elle le cœur brisé.

Me souvenant de ce qu'Armand avait dit à son propos, je touchai sa joue. «Je suis désolé.»

«Va-t'en,» me dit-elle. J'obéis.

En marchant vers la voiture, je pensais à Dillon. Elle m'avait ouvert les yeux, tout comme dans la prophétie d'Armand. Il était dit, quand les fées auront enfanté leurs yeux, elles verront à travers tout ce qui peut les arrêter et régneront sur le monde. Dillon n'était-elle pas une changeline laissée par les fées en attendant que ses pouvoirs se manifestent? Ne pouvait-elle pas voir à travers le charme d'un vampire? Ne voyait-elle pas le loup d'un changeur de forme?

L'éveil de Dillon fut la naissance que les fées avaient prophétisée. Elle était la clé de leur domination sur le monde. Du moins, elles le croyaient. Et la seule chose qui se dressait entre les loups, les fées et Dillon, c'était moi. Je devais la protéger. Seul moi pouvais la garder en sécurité, et mon loup et moi étions prêts.

Chapitre 14

Dillon

Je trépignais d'impatience, assise sur le canapé usé de mon appartement du New Jersey. Fixant mon téléphone, aucune sonnerie ne venait le rompre. Des heures s'étaient écoulées depuis que j'avais fui la maison de plage sur l'insistance de Remy, et depuis, plus aucune nouvelle.

Dans l'attente de son appel, des milliers de scénarios catastrophes défilaient dans ma tête. Quelque chose avait-il encore mal tourné avec le plan? Armand avait-il découvert nos manigances? Remy était-il blessé? Était-il mort?

Lorsque mon téléphone sonna, brisant le silence, j'ai failli sauter hors de ma peau. Le bruit assourdissant rebondissait sur les murs vides. Je me précipitai pour le saisir, les mains tremblantes.

«Allô?» répondis-je avec hésitation.

«Dillon, c'est moi,» dit Remy d'un ton qui apaisa instantanément mes nerfs à vif.

«Remy!» m'écriai-je. «Tu vas bien! J'étais morte d'inquiétude. Je ne savais pas ce qui s'était passé ou—»

«C'est bon,» me calma-t-il. «Où es-tu? Je dois te voir.»

«C'est louche. Comment savoir si tu n'es pas sous la contrainte?»

Remy resta silencieux un moment.

«Tu te souviens de cette fois où tu étais chez mes parents à l'appartement et que je t'ai surprise en train de danser nue en… te caressant?»

Une chaleur me monta au visage aussi vite qu'un nudiste attrapant sa fermeture éclair.

«Je ne me caressais pas?» protestai-je, souhaitant que cela ne soit pas vrai.

«D'accord. Peu importe. Dis-moi où tu es. J'ai besoin de te voir.»

«Je suis de retour chez moi, dans le New Jersey.»

À peine avais-je fini ma phrase que quelqu'un frappa à ma porte.

«Oh mon Dieu, Remy. Il y a quelqu'un à ma porte.»

«Vraiment? Tu devrais probablement répondre.»

«Mais si…»

«Tu vas vouloir ouvrir.»

Je me levai, gardant le téléphone collé à l'oreille. M'approchant doucement de la porte, je jetai un œil au judas.

«Remy,» dis-je, en ouvrant la porte à la volée et en lui sautant dans les bras. «Comment savais-tu que j'étais ici?»

«Je t'ai dit de te cacher quelque part où personne ne te chercherait.»

«Et personne ne va dans le New Jersey?» demandai-je avec sarcasme.

«Pas de gaieté de cœur,» plaisanta-t-il.

Je ris et lui donnai une petite tape sur le bras.

«Tu es venu ici.»

«Cela montre à quel point je suis amoureux de toi,» dit Remy avec un sourire.

«Tu m'aimes tellement que tu es prêt à venir dans le New Jersey.»

«C'est une chanson d'amour qui s'écrit toute seule.»

Je ris. «Mais sérieusement, Remy, qu'est-ce qui s'est passé?» lui demandai-je en l'invitant à s'asseoir sur mon canapé.

«C'est fini,» me dit-il en plongeant son regard dans le mien.

«Vraiment? Armand va en prison?»

Remy marqua une pause. «Eeeeet bien…»

«Quoi?» demandai-je, sentant mon cœur s'affaisser.

«Ce que je peux te dire avec certitude, c'est qu'il n'y a rien qui puisse nous empêcher d'être ensemble.»

«Eris?»

«Elle est de notre côté maintenant?»

«Et Armand?»

«Il a accepté de nous laisser tranquilles en échange de ce que je ne détruise pas son monde.»

«Alors, tu l'as fait chanter?»

«À peu près,» dit Remy avec fierté.

«Et Jimmy, ça ne lui plaît pas de ne pas pouvoir envoyer Armand derrière les barreaux?»

«Ça ne lui plaît pas, mais il pense que c'est parce qu'il nous a donné de mauvaises informations. Je lui ai dit que seul le grand livre nettoyé était dans le coffre et j'ai prévu de le lui remettre.»

«Mais tu as trouvé les deux livres dans le coffre?»

«Exactement.»

«Tu as une raison de ne pas donner les deux à Jimmy?»

«C'est parce que s'il y a une chose que je sais, c'est que dans cette vie, il vaut mieux se faire des amis que des ennemis.»

«Qu'est-ce que tu veux dire?» demandai-je, perplexe.

«C'est une longue histoire et j'ai toute une vie pour te la raconter.»

«Alors tu dis que c'est vraiment fini?»

«Ça en a tout l'air.»

«Et il n'y a rien qui nous empêche d'être ensemble?» demandai-je, ressentant une excitation grandissante en moi.

«De ça, j'en suis certain,» dit Remy avec une étincelle dans le regard.

«Alors peut-être que nous devrions…»

Et c'est là qu'il m'embrassa.

Les lèvres de Remy étaient comme le feu contre les miennes, allumant un brasier qui consumait tout mon être. Ses mains parcouraient avidement mon corps tandis que notre baiser se faisait plus profond et mon cœur menaçait d'exploser hors de ma poitrine.

Désirant sentir sa chaleur contre ma peau, je tirai sur son t-shirt. Sans interrompre notre baiser, il le déboutonna et l'enleva. Mes mains exploraient les muscles durs de son torse et de ses abdos. Les sentir se contracter sous mes caresses faisait vibrer mon intimité.

Avec une urgence croissante, Remy me guida à travers mon petit appartement jusqu'à ce que mes jambes atteignent le bord du lit. Je basculai sur le matelas. Le corps puissant de Remy me fixa. Ses lèvres traçaient des baisers le long de mon cou et ma clavicule, m'arrachant des gémissements pour plus d'affection.

Des doigts experts s'affairèrent rapidement sur mon t-shirt, dévoilant ma poitrine haletante. La langue de Remy effleura l'un de mes tétons avant de l'aspirer dans sa bouche. Je me cambrai contre lui, gémissant sous les décharges de plaisir qui me traversaient.

Les mains de Remy glissèrent plus bas, défaisant mon pantalon. Il inséra l'un de ses doigts volumineux entre mes jambes, caressant mon clitoris tout en continuant de chérir ma poitrine. Je me perdais dans l'extase, mon univers entier se réduisant aux caresses de Remy.

Alors que ses lèvres descendaient plus bas, mon ventre frémissait. Le regard baissé vers lui en enlevant mon pantalon, je l'observais écarter mes jambes et apposer sa langue veloutée contre moi.

«Oh dieu, Remy!» criai-je, enroulant mes doigts dans ses cheveux soyeux.

Il me manœuvrait habilement, m'emmenant au bord de la folie encore et encore, je le suppliai de me laisser aller. Finalement cédant, il se recula. Levant les yeux vers moi, un sourire malicieux illuminait son visage splendide.

Remontant le long de mon corps, il se mit à genoux au-dessus de moi. Me saisissant par les hanches et me soulevant comme si je ne pesais rien, il me retourna sur le ventre. Me tirant de nouveau par les hanches, il me souleva à quatre pattes.

Sachant ce qui allait suivre, je tremblais d'anticipation. Sa grande main forte parcourait les courbes de mon dos. S'arrêtant à mes épaules, il suivit la ligne de mon bras. Quand sa main se posa sur la mienne, son torse était pressé contre mon dos. Et de sa main libre écartant mes cuisses, je sentais le gland épais de son sexe se frayer un chemin dans mon vagin.

D'une humidité glissante, d'un puissant coup de reins, il s'engouffra jusqu'à la garde en moi. Autant que mon intimité s'était ouverte pour l'accueillir, j'avais mal. Une vague de douleur plaisir me submergea et je gémissais.

J'avais oublié sa taille impressionnante. Et lorsqu'il se retira doucement puis retrouva mes profondeurs, mes jambes flanchèrent. Je me perdais.

«Oui, Remy, s'il te plaît… plus fort!» m'entendis-je dire.

Il obéit immédiatement. De profonds va-et-vient, il me baisa sans relâche. Alors que le bruit de notre chair qui clapait résonnait, je grognais. C'était un nouveau côté de Remy. Il réveillait quelque chose en moi.

«Plus fort», suppliais-je jusqu'à ce que la structure du lit grince violemment sous nous.

Mon esprit tourbillonnait dans un brouillard de sensations accablantes. Le monde entier se réduisait au sexe épais de Remy qui me martelait. Il m'appartenait complètement. Je n'allais pas tenir longtemps.

Changeant légèrement d'angle, il atteignit mon point G. L'électricité jaillit en moi. Cela me propulsa par-dessus le bord.

Lorsque mon orgasme explosa, il me traversa telle une déflagration. Des étoiles éclatèrent dans mon champ de vision. Ma chatte convulsant serra le sexe épais de Remy. C'était suffisant pour l'entraîner au-delà du précipice avec moi.

Arc-boutant son dos, il hurla de plaisir en se vidant en moi. Vidé et exténué, Remy s'effondra sur moi. Quand son poids éprouva ma force affaiblie, je retombai sur le matelas.

Ensemble, nous étions un entrelacs de membres en sueur. Et tous deux haletants, il glissa à côté de moi. Pendant qu'il déposait de doux baisers le long de mon épaule, je caressais sa peau sensible de mes doigts.

«Je t'aime», murmura-t-il, en me câlinant affectueusement. «Et je te protégerai pour toujours.»

Mon cœur se gonfla, débordant d'émotion. Ce n'était que le début pour nous, mais je savais à cet instant que je ne le laisserais jamais partir. Il semblait qu'une éternité s'était écoulée pour que nous nous trouvions. Maintenant, nous étions là, ensemble.

«Je t'aime aussi», dis-je en rampant dans ses bras. «Je ne te lâcherai plus jamais», me dit-il en me serrant plus fort.

Je le croyais. Remy était tout ce que j'avais toujours voulu et tout ce dont j'avais toujours eu besoin. Il était à moi autant que j'étais à lui. Et alanguie là, avec son souffle chaud réconfortant enveloppant mon corps nu, je savais que tous les deux, nous allions vivre heureux pour toujours.

Épilogue

Cali

En me réveillant le lendemain de la fête de fiançailles de Rémy, je me sentais mal. Compte tenu de la quantité d'alcool que j'avais bue, j'étais surpris de m'être réveillé. Je n'ai jamais bu autant et je savais que je n'aurais pas dû le faire hier soir.

Hil pensait que ma consommation d'alcool était une question de courage liquide. D'une certaine manière, elle avait raison. Mais ce n'était pas le courage d'agir comme la distraction qu'exigeait le plan de Rémy. C'était bien plus profond que cela.

Quelques mois plus tôt, Armand avait enlevé Hil. Il avait ressenti le besoin de tirer sur quelqu'un avant de relâcher Hil, alors je l'ai laissé me tirer dessus. Même si c'était une balle dans la jambe, je l'ai détesté pour ça. Si j'avais pu, je lui aurais arraché la tête pour ce qu'il nous avait fait à Hil et à moi.

Mais c'était avant que je ne rentre chez moi et que je ne reprenne contact avec mes nouveaux frères. Lors de notre prochain appel, Claude nous a fait part d'une nouvelle surprenante. Pendant des mois, nous avions essayé d'obtenir de nos mères tout ce que nous pouvions sur le père que nous partagions. Il s'est avéré que Claude avait obtenu son nom.

Lorsque je l'ai lu, Claude m'a demandé si je l'avais reconnu. Je lui ai dit que non. Mais ce n'était pas vrai. Je l'avais reconnu.

Notre père s'appelait Armand Clément. L'homme qui m'avait tiré dessus était mon père. La femme que Rémy était forcé d'épouser était ma sœur. Et parce que j'aimais Hil, j'avais accepté d'aider à mettre mon père en prison pour le reste de sa vie.

Je faisais face à beaucoup de choses. L'alcool était le seul moyen pour moi d'aller jusqu'au bout. Et comme nous n'étions pas tous morts, je devais supposer que le plan avait fonctionné. Mon père avait été arrêté et était détenu par le FBI.

Avais-je fait une erreur? Je n'avais aucun doute sur le fait qu'Armand était un loup terrible et dangereux. Mais étant donné qu'il avait non seulement gagné le cœur de ma très intelligente mère, mais qu'il avait fait de même avec les mères de mes frères, cela ne signifiait-il pas qu'il y avait encore quelque chose en lui? Ce côté-là était-il perdu à jamais? Si je lui avais dit qui j'étais, aurait-il changé d'avis?

Il était trop tard maintenant, mais si c'était à refaire, j'aurais agi différemment. S'il ne devait pas être enfermé pour le reste de sa vie, j'aurais dit à mes frères qui il était. Au lieu de l'ignorer, j'aurais demandé à mes frères de m'aider à entrer en contact avec lui.

En travaillant ensemble, nous aurions pu le changer. Rémy lui avait donné l'impression qu'il était irrécupérable, mais il y avait toujours une chance, n'est-ce pas ?

En tout cas, c'est ce que j'aurais fait si Armand n'était pas déjà détenu par le FBI. Mais en voyant comment Hil dormait confortablement à côté de moi, j'étais sûr que la menace qui pesait sur sa vie avait été écartée.

Si les choses avaient été différentes... Si j'avais eu une seconde chance d'entrer en contact avec mon père, j'étais sûr que la vie de tout le monde à la maison aurait changé pour toujours. Si seulement j'avais cette seconde chance.

*****

Avant-première:
Profitez de cet aperçu de 'L'Alpha de La Louve
Pulpeuse':

L'Alpha de La Louve Pulpeuse
(Loup-garou)
Par
Alex (Shifter) McAnders

Droit d'auteur 2022 McAnders Publishing
All Rights Reserved

Je donnerais ma vie pour elle…

———

Hil ne s'était jamais sentie à sa place au milieu de sa
meute de loups métamorphes. Non seulement elle était
une fille boulotte au milieu de loups magnifiques, mais à
20 ans, elle ne pouvait toujours pas se transformer. Cela
signifiait que son père alpha devait la protéger, voire la

surprotéger. Et dans le dangereux monde souterrain des meutes de loups de New York, cela signifiait qu'elle était prisonnière de son penthouse de Manhattan.

Elle voulait avoir une vie - et passer sa première nuit avec un homme – donc elle s'échappe de chez elle et échoue dans un bed-n-breakfast au milieu de nulle part. Est-ce bien par hasard que le gérant en soit Cali, un loup solitaire et sexy qui fait battre son cœur et provoque chez elle des pensées torrides?

Chaque moment passé avec lui éveille quelque chose en elle. Alors, lorsqu'une tragédie survient et qu'elle se retrouve bloquée au même endroit, cette fille toute en rondeurs découvre toutes les choses que ce superbe loup peut lui faire avec son corps de rêve.

Le nouvel alpha de Hil est prêt à tout sacrifier pour la garder en sécurité. Mais lorsque son passé trouble remonte à la surface, son sacrifice pourrait-il menacer sa vie? La meute cruelle de son père lui brisera-t-elle le cœur en faisant une autre victime? Ou bien cette fille pulpeuse connaîtra-t-elle une fin heureuse avec le métamorphe sexy de ses rêves?

*****

L'Alpha de La Louve Pulpeuse

Tendant la main, elle a pris la mienne. Sa peau chaude a provoqué un picotement qui m'a parcouru. Je la voulais. Mon loup la voulait. Mais je voulais aussi la respecter. Je ne voulais pas faire quoi que ce soit auquel elle n'était pas prête.

J'ai donc refoulé mon désir, cela a failli me briser, mais je l'ai fait. Nous sommes entrés dans la pièce, je lui tenais toujours la main. C'était bizarre de voir les affaires de Hil éparpillées dans mon espace. J'ai aimé ça. Je n'aurais pas su dire à quel point.

"Tu dois retourner sur le campus demain matin?" a demandé Hil en faisant le tour de son sac de voyage.

"Oui. Mais je reviendrai tôt pour aider maman à s'installer."

"Je te ferai des gaufres."

"Ça me plairait bien. Je pense que maman aimerait aussi", ai-je dit, commençant à me détendre. "Nous devrions probablement aller nous coucher, la journée de demain va être longue."

"Bien sûr", a-t-elle dit nerveusement.

Voir à quel point elle était nerveuse ne faisait que me donner encore plus envie d'elle. Je voulais la tenir et prendre soin d'elle. Je voulais la protéger. Et que je l'admette ou non, je voulais aussi glisser lentement ma bite toute raide en elle, et la faire gémir.

Je me suis détourné lorsque ma queue a commencé à palpiter. Je ne savais pas comment j'allais faire ça. Je luttais pour ne pas traverser la pièce, la prendre dans mes bras et la jeter sur le lit.

"Qu'est-ce qui se passe?" a-t-elle demandé derrière moi, en enroulant légèrement ses doigts autour de mon biceps.

Je pouvais sentir la chaleur de son corps. Mon loup hurlait douloureusement de désir. Savait-elle ce qu'elle me faisait? Elle ignorait ce que cela pourrait déclencher.

En savoir plus présent

Avant-première:
Profitez de cet aperçu de 'Le fils de la Bête.':

Le fils de la Bête.
(Loup-garou)
Par
Alex (Shifter) McAnders

Droit d'auteur 2021 McAnders Publishing
All Rights Reserved

« Il est difficile d'être l'unique membre de son espèce. »

HARLEQUIN
Je suis née métamorphe-louve après que mon père ait tenté de guérir la stérilité. Cela serait resté notre secret familial, si ma louve n'avait pas tué ma mère. Devant expliquer sa mort, mon père a révélé au monde ce que je

suis. À présent, je suis la fille la plus connue de la planète, en train d'espérer que personne ne me reconnaisse dans mon université au milieu du Tennessee.

J'étais trop jeune pour me souvenir de la mort de ma mère, mais cela m'a appris à m'empêcher à tout prix de me transformer. J'ai passé plusieurs années sans me transformer, mais ensuite, j'ai rencontré Cage Rucker, le quarterback star destiné à devenir pro.

Pourquoi rend-il ma louve folle ?

Ce doit être le destin qui nous a réunis. Mais, pourquoi enverrait-il quelqu'un comme lui, qui a tout — notamment la petite amie parfaite — pourrait tomber sous le charme de quelqu'un comme moi ? Une métamorphe louve maladroite avec plus de bagages qu'un magasin de valises.

« Je ne peux pas résister à cette fille ! »

CAGE :
Je ne sais pas ce que c'est chez elle, mais Harlequin Toro me fait un effet qui me donne envie de tout envoyer balader. Mais, voudrait-elle être avec moi si elle savait ce que je cache ?

Tout le monde pense que je suis insouciant, mais ils se trompent. Il y a quelque chose qui veut sortir en moi et je ne sais pas ce que c'est.

Note : ce livre fait partie de la collection 'L'amour reste l'amour' de l'auteur, ce qui signifie qu'il est disponible au format histoire touchante Homme/Femme dans 'Tomber amoureux de ma tutrice', une histoire torride Homme/Femme dans 'Ma Tutrice', une histoire épicée de métamorphes loups dans 'Le fils de la Bête' et une histoire d'amour Homme/Homme dans 'Un sérieux Problème'.

*****

Le fils de la Bête.

J'ai levé la tête. Il avait raison. Le ciel était parfaitement clair. Il n'y avait rien entre nous et la lumière de la pleine lune. Comment avais-je pu oublier que c'était la pleine lune ce soir ?

Ce n'était pas comme si ça avait de l'importance, je n'étais pas un monstre hurlant qui en étais esclave. Je ne m'étais pas transformée depuis des années. J'avais repris le contrôle il y a longtemps, de moi, de mon corps. J'étais Harlequin Toro, humaine, pas une louve incontrôlable…

« Tu as froid ? »

« Quoi ? »

« Tu frissonnes. »

Je tremblais. « Je suppose que je suis nerveuse, » ai-je admis.

« Qu'est-ce qui te rend nerveuse ? »

Mon visage se réchauffa. « Je l'ignore. »

Cage me regarda. « Tu es vraiment jolie, tu le sais ? »

« Toi aussi, je veux dire beau, pas joli, » lui dis-je, tremblant encore plus.

3 2 9

Cage rit doucement. « Merci. Tu es content d'être venue ce soir ? »

« Ouais, absolument, » lui dis-je en baissant les yeux au sol.

« Nous y sommes, » dit-il alors que nous approchions de la porte de mon bâtiment.

« Nous y sommes, » ai-je répété le cœur battant. « Tu veux entrer ? »

« Entrer ? » Demanda Cage, pris par surprise.

« Oui, » ai-je répondu, luttant pour ne pas me jeter sur lui ici et maintenant.

« Ahhh, » marmonna-t-il avant que la porte ne s'ouvre et qu'une fille en sorte.

« Cage ! » Dit-elle avant de le prendre dans ses bras et de se mettre sur la pointe des pieds pour l'embrasser sur les lèvres.

Je suis restée bouche-bée, sous le choc. Que se passait-il ? Que venait-il d'arriver ?

La petite blonde au visage anguleux se tourna vers moi. « Qui est-ce ? »

« Ah, c'est Quin. Quin, je te présente Tasha. »

Tasha me lança un regard suspicieux alors que Cage semblait mal à l'aise.

« Tasha est ma petite-amie. »

« Comment connais-tu Cage ? » Me demanda Tasha.

J'étais trop surprise par tout ce qui se passait pour parler.

« Quin devait me demander un selfie. »

Tasha se tourna vers Cage, surprise. « Oh. Tu lui en as donné un ? »

« Pas encore, » dit Cage avec un sourire.

« Je peux le prendre, » se proposa Tasha. « Donne-moi ton téléphone, » dit-elle en s'approchant de moi en tendant la main.

Toujours sans voix, je lui ai donné mon téléphone et me suis tenu à côté de Cage.

« Dites ouistiti, » ordonna-t-elle.

« Ouistiti, » répondit Cage alors que je la regardais, sous le choc.

« Voilà, » dit-elle en me rendant mon téléphone. « Regarde-le. »

J'ai baissé la tête et ai vu mon humiliation sur mon écran. « Oui. »

« D'accord. Allons-y, j'ai faim, » dit Tasha en prenant le bras de Cage et le tirant au loin.

« J'ai été content de faire ta connaissance, » dit Cage en me regardant en partant.

« Oui. J'ai été contente de… te rencontrer, » ai-je
marmonné, certaine qu'il ne pouvait plus m'entendre.

J'ai regardé le couple fait l'un pour l'autre s'éloigner.
Évidemment qu'il avait une petite amie. Et, évidemment
qu'elle ressemblait à ça. Mon cœur se serra en les
regardant partir.

Je n'arrivais pas à croire que j'ai pu penser qu'il veuille
être avec moi. Personne ne s'intéressait jamais à moi.
Comment avais-je pu être aussi idiote ? Comment avais-
je pu penser qu'un type comme lui puisse s'intéresser à
une fille comme moi ?

Une fois qu'ils eurent tous les deux disparu dans les
ténèbres, je suis entrée dans le bâtiment. Alors que je
montais les escaliers dans un état second, j'avais
l'impression d'être sur le point d'exploser. Pourquoi est-
ce que je ne plaisais jamais à personne ? Pourquoi est-ce
que je ne plaisais pas à Cage ?

Je ne pouvais plus tenir. Ma peau vibrait avec une
férocité que je n'avais pas ressentie depuis des années.
Lorsque j'ai enfin réalisé ce qui se passait, il était trop
tard.

« Oh non. Non, non, non, non, non, » ai-je dit, paniquée.

Alors que je bondissais dans les escaliers, le monde
sembla s'éloigner tout autour de moi. Il fallait que je
m'enferme. Je n'arrivais pas à croire ce qui se passait. Ça
faisait des années ? Pourquoi maintenant ? Pourquoi ici ?

Alors que je me suis approchée de la porte de mon
dortoir, j'ai senti la dernière chose que je voulais sentir

ou à laquelle je me serais attendue. Lou était là. Pourquoi était-elle là ? N'avait-elle pas dit qu'elle avait un rendez-vous ?

Je ne voulais pas qu'elle me voie dans cet état. Je ne voulais pas la terrifier avec la vérité à mon sujet. Je ne voulais pas la tuer accidentellement.

Était-ce ainsi que ma mère était morte ? Avais-je perdu le contrôle et lui avais-je arraché la gorge ? J'étais trop jeune pour m'en souvenir. Mais un enfant de trois ans et une louve de trois ans sont différents. Si je la laissais faire, est-ce que la bête en moi me prendrait une autre personne importante ?

Je ne pouvais pas la laisser faire ? Mais comment l'en empêcher ?
En savoir plus présent

*****